EAST SIDE STORY

RUSSELL ATWOOD

EAST SIDE STORY

Roman

Traduit de l'anglais
par Mona de Pracontal

CALMANN-LÉVY

Titre original américain :
EAST OF A
(Première publication : Ballantine, New York, 1999)

© 1999, Russell Atwood

Avec l'aimable autorisation de
The Ballantine Publishing group
(Random House, Inc.)

Pour la traduction française :
© Calmann-Lévy, 2003

ISBN 2-7021-3355-X

Ce livre est dédié à mes parents,
Russ et Mary Atwood,
qui ont toujours encouragé mes recherches.

Remerciements

Un merci suprême à mon conseiller en écriture offi-cieux, Walt Taylor qui, comme d'habitude, a tout fait sans toucher un sou; à mes fidèles éditeurs Joe Blades (Ballantine) et Janet Hutchings (EQMM); aux patrons qui m'ont lâché au bon moment, Terry Byrne et Anne Reischick; et à mon infatigable bande d'irréguliers qui m'empêchent d'écrire de la pure fiction : Dori Poole, Jerry Schwartz, Mollena Williams, Jenny Rosenstrach, Ellie Fitzgerald, Bennett Coleman, Kim Fritschy, Jean-Marie Atwood, Patricia Guy, Charles Wright, Laura Cruger Fox, Nina Nusynowitz, John Patterson (et tout le monde à Porto Rico), Amanda Stern, Martha Friedlander, Rick Shrout, Julian Nobrega et Karen Clark Smith.

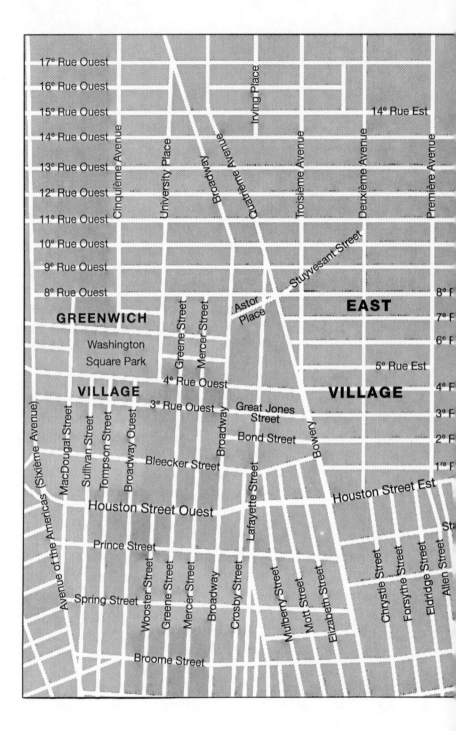

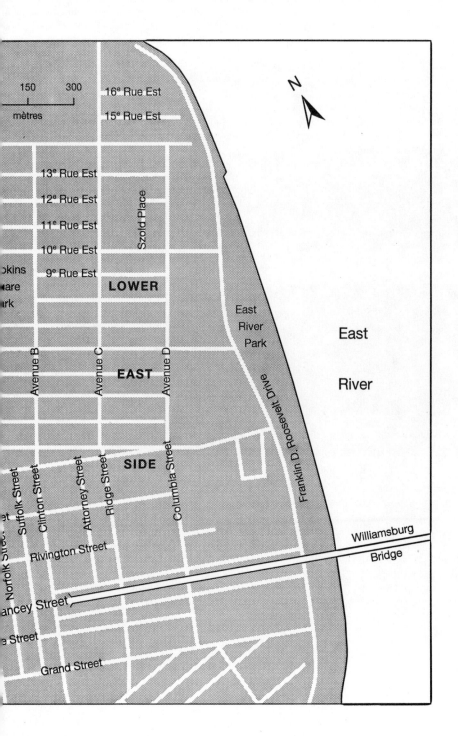

Chapitre 1

NEUF JOURS que j'avais quitté New York pour Syracuse, dans le nord de l'État, que je grappillais autant de soleil et d'ambiance campagnarde que possible entre deux comparutions au tribunal, pour une affaire de garde d'enfant où suite à mon enquête j'apportais des preuves contre la mère naturelle. Quand le jugement a enfin été prononcé, tard dans l'après-midi du jeudi, j'ai rendu ma voiture de location et pris un car du soir pour regagner la ville. Dormi sur presque tout le trajet, en écoutant dans un demi-sommeil une cassette de Joe Mantegna lisant *Adieu ma Jolie*, jusqu'à ce que les piles lâchent :

« J'étais un type super. Je prenais plaisir... à me fai... re... mmmmm... »

Le car Peter Pan a rétrogradé et ralenti dans une embardée pour se rapprocher du Lincoln Tunnel. À travers ma vitre fortement teintée, la silhouette des buildings de Manhattan se détachait, eau-forte noire, imposante et belle, contre le ciel d'une nuit de mai sans lune. Quand je l'ai aperçue, mon cœur a bondi (presque revenu à la vie, pas tout à fait) comme la dernière fois que je l'avais vue, elle – Clair, ma douce, mon Air –, adorable et fraîche telle qu'elle l'est toujours dans mon souvenir.

À cette distance, la ville demeure celle de votre imagination : une île scintillante de promesses, d'espoirs, d'amours renouées. C'est seulement lorsque vous vous rapprochez que se révèle la froide vérité : vous êtes plus heureux de la voir que réciproquement. Elle n'est pas en colère, n'a pas de rancune. C'est pire. Elle ne s'intéresse pas, ne s'émeut pas, elle a l'esprit ailleurs ; sa réserve fait naître les mythes.

Mais vous finirez par vous en remettre, en principe, parce que la réalité (allez savoir ce que c'est) s'installe, et vous acceptez alors la ville telle qu'elle est : non pas la *vôtre* – cela, jamais –, juste une ville sur son quant-à-soi.

Je suis arrivé à mon appartement-bureau qui donne sur la 12ᵉ Rue et la Deuxième Avenue à une heure et demie du matin, avec tout le courrier de la semaine à la main. Personne n'était entré par effraction en mon absence. J'ai compté les clignotements du répondeur, neuf en tout, et décidé que j'avais besoin de manger quelque chose d'abord, ce qui impliquait de ressortir aussitôt. Le frigo était vide, bien sûr, à part un unique glaçon dans le bac à glace et une boîte de bicarbonate de soude entamée.

J'étais trop bien habillé pour l'East Village après minuit, puisque je portais toujours le costume bleu foncé, la fine cravate bordeaux et les chaussures noires brillantes de ma dernière comparution au tribunal. Je ne me suis pas changé, pourtant, car j'allais juste à l'épicerie des Chung qui est ouverte toute la nuit, et je me suis dit que ça les éclaterait de me voir aussi bien mis. J'allais faire marcher Mme Chung en lui racontant que ma tenue était une couverture. Elle me sortirait une tirade dans un anglais dont je ne comprendrais pas un mot, mais je rirais aux mêmes moments qu'elle.

Sauf que lorsque je suis arrivé au magasin, la grille

accordéon en fer rouillé barrait les portes, et un énorme panneau À LOUER pendait dans la vitrine obscure. J'ai scruté l'intérieur. Les allées et les rayonnages étaient vides. Un néon solitaire clignotait convulsivement.

Impossible à digérer au début : je m'étais absenté neuf jours à peine. Je leur devais encore un paquet de cigarettes. Pourquoi auraient-ils… ?

Il faudrait que je me renseigne le lendemain matin. Le problème immédiat étant : où faire mes courses, à présent ? À moins d'un pâté de maisons, il y avait une autre supérette sur la Deuxième, mais ils forçaient sur les prix (ce qui expliquait sans doute qu'ils soient encore là), alors j'ai pris la 12ᵉ Rue vers l'ouest, en direction d'une épicerie insipide de la Troisième Avenue. Le type qui a encaissé mes cigarettes, mon gallon de lait et ma boîte de céréales Cheerios n'a pas eu l'air le moins du monde impressionné par mon costume.

Plutôt que de reprendre le même chemin, je suis rentré par la 11ᵉ. Sans autre raison, je suppose, que mon inclination à boucler les cercles.

Au coin de la Troisième Avenue se trouvait la grande entrée en pierre de taille d'une résidence pour étudiants de la New York University, inondée d'une lumière orange cru par des projecteurs à vapeur de sodium. Plus loin, les trottoirs de la 11ᵉ s'étrécissaient et l'éclairage devenait plus doux. Tous les mètres et demi, un arbre frêle et bourgeonnant projetait son ombre arachnéenne – comme une cataracte – sur l'une des façades, qui appartenaient pour la plupart à des hôtels particuliers d'avant-guerre en cours de reconstruction. Pas une seule fenêtre n'était éclairée.

C'était une petite rue de traverse, sans la moindre voiture à cette heure-ci. Pittoresque et paisible.

Un bref instant j'ai même oublié où j'étais, me suis imaginé de nouveau à Syracuse, flânant par un chemin de campagne. L'impression était accentuée par la dernière portion du pâté de maisons, occupée par

St. Mark's-in-the-Bowery, une église de style géorgien tardif en briques et pierres brutes, et son cimetière adjacent qui abrite les caveaux de certaines familles fondatrices du New York colonial, le tout entouré par une clôture italianisante en fonte, garnie de pointes. J'ai levé les yeux : l'horloge du grand clocher indiquait deux heures moins le quart. Par habitude, j'ai comparé avec mon bracelet-montre. Et tout aussi vite, j'ai laissé retomber ma manche de veste.

Je portais toujours ma Rolex en or. Ma Rolex à 3 500 dollars, mouvement perpétuel, date-jour-chronomètre, en *or*. Je m'étais absenté trop longtemps de la ville. Cette montre était le bijou le plus cher – et le seul, d'ailleurs – que je possédais. À Syracuse, je la portais tous les jours et me promenais dans la rue sans inhibition, manches retroussées, la Rolex miroitant au soleil.

Quelque chose clochait dans la manche de mon veston. J'ai regardé : elle s'était prise dans le fermoir du bracelet de ma montre. J'ai voulu l'arranger, mais il fallait d'abord que je change la bouteille de lait et les céréales de main ; avant que j'aie le temps de le faire, j'ai entendu le glissement d'une fermeture Éclair, un peu plus loin devant moi.

À moins de trois mètres, surgissant de derrière un orme écailleux, un personnage mince en blouson de cuir noir et ample treillis de camouflage a débouché sur le trottoir, lancé un rapide coup d'œil dans ma direction, puis s'est retourné et mis en route dans l'autre sens.

Un type qui pissait contre une voiture, me suis-je dit, et j'ai continué de marcher sans y penser plus que ça. De flâner, en fait, au pas promenade que j'avais adopté durant mon voyage. Rien à voir avec ma locomotion urbaine habituelle. Même comme ça, je commençais à combler la distance qui nous séparait, sans chercher à le faire et assurément sans le vouloir.

J'ai eu soudain la désagréable impression que quelqu'un écoutait, étudiait, mesurait le claquement sec de mes pas.

Bon retour à New York, Payton.

Mais j'ai continué de marcher, bien obligé : je ne pouvais pas traverser à cet endroit-là parce que les voitures garées au bord du trottoir étaient trop serrées. Et je ne pouvais pas m'arrêter brusquement parce que ça aurait pu le faire réagir. Je ne pouvais pas non plus partir en courant dans le sens inverse parce que… enfin, c'était là que j'habitais et que je travaillais, il fallait bien que je puisse faire le tour de mon propre pâté de maisons, quand même. Non ?

Donc, j'ai continué de marcher et de me rapprocher. De plus en plus.

Je n'arrivais pas à comprendre comment ça se pouvait, d'ailleurs – s'il faisait des pas de bébé ou du surplace –, et en m'approchant je me suis même demandé si c'était vraiment un homme. Ses cheveux noirs, hérissés en une brosse androgyne, s'affinaient en pointe sur la nuque, attirant le regard sur un tatouage, une étoile bleue en flammes dans un cercle également bleu, aux contours déchiquetés. Des anneaux d'argent à ses deux oreilles, petites et pincées – mais cela voulait-il encore dire quelque chose, de nos jours ? Taille : un mètre soixante-cinq. Corpulence : dissimulée par les vêtements larges. Mains invisibles : il les tenait devant lui. Pourquoi ?

Éclosion de larves aveugles dans mon ventre.

Tandis que mes pas se rapprochaient, la tête n'a pas bougé d'un pouce – ce qui en soi était bizarre. Les muscles du cou se sont juste contractés, et la peau s'est tendue de part et d'autre, comme des nageoires dorsales.

Je devais passer soit par la gauche soit par la droite. J'ai opté pour la droite ; au pire, je pourrais plonger par-dessus le capot d'une voiture garée.

En arrivant à sa hauteur, j'ai gardé les yeux rivés

sur la Deuxième Avenue, droit devant, à un demi-pâté de maisons : des taxis, des bus, un camion de glace Mister Softie éteint, qui passait en diffusant toujours sa joyeuse ritournelle. Au coin de la rue, il y avait une cabine téléphonique éclairée ; le combiné décroché se balançait au bout du câble argenté.

J'étais prêt à bondir au moindre bruit ou mouvement. Du coin de l'œil, j'ai aperçu un visage blême : sourcils foncés, pommettes basses, nez aplati et menton fendu en deux par une fossette, comme les jointures d'un poing. J'ai entendu le sifflement aigu et irrégulier d'une respiration par le nez et senti une odeur lourde, trouble et douceâtre : l'étouffant et répugnant patchouli.

Puis je me suis retrouvé devant, m'éloignant à découvert, contre le vent, le dos exposé.

C'étaient mes oreilles, à présent, qui guettaient attentivement les pas derrière moi, cette fois-ci la lente claudication de bottes mal lacées, essayant de calculer leur distance… de prévoir leurs intentions.

Et il ne s'est rien passé.

Peut-être, après tout, n'était-ce qu'une partie ordinaire de saute-mouton urbain, ce jeu auquel nous nous adonnons nerveusement tous les jours, à New York – du moins ceux d'entre nous qui sortent de leur appartement. Mais juste au cas où je me tromperais, j'ai continué de guetter, de concentrer mon attention derrière moi. Tout entière.

Ce qui explique que je ne les ai pas repérés, *eux* – ils étaient accroupis dans l'entrée en renfoncement d'une cave –, jusqu'au moment où je suis arrivé pile à leur hauteur, et où l'un d'eux a poussé un petit grognement.

J'ai tressailli mais n'ai pas tourné la tête, et mon champ de vision s'est rétreci comme entre deux œillères.

C'étaient trois lourdauds, tous taillés sur le même

modèle : des monstres chauves à gros bras et cou de taureau, en gilet pare-balles et blue-jean.

Ils auraient pu en profiter pour m'empoigner au passage, me traîner au bas des marches et m'entreprendre tranquillement.

Mais ils ne l'ont pas fait. Je ne les intéressais pas. Je suis passé devant eux, j'ai fait trois pas supplémentaires et ne me suis pas retourné quand j'ai entendu un petit cri strident, suivi d'un bruit de bottes, et puis le silence. Un silence relatif : des Klaxons retentissaient au loin, un semi-remorque attaquait un nid-de-poule et quelque part, faiblement, un homme déblatérait contre le gouvernement. Lorsque je suis arrivé devant un encadrement de porte au niveau de la rue, je m'y suis engouffré.

Risquant un coup d'œil, je n'ai vu que le trottoir vide et une tête qui pointait en haut d'un escalier. Un des types faisait le guet tout en lançant des regards furtifs et impatients derrière lui, redescendant d'une marche pour mieux voir ce qui se passait en bas.

Moi aussi, j'étais curieux.

À six mètres de moi sur la gauche, le grouillement pas si grouillant que ça de la Deuxième Avenue. Quelques secondes seulement pour arriver jusqu'à la cabine téléphonique et appeler le poste de police local (toujours plus rapide que le 911). Mais le délai de réaction étant ce qu'il est – quelque part entre cinq minutes et une demi-heure – l'affaire pourrait être terminée et tout le monde parti avant même qu'une équipe soit dépêchée.

Et alors ? Pour autant que j'en savais, ils avaient peut-être des griefs légitimes – une juste cause – pour se mettre à trois contre un. J'étais incapable d'imaginer ce que cela pouvait être, il n'empêche que ça n'était pas mon affaire. Entre instinct et action, toujours cette membrane de raison.

La tête du guetteur s'est dressée, comme si on l'appelait, et il a quitté son poste pour aller rejoindre les autres.

Je suis donc sorti de l'embrasure et j'ai rebroussé chemin sur la pointe des pieds, retournant devant les quatre marches raides en béton effrité qui menaient au demi-sous-sol, un patio poussiéreux large de deux mètres cinquante bordant une porte condamnée par des planches, sous un escalier de fer noir.

Là, dans l'ombre, ils étaient regroupés tous les quatre.

Je me suis caché derrière une rangée de poubelles et j'ai observé. Je voyais maintenant sans aucun doute possible que c'était une femme, une fille plutôt, au visage de petit dur à cuire. De grands yeux foncés, un petit nez arrondi et des lèvres charnues qui balbutiaient pour parler, mais l'un des hommes l'a brutalement interrompue.

« Non, toi tu écoutes ! LSD veut récupérer sa...

– Mais j'ai pas... ! »

Il l'a agrippée par la gorge et il l'a serrée à l'étouffer entre ses doigts poilus et boudinés, couverts d'anneaux en argent.

Les deux autres hommes ont saisi les bras et les jambes de la fille qui commençait à donner des coups de pied, le visage virant au bleu lavande, les globes oculaires gonflant comme deux œufs durs.

Je me suis levé. J'avais toujours mes courses à la main. J'ai posé le sac contenant les céréales, mais le poids rassurant du gallon de lait dans mon poing me plaisait bien. J'ai changé ma prise pour faire pointer le bec vers le bas, et j'ai soupesé la bouteille à deux ou trois reprises, comme un gourdin. C'était mieux que rien. J'ai avancé.

« Putain, grommelait l'homme, si tu me mens encore une fois, espèce de petite... »

Elle m'a vu avant eux, son regard sombre et affolé désespérément tourné dans ma direction.

Et sa voix qui se brisait en appelant :

« Monsieur, monsieur ! »

Celui qui lui serrait la gorge a pivoté en braquant ses petits yeux sur moi. Il avait le front bas, le nez de travers et une mâchoire carrée de bulldozer. Il a cillé, momentanément étourdi par la colère, mais n'a pas lâché la fille pour autant.

« Tu veux du lait ? je lui ai demandé.

– Qu'est-ce que… ? »

Baissant l'épaule gauche, j'ai balancé la bouteille de quatre litres cachée derrière mon dos. L'élan a fait le reste. La bouteille l'a touché en pleine figure, l'envoyant valdinguer sur le côté et un pas en arrière. Une de ses dents a perforé le plastique et la bouteille s'est fendue tout du long, laissant jaillir un torrent blanc riche en calcium. Il a titubé sur ses jambes arquées mais n'a pas chaviré.

Couvert de lait, saignant abondamment du nez, il a secoué la tête en projetant une pluie de gouttes rouges et blanches. Ses mains ont agrippé son visage à l'aveuglette. Puis, sous ses sourcils trempés, son regard a percé le liquide non identifié et s'est braqué sur moi. Il avait l'air d'être l'unique survivant d'une explosion de vaches.

J'ai laissé tomber le récipient de plastique vide. Un *gloung* creux, le tintement d'une coquille.

Mon cœur tambourinait – pour prendre la panique de vitesse, je suppose.

Il y a eu un gargouillis doublé d'un gloussement, puis soudain, derrière le laitier, ses deux partenaires sont partis d'un fou rire incontrôlable.

Il a fait volte-face vers eux. Que ce soit à cause de ses yeux injectés de sang ou de son hémorragie nasale, ils se sont tus immédiatement.

Je ne voyais pas la fille. J'ai regardé à ma gauche. Elle grimpait les marches. Elle avait eu la bonne idée. Je l'ai suivie. Le pied à peine posé sur le trottoir, elle courait déjà. Moi, j'ai tourné la tête.

Ils étaient juste derrière moi, mais devaient monter l'escalier étroit un par un.

Sans réfléchir, j'ai attrapé le couvercle de la poubelle la plus proche et l'ai violemment balancé à la tête du premier. Mais le couvercle est resté *bloqué* en l'air, puis m'a échappé des mains pour repartir d'un coup sec. Il était attaché à la rambarde par une chaîne.

Le premier homme a plongé vers moi pour me plaquer au sol. Nous sommes partis en arrière ensemble, mais sans tomber. Mes chaussures de ville n'avaient pas d'adhérence, ce qui fait que je suis resté debout et que j'ai glissé à la verticale jusqu'à ce que nous percutions une voiture garée.

La collision m'a complètement vidé les poumons. J'ai essayé d'avaler un peu d'air, mais n'y suis pas arrivé.

En pareils instants, des vérités évidentes, qu'on tient pour acquises, sillonnent l'esprit comme des traînées de météores : tu as besoin d'*air* pour respirer, *imbécile* ! Et *Je l'ai perdue pour toujours.* J'ai même entendu des cloches sonner.

Pas des cloches qui sonnent, non – des sirènes qui hurlent, trois sirènes distinctes. J'ai cherché du regard les strobos framboise-cerise des voitures de police convergeant sur les lieux, mais les seules lumières clignotantes étaient les feux de route du véhicule contre lequel nous nous étions effondrés – notre impact ayant déclenché l'alarme de la voiture.

Le déluge sonore – youyous, stridulations, *iiiii-iiii-iiiii* aigus et lancinants – n'a pas perturbé les types pour deux sous. Il a plutôt semblé les stimuler. Trois paires de mains se sont emparées de moi et m'ont catapulté au sol. J'ai atterri sur l'épaule gauche, et la violence de la secousse m'a fait claquer des dents. C'était pas le bon endroit pour traîner, peut-être le pire qui soit. Il fallait que je me lève. J'ai roulé sur moi-même et poussé des deux mains pour me redresser, et le premier coup de pied est alors arrivé.

Implantée dans mon rein, la douleur se fichait dans mon côté gauche comme une lame de hache, enfoncée par un autre coup de botte, et encore un autre coup de botte, de plus en plus profondément. Me creusant jusqu'au trognon.

Je me suis couvert le dos avec les mains, et ils m'ont frappé à la tête. Je me suis couvert la tête et ils m'ont frappé à la poitrine, aux couilles, aux bras et aux jambes. Je me suis couvert les couilles et ils m'ont frappé aux mains, par-dessus mes couilles. Ça a continué comme ça pendant cinq pages. De tout ce temps-là je n'ai rien pu trouver de spirituel à dire.

Une partie de moi s'est réfugiée en pensée auprès d'Air – le surnom que je donnais à Clair, mon *petit nom* pour elle, comme elle disait (« Juste quelque chose à murmurer quand tu as le cafard »). Mais c'est ce qu'elle était pour moi : une bouffée d'air frais et pur. Elle m'appelait « Mon-Cher », en faisant un jeu de mots sur mon nom de famille, Sherwood, mais plus personne ne m'appelle comme ça, maintenant. J'ignore comment Brian, le mari de Clair, l'appelle, sans doute « Couche-tôt ». Si nous étions toujours ensemble, ai-je pensé, rien de tout ceci ne serait en train d'arriver. En tout cas, pas à moi. Mais bon, d'être allongé là, d'une certaine façon, ça me donnait l'occasion de participer à une bonne partie de coups de pied.

L'alarme de la voiture a terminé son cycle dans un dernier bip-bip stridulé. Le silence a interrompu mes agresseurs. Ils étaient essoufflés et haletaient, la bouche sèche. C'est du boulot de tabasser un homme, ce qui explique sans doute que tant de gens le fassent en groupe de deux ou plus.

L'un d'eux a repris son souffle et demandé :

« Hé, où est-ce qu'elle est passée ? »

Le laitier a juré. Puis il m'a insulté, ponctuant d'un coup de botte. C'est quelque chose, l'allergie au lactose.

Un des autres a dit :

« Viens, Stosh, faut qu'on la trouve. Allez, viens, mec, il y a une voiture qui tourne au coin. »

Ils sont alors partis, je suppose – je ne pouvais pas le *savoir*, car chaque fois que je respirais, j'avais l'impression de recevoir un nouveau coup de pied. La joue à plat sur le béton frais, j'ai dirigé mon seul œil encore capable de voir sur une flaque récente – du Mercurochrome ? du sirop de cerise ? mon sang ? – qui s'étalait sur le sol, lisse et sans surface, avalant la lumière du réverbère. Quelle que fût la substance, c'était du gâchis pur et simple.

J'ai adopté une vision télescopique tandis que mon bras s'allongeait, s'étirait devant moi, long comme trois pâtés de maisons, avec ma montre tout au bout. J'arrivais encore à déchiffrer l'heure : deux heures cinq. J'ai regardé la fine aiguille qui passait mollement les secondes, ma douleur battant à l'unisson. J'ai fermé l'œil, mais ça faisait tout aussi mal.

Lorsque je l'ai rouvert, je l'ai vue à la hauteur de mon visage.

Elle n'avait pas couru très loin, seulement quelques mètres, jusqu'à une Jeep 4 × 4 marron garée le long du trottoir. Elle s'extirpait de sous la voiture, qui était juste assez haute pour lui permettre de grimper sur le rebord de granit.

Vue de là où j'étais, elle se hissait hors d'un conduit pour émerger à l'air libre, au risque de tomber, mais en fait, elle s'est redressée comme un mât de drapeau. Stupéfiant. Elle s'est approchée et accroupie près de moi. Pour la première fois, j'ai pu bien la voir.

Elle n'avait pas plus de seize ans. Elle était pâle comme une feuille de papier à musique réglé par des veines bleues. Ses yeux vifs étaient deux truites brun noisette coincées dans un fond d'eau vaseuse. Tout en mordillant une petite peau sur sa lèvre, elle s'est penchée davantage pour me prendre la main.

Ses doigts étaient rêches et calleux. Poisseux. J'ai

senti plus fortement son parfum écœurant et doux de patchouli quand elle s'est mise à me chercher le pouls. Comme elle avait du mal à le trouver, je lui ai facilité les choses.

« Ça va, ai-je dit, je suis vivant. »

Mais elle n'a pas cessé de me tripoter le poignet, en fait elle s'est même mise à le tourner dans le mauvais sens.

« Hé ! » me suis-je écrié.

Ses ongles noirs et cassés ont ouvert le fermoir de ma Rolex en or, et le bracelet s'est déplié. Elle me l'a arraché du poignet, en m'égratignant les doigts au passage.

Je l'ai attrapée par la main, mais elle s'est dégagée d'un coup sec et elle est partie comme une flèche, en courant avec ma montre, droit vers la Deuxième Avenue où elle s'est perdue dans les lumières lointaines. Sans se retourner une seule fois.

Il fallait que je me lève. Que je lui coure après. J'ai roulé sur moi-même et me suis relevé. J'étais arrivé à me mettre à quatre pattes quand une nausée m'a retourné les tripes, et je me suis senti partir.

M'éteindre. Exactement comme une lampe. L'obscurité totale.

Après, soit on se réveille à l'autre bout du trou noir, soit non.

Chapitre 2

AU DÉBUT, quand j'ai repris connaissance, je savais seulement qui j'étais, mais ni où ni à quel moment de ma vie je me trouvais. Ç'aurait pu être la fois où mon père avait failli m'assommer avec une balle de base-ball quand nous jouions dans la cour. Ou celle où j'étais tombé de cinq mètres de haut en grimpant à un orme avec une échelle de corde fait maison (ce sont toujours les choses dont nous sommes sûrs qui nous jouent des tours). À pas lents et cadencés, la mémoire m'est revenue et je me suis souvenu que je m'étais battu, mais impossible de me rappeler pour qui ou pour quoi. Puis les événements se sont mis au garde-à-vous et j'ai su à nouveau où j'étais et comment je m'étais retrouvé là, mais pas qui parlait, qui me grondait d'une voix sévère, lente et tonitruante.

« C'est ça le problème, c'est ça le problème, les gens qui traînent. J'ai du boulot, moi, j'ai du boulot. »

Quand j'ai ouvert les paupières, j'avais un voile rose devant les yeux, mais au moins je voyais de nouveau des deux. Si j'en croyais ce qu'ils me montraient : une pantoufle bleue et pelucheuse battant le

26

trottoir devant mon visage. En jaillissait une cheville poilue, couleur de noyer, qui se prolongeait en un genou cagneux. Pour en voir plus du personnage, j'ai dû me tourner.

Le reste de son accoutrement était tout aussi recherché : un kimono de soie pêche et doré, porté sous des protège-épaules de foot maculés de taches d'herbe. Il avait l'air de mesurer deux mètres quinze, avec ses cheveux noirs impeccables qui se dressaient à la verticale, retenus par un boa de plumes, tel un épi de maïs. Son visage était trois tons plus foncé que ses chevilles. Son sinistre profil, en sueur et concave, dessinait un quartier de lune.

Je l'ai reconnu, je connaissais cet homme depuis dix ans sans lui avoir jamais adressé la parole. Il faisait juste partie du décor de l'East Village auquel j'étais habitué, un personnage en Technicolor dans un quartier débordant de personnages hauts en couleur. Je n'avais jamais eu de raison de lui parler.

Il s'appuyait à un Caddie enrubanné de guirlandes et plein d'objets au rebut – des appareils électroménagers sans fil, des livres de poche gondolés, des peluches éventrées, des minibottes style années 60 – et me considérait d'un air songeur, en hochant sa tête emplumée avec des « tss-tss » désapprobateurs.

« Tu me fais perdre mon temps, c'est tout, a-t-il dit d'une voix éraillée plus profonde que les égouts du métro. Je peux pas rester planté là à parler à un type qui va juste me faire perdre mon temps alors que j'ai du boulot à faire et que tu me fais perdre mon temps et c'est tout. »

Il a arpenté le trottoir en décrivant un carré en quatre longues foulées. Il a trouvé mon paquet de Cheerios près des poubelles, l'a examiné, secoué, puis mis dans son Caddie. Il est revenu, perplexe et irrité.

« T'es encore là ? »

J'ai plaidé coupable.

« C'est pas un endroit. Les gens sont toujours au mauvais endroit, au mauvais moment.

– J'entends bien.

– T'entends ! ? T'as intérêt à m'entendre ! – ce d'une voix tonitruante, impossible à ignorer. Et *qu'est-ce* que tu comptes y faire ? »

J'ai levé le bras. Il pliait aux bons endroits. Je me suis appuyé sur un coude : grincement des muscles protestant contre le mouvement, m'en informant par une douleur qui m'a coupé le souffle et laissé pantelant, un rictus sur le visage.

« Pourquoi tu pleures ? »

J'ai fait la grimace.

« Je suis émotif comme mec. »

Je suis passé en position assise et suis resté avachi à reprendre mon souffle.

Un peu à court d'entraînement, je lui ai demandé :

« Euh… pourrais-tu… pourrais-tu m'aider ? »

Il a soigneusement marqué un temps d'arrêt puis a laissé tomber les bras le long du corps.

« Qu'est-ce que tu crois que je fais ici ? Est-ce que je viens pas à l'instant de te dire que… »

Désespéré et dégoûté, il a renoncé à m'expliquer, a glissé les mains sous mes bras et m'a soulevé à la verticale. Je suis resté un moment en apesanteur, puis me suis affaissé de nouveau. Il m'a redescendu, mes pieds ont touché le sol. Et j'avais mal.

J'avais mal, j'avais mal, j'avais mal.

Ai-je dit que j'avais mal ?

À ce moment-là j'avais mal partout, mais ce n'était rien comparé à ce que j'éprouverais le matin.

L'homme m'a soutenu pendant que j'avançais d'un pas. Il dégageait un forte odeur de beurre de cacao mêlée de sueur musquée. J'ai boitillé jusqu'à son Caddie et m'y suis appuyé. En m'en servant comme d'une sorte de déambulateur à roulettes, j'ai fait un pas hésitant.

« Ça t'ennuie si… si je t'emprunte ton… j'habite juste à côté. »

Il a déplié le cou en arrière et, pour la toute première fois, il m'a regardé – mon visage ensanglanté, mon costume déchiré – avec une méfiance absolue. Il a lâché mon bras.

« T'habites pas dans le coin, m'a-t-il accusé. Je connais tous les gens qui habitent dans le coin et t'habites pas dans le coin. T'es quoi ? Un banlieusard, un gars des beaux quartiers, un avocat genre Wall Street qu'est venu chercher du cul ?

– Non vraiment, je… »

Il a secoué la tête :

« Nan, nan, je connais le quartier.

– Écoute, je vais te montrer où j'habite. »

Il a ruminé la question, encore et encore, tandis que nous progressions lentement vers la Deuxième Avenue.

En tournant le coin, nous avons croisé cinq fêtards noctambules, trois hommes et deux femmes tous habillés lugubrement, qui se cognaient les uns aux autres en riant et hurlant, hurlant et riant. Ils nous ont à peine regardés, tout juste un top d'écho radar : un Noir à l'accoutrement extravagant et un Blanc en costume sur mesure déchiré poussant un Caddie plein de merdouilles – qu'y avait-il de spécial à ça ?

Nous avons poursuivi notre procession en longeant les magasins fermés – le cabinet d'un podologue, un kiosque à journaux, l'ancienne boutique des Chung, le serrurier – et nous nous sommes arrêtés à mon immeuble. J'ai sorti mes clés.

« Tu vois, ai-je dit en ouvrant la porte. J'habite ici. »

Pas convaincu, il a rétorqué avec fermeté :

« Je connais le quartier et t'es pas du quartier. »

Je ne pouvais pas discuter avec lui, pas à ce moment-là. J'aurais risqué de perdre. J'ai plongé la main dans ma poche.

« Est-ce que je peux… ? »

Il est parti d'un rire pétaradant en voyant le billet de 10 dollars et les deux de 1 que j'avais à la main, puis il a emporté son Caddie en secouant la tête et me réprimandant avec un regain de vigueur :

« J't'ai pas déjà donné assez de mon temps comme ça ? Tout ce temps que j'ai passé à perdre mon temps alors que j'ai du boulot à faire, et tu veux me faire perdre encore plus de temps. C'est pas des façons, ça. Vraiment pas. »

Je suis rentré ; c'était bon de refermer à nouveau une porte derrière moi.

Le hall d'entrée était un espace exigu avec cinq boîtes aux lettres encastrées dans le mur, dont trois seulement étaient utilisées : la mienne, P. SHER-WOOD, ENQUÊTES ; OUVERTURES, S.A. (le studio du photographe avec qui je partageais le premier étage) ; et, au penthouse, TIGGER FLETCHET, MILITANTE.

Devant moi s'élevait l'escalier menant à ma porte. Neuf marches de marbre puis un palier, douze marches puis un tournant. Encore six autres avant d'arriver en haut. Qui me narguaient. J'ai commencé à grimper et j'ai tout compris.

« Aïe, aïe. Aïe. »

Était-ce la perte de sang qui me donnait des vertiges, la douleur aveugle, mon sens de l'ironie, je ne sais pas ; toujours est-il qu'en arrivant au premier palier, je me suis mis à rire. Des gloussements hystériques, en fait, qui résonnaient dans la cage d'escalier tandis que je tremblais de tout mon corps. Les frissons ont continué bien après que j'ai cessé de rire, accroché à la rampe, agenouillé sur la marche d'au-dessus.

Je ne sais pas combien de temps je suis resté comme ça, mais au bout d'un moment une porte en métal a résonné au-dessus de moi, avec un cliquetis de clés, puis des pas ont commencé à descendre lourdement les marches.

Une femme blanche, menue, est apparue sur le palier. Elle était habillée pour sortir, en sweat-shirt vert olive et jupe écossaise, avec deux paires de collants résille déchirés et des baskets montantes rouges à grosses semelles de caoutchouc noir. Elle s'est figée en me voyant.

Son visage a exprimé l'ancestral et immédiat dilemme affrontement/fuite, avant de se contracter en un rictus animal si féroce que j'ai failli ne pas la reconnaître, n'ayant pas l'habitude d'en faire les frais. Et puis aussi, Tigger s'était rasé la tête depuis la dernière fois que je l'avais vue, et en avait teint le duvet grumeleux qui restait couleur chartreuse, ce qui lui faisait un crâne jaune fluo brillant comme une balle de tennis neuve.

Elle a concentré son regard sur moi, comme à travers une brume qui se dissipe, et ses traits se sont lentement adoucis. Ses sourcils bruns se sont dressés, ses yeux caramel écarquillés avec inquiétude, le cabochon d'argent à sa narine palpitante semblable à une boule de mercure. Elle m'a regardé bouche bée.

« Putain de merde, Payton, tu t'es fait renverser par un taxi ? »

J'ai ri d'un rire sain et reconnaissant. Reconnaissant d'être à la maison, reconnaissant d'être en vie, reconnaissant que quelqu'un d'autre assure les reparties humoristiques. Je me suis senti suffisamment en sécurité pour m'évanouir de nouveau.

Je me suis réveillé sur le canapé de mon appartement, une serviette pleine de glaçons dégoulinant sur le visage. J'ai risqué un coup d'œil. Tigger, à côté de moi, pansait une longue estafilade que j'avais sur le côté. Elle avait dû me hisser sur le reste du chemin. Pas la première fois qu'elle trimbalait un corps inerte.

Je me suis laissé aller entre ses mains. Depuis que je la connaissais, Tigger avait survécu à plus que sa part d'interventions policières, d'expulsions de squatters, d'émeutes et autres combats acharnés qui se finissent soit avec des gaz lacrymogènes soit dans une mêlée de matraques noires. Soigner les blessés qui tiennent encore debout n'avait pas de secret pour elle.

J'ai sursauté quand elle m'a aspergé d'alcool. Pour ce qui est de la douceur envers le patient, elle avait encore de la marge.

« Alors tu es revenu », a-t-elle dit.

J'ai respiré les dents serrées.

« Tu veux dire en ville ou dans le monde des vivants ?

– Mais qu'est-ce qui s'est passé ? »

Bonne question. J'aurais aimé avoir une meilleure réponse à lui donner que la vérité.

« J'ai été bête. »

Elle s'est assise sur une chaise et m'a écouté sans cesser de déplacer les jambes, en dressant ou rentrant parfois un genou, en tout cas en gigotant constamment. Son expression s'est muée en incrédulité affligée. Elle a plissé les yeux en essayant de visualiser ce que je lui racontais. Quand je suis arrivé au passage où ils m'avaient entrepris à coups de pied, elle a baissé les siens et m'a interrompu – elle ne me laissait plus continuer – en criant :

« Je ne te crois pas !

– Eh bien, sur le moment…

– Quand tout ça s'est-il passé ? Tu es rentré quand, d'ailleurs ?

– Oh, vers… (J'ai consulté ma montre, essayé plutôt, au lieu de quoi j'ai fixé stupidement mon poignet dénudé.) Ah ouais, ai-je dit, et puis la fille est revenue et m'a volé ma Rolex. »

Tigger a paru surprise.

« Tu as une Rolex ?

– J'avais. C'est un bijoutier qui me l'a donnée l'année dernière comme paiement, pour m'être occupé de sa sécurité à un salon professionnel qui durait un mois. Mais je ne la porte jamais.

– Ben ça se comprend. »

Je regardais toujours l'ancien emplacement de ma montre, la bande blanche de peau non bronzée. Au matin, il faudrait que je remette ma montre habituelle, la routarde solide, noire, à bracelet Nylon et cadran lumineux que je portais pour bosser.

J'ai demandé à Tigger :

« Tu crois que je devrais déclarer le vol ?

– Tu veux rire ? Elle n'était pas assurée, si ? Tu perdrais ton temps, sinon. »

J'ai souri.

« C'est ce que me disait le type qui m'a aidé à rentrer. Tu sais, ce grand type, dans le quartier, qui a une vraie voix de crapaud, et qui est toujours…

– … Calvin ? *Calvin* t'a aidé ? (Elle a secoué la tête.) La vache, tu devais vraiment faire peine à voir pour qu'il te remarque. »

Ça paraissait logique que Tigger le connaisse.

Quelque chose lui est venu à l'esprit et elle a juré à mi-voix. Elle s'est dirigée vers mon téléphone et s'est mise à composer un numéro.

« Qu'est-ce qui se passe ?

– Ez est au Twilo ce soir, il remplace le DJ qui mixe là-bas d'habitude. Je lui ai dit que je passerais.

– Il est presque trois heures, lui ai-je fait remarquer, telle la cheftaine de louveteaux bien imbibée qui débite des propos vertueux, affalée sur son lit de repos.

– C'est bon, je vais juste le biper pour dire que je serai en retard.

– Ne t'inquiète pas, je vais bien.

– T'es sûr ? »

Je me suis redressé avec un grognement.

« Aide-moi juste à aller à la salle de bains. »

Je me suis appuyé sur elle et elle m'a guidé.

« Tu as une entaille profonde au-dessus de l'œil,

a-t-elle dit. Il te faut peut-être des points de suture. Je l'ai nettoyée et j'ai mis un pansement. Cela dit, on dirait qu'elle a arrêté de saigner. »

Lorsque nous sommes arrivés devant la salle de bains, elle m'a lâché. Je ne suis pas tombé. Spectaculaire.

« Merci, ai-je dit en agrippant l'encadrement de la porte. Pour les glaçons, aussi.

– Je frapperai en rentrant, pour être sûre que tu n'es pas tombé dans le coma. Sérieusement, je veux dire, tu pourrais avoir une commotion cérébrale.

– J'y penserai. »

C'est tombé à plat. J'ai ri. J'avais peut-être effectivement une commotion cérébrale. Tigger m'a adressé un froncement de sourcils inquiet.

« Vas-y, lui ai-je dit. Ça va aller. »

Arrivée à la porte, elle s'est retournée, le visage grave, sévère et désapprobateur.

« Essaye de pas faire d'autres trucs idiots ce soir, d'accord ? »

Je l'ai congédiée d'un salut, puis je suis entré en boitillant dans la salle de bains. Je suis passé devant le miroir sans oser regarder.

Ça me faisait un mal de chien de pisser, mais j'étais soulagé de voir mon urine sortir camomille claire seulement. J'avais besoin de manger davantage de légumes, c'était certain, mais au moins je ne faisais pas d'hémorragie interne. J'ai tiré la chasse et me suis dirigé vers le miroir.

Dans le meilleur des cas, je n'y voyais qu'un inconnu qui me renvoyait mon regard. Parfois, une personne dont il ne m'aurait pas déplu de faire la connaissance, à d'autres moments quelqu'un dont je n'aurais cherché à croiser le regard en aucune autre circonstance. Mais cette fois-là le visage dans lequel je cherchais à me reconnaître n'appelait qu'à la pitié.

« Regarde ce que tu t'es fait, ai-je dit.

– Je sais, je sais. On m'a aidé. »

Le carré de gaze blanche fixé au-dessus de mon œil gauche était moucheté de rouge, mais sec au toucher. En-dessous, une zébrure se formait sur ma joue, gonflée, d'un vilain jaune violacé, et la peau paraissait cireuse et comme fausse. Je l'ai palpée.

« Ouille.

– Ça fait mal, là-dedans ? ai-je demandé. Ici, ça fait mal. »

J'ai hoché la tête, puis je me suis déshabillé et je me suis regardé tout nu. Autrefois je posais nu pour Clair, quand elle était artiste, avant qu'elle ne se marie. Elle me peignait toujours mieux que je ne l'étais – tel était son crime. Mais elle m'a appris à voir vraiment des choses que jusqu'alors je *croyais* seulement voir ; super pour le boulot. J'ai appris à dessiner avec la technique de l'espace en négatif : dessiner les formes entourant une figure, au lieu de l'objet en soi. Ainsi, par exemple, j'avais un régime de bananes sous chaque bras.

Ce qui était vraiment marrant, pourtant, c'est qu'en inspectant mon corps meurtri – un saccage à la fois neuf et ancien, nouvelles blessures et plaies anciennes rouvertes – mon regard est tombé d'abord et surtout sur mon poignet gauche et sa bande de bronzage en négatif. Comme un bracelet rose doublé d'un vide.

J'ai allumé une cigarette et fumé. J'ai mis un caleçon propre et me suis couché. Plus que toute autre chose, j'avais envie de dormir.

Je n'avais pas envie de rester allongé dans mon lit à avoir mal, à fixer l'intérieur de mes paupières, à me repasser l'incident de la 11e Rue dans ma tête, en boucle et en boucle, tout en essayant de refaire le montage pendant qu'il défilait, en coupant ce que j'avais fait et en collant ce que j'aurais dû faire.

Une heure est passée. Soixante-neuf minutes se sont écoulées.

J'étais en colère contre moi-même de jouer à ce genre de jeux stériles, comme quand j'étais petit. On ne peut pas changer le passé en le remâchant indéfiniment dans son imagination.

Il n'empêche, ça persistait, refusait de cesser, et mon cœur réagissait aussi vivement que si tout ça se produisait pour la première fois, mes émotions n'arrivant pas à séparer le réel de l'imaginaire. Mon corps s'est nappé d'une sueur froide comme de la gelée. Je me tournais dans tous les sens, en m'entortillant dans les couvertures. Accepte et oublie, me houspillais-je. Pas pour la première fois.

Mais accepter la perte n'a jamais été mon point fort.

Alors finalement, pour pouvoir me reposer un peu, je me suis embauché moi-même, j'ai pris mon âme agitée comme cliente et je lui ai promis : « Demain matin, j'arriverai à te rapporter tout ce que tu as perdu : ta vie, ton amour, ta ville. Ou, au moins, ta montre. »

Après cela, j'ai dormi comme un chat plongé dans des rêves de souris.

Chapitre 3

L A LUMIÈRE éblouissante du matin m'a entaillé les yeux avec le tranchant d'une feuille de papier. Le reste de ma personne n'était pas très brillant non plus. Je me suis levé avec tous les clichés sur la douleur dont je pouvais me souvenir, j'ai grogné à chaque respiration, allumé une cigarette et fumé. Je me suis fait du café noir et je l'ai bu.

Devant ma fenêtre, le dentiste du premier étage de l'immeuble d'en face explorait la bouche de son patient avec une étincelante sonde argentée.

J'ai éclusé le reste de sucre au fond de ma tasse de café noir et frissonné. Il était dix heures du matin, on était vendredi. J'avais besoin de lait.

La première étape impliquait de sortir de l'appartement. Plus délicat qu'il n'y paraissait : il fallait encore que je m'habille, et ma capacité de mouvement était sérieusement limitée. Enfiler mon blue-jean m'a étourdi de douleur. Incapable de me mesurer à des boutons ou des lacets, j'ai glissé mon corps dans un sweat-shirt extra-large, et mes pieds nus dans des chaussures souples en cuir marron. Des lunettes de soleil, et j'étais parti.

Une fois dans la rue, j'ai pris à gauche, comme je l'avais fait la veille, en tournant dans la 12e Est. Autour de moi, qui traînais des pieds, les gens avaient l'air de foncer. Une Asiatique en stretch argenté et roller blades vert pomme. Deux hommes avec des attachés-cases se partageant un téléphone portable. Une nounou des Caraïbes promenant deux enfants blonds aux yeux bleus dans une poussette biplace. Une retraitée se battant avec ses sacs de courses. Tous auraient pu prendre deux tours de pâté de maisons d'avance sur moi.

Ça m'a donné le temps de réfléchir.

Lorsque je suis arrivé à la supérette de la Troisième Avenue, je suis entré et j'ai gagné directement l'armoire réfrigérante du lait. Cette fois-ci, j'ai pris seulement un litre. Distribution d'armes légères.

L'employé hindou qui étiquetait des flacons de vitamines au comptoir a levé la tête et ses yeux se sont agrandis. Je n'étais pas joli à voir, mais comme il ne me connaissait pas, il n'a rien dit, s'est contenté de taper le prix de mon lait et de l'emballer.

Puisqu'il n'allait rien me demander, ai-je pensé, j'allais devoir le lui dire moi-même. Alors, sur le ton de la conversation le plus naturel que j'aie pu adopter, je lui ai raconté ce qui s'était passé, en réduisant les faits à une simple agression et en lui donnant une description des quatre personnes impliquées, la fille et les trois lourdauds, dont un certain Stosh.

« Vous avez vu quelqu'un qui ressemble à ça dans le coin ? »

Sans un mot, il a hoché négativement la tête. Ce qui était une sorte de mensonge. Derrière moi, il y avait un jeune skinhead qui examinait le rayon des petits gâteaux sous Cellophane et qui aurait très bien pu être un des trois – même corpulence et même attitude de grande gueule –, sauf qu'il ne l'était pas. Ce que l'employé voulait vraiment dire, c'est que ce n'étaient pas ses affaires. Ce serait pareil partout où j'irais.

Je l'ai remercié, mais il s'est contenté de regarder dans le vide. Il faudrait que je revienne et que je demande au caissier de nuit. « Fouille dans tous les recoins », comme disait mon ancien patron Matt Chadinsky.

Je suis sorti et j'ai tourné à droite, vers le coin de la 11ᵉ Est.

Les trois types n'avaient pas attrapé la fille au hasard. Ils la connaissaient et guettaient son passage. Par où était-elle arrivée ?

De l'autre côté de la chaussée à double sens de la Troisième Avenue, le coin nord-ouest abritait un complexe de cinémas à sept niveaux, et le sud-ouest un bar à sushis. De mon côté, la résidence universitaire hors-campus de la New York University occupait le coin où je me trouvais, et une papeterie celui d'en face.

Beaucoup d'activité devant la résidence, ce matin-là, des familles venues récupérer leurs étudiants fraîchement émoulus. Des fourgonnettes, des breaks, des camions de déménagement étaient garés en double file. Deux femmes, mère et fille, portaient un micro-ondes. Un jeune homme en short hissait une caisse en plastique pleine de livres de cours dans le coffre d'une BMW.

La fille de la veille paraissait trop jeune pour aller à la fac, ai-je pensé, à moins que je ne sois devenu tout simplement trop vieux pour faire la différence. Mais avant qu'elle ne me prenne ma montre, j'avais touché ses mains calleuses et poisseuses ; ce n'étaient pas des mains d'étudiante vivant dans une confortable résidence universitaire, plutôt des mains de gosse de la rue, habituées au bitume et à la manche.

C'était toujours une possibilité, pourtant, mais inutile d'aller me renseigner à l'accueil. Avec la tête que j'avais, j'aurais le service de sécurité sur le dos en un rien de temps.

J'ai continué à descendre la 11ᵉ, en reprenant

la direction de la Deuxième Avenue, et suis passé devant quatre poiriers ornementaux couverts de fleurs blanches qui ressemblaient à des grains de pop-corn, et que je n'avais pas remarquées la veille. Je faisais tout mon possible, je retournais étudier les lieux, revenais sur mes pas, cherchais sans savoir ce que je cherchais. Tout ce qui pouvait être susceptible de me mener à la fille. Mais elle devait se cacher à présent, vu que d'autres, également, la cherchaient, et ceux-là avaient un net avantage sur moi : ils savaient où chercher. Mon seul atout, c'était que la fille ignorait que j'étais à ses trousses. J'étais vachement avancé, avec ça.

À la lumière du jour, qui éclairait les zones d'ombre de la nuit, toutes les distances paraissaient plus courtes.

Les voitures, le long du trottoir, étaient toujours garées pare-chocs contre pare-chocs. Je me suis arrêté à l'endroit où je l'avais remarquée pour la première fois lorsqu'elle était sortie de derrière un orme, étrangement dépourvu de feuilles en cette période avancée du printemps. J'ai regardé au pied de l'arbre et au bord du trottoir, en quête de quelque chose qu'elle aurait pu faire tomber, mais il n'y avait rien, à part des débris de bouteilles de bière marron et verts.

Je me suis traîné un peu plus loin, les yeux rivés au sol devant mes pieds, balayant du regard le béton fissuré et gondolé. Refait par endroits, avec des noms gravés dans le ciment durci. L'empreinte d'une main d'enfant, une tête à Toto souriante.

Le sol était littéralement jonché d'indices : une pochette d'allumettes avec un numéro de téléphone tracé au crayon, un étui à clés de voiture, un sac à main retourné, un mégot de Newport maculé de rouge à lèvres, une mèche de cheveux hérissée de rajouts blonds déchirés. Rien de récent, cependant ; tout cela était défraîchi et plein de gravillons.

Il était impossible de rater l'endroit où je m'étais

fait tabasser, marqué par mon propre sang séché, marron foncé et curieusement vernissé. J'ai essayé de ne pas regarder, mais la trace coagulée avait un attrait magnétique. Le sang appelle le sang. Je me suis dit que j'aurais dû être désensibilisé aux effusions de sang grâce aux films et aux infos du soir, mais j'ai quand même senti la terre glisser, manquant une dent d'engrenage usée dans sa rotation graduelle. Je me suis forcé de me concentrer sur le terrain environnant, mais n'ai toujours rien trouvé d'utile.

Un dernier endroit à inspecter : j'ai gagné l'entrée du demi-sous-sol. J'ai regardé des deux côtés de la rue avant de descendre. Sur le trottoir d'en face, longeant le portail à l'arrière du cimetière de St. Mark's, une Latino aux cheveux roux menait un troupeau d'élèves de CP par un câble équipé de dizaines de petites poignées. Je suis descendu.

Le patio en sous-sol était envahi de détritus. Des gobelets, des journaux jaunis, une demi-douzaine de capotes usagées, desséchées comme des mues de serpent. Sous l'escalier en fer, la flaque de lait avait caillé. J'ai essayé de ne pas marcher dedans ni dans le fouillis de marques de bottes blanches en examinant les lieux. L'odeur aigre et suffocante me rappelait l'époque de la cafétéria du collège et des demis tièdes.

Je n'ai pas trouvé la queue d'un indice. Je ne m'y attendais pas, mais on espère toujours. En m'engageant dans l'escalier défoncé pour rejoindre le trottoir, je me suis rendu compte à quel point c'était vain. Je n'avais rien.

L'horloge de l'église s'est mise à sonner l'heure, onze heures, me lançant à la volée que j'aurais *dû savoir... dû savoir... dû savoir...*

Sur le trajet du retour, je suis passé devant le 4 × 4 sous lequel la fille avait rampé ; il était toujours garé au même endroit. Puis je me suis arrêté, j'ai reculé d'un pas. « Fouille dans tous les recoins. »

Tout en me raccrochant à la poignée de la portière,

je me suis agenouillé et j'ai ausculté les détritus au bord du trottoir, devant la jeep. On finit tous au ruisseau, ai-je pensé, mais certains d'entre nous se retrouvent le nez sur des mégots détrempés, des serviettes de pizzeria roulées en boule et un peigne édenté, mis au rancart. Je me suis penché encore plus bas et j'ai regardé en dessous.

J'ai aperçu quelque chose de petit et noir à une trentaine de centimètres sous la jeep. Pour l'atteindre, j'ai dû m'allonger sur mes côtes contusionnées et endurer des ondes de choc de douleur. Un petit objet rectangulaire qui tenait parfaitement dans le creux de ma main.

Je l'ai regardé : c'était un récepteur d'appels à trois sous, de contrefaçon, éraflé sur le devant, dont on avait gratté le nom de l'opérateur avec une épingle. Sur le dos, une fente vide où devait s'insérer une pince de ceinture manquante ; elle avait très bien pu se casser quand la fille était sortie en rampant. J'ai regardé la fenêtre à cristaux liquides, en haut, un mince affichage numérique. Le pager était toujours allumé ; il n'était pas là depuis assez longtemps pour que les piles soient déchargées. J'ai pressé un petit bouton rouge sur le devant et l'écran a affiché le dernier numéro reçu, le numéro précédent, et deux autres stockés dans la mémoire. J'ai embrassé le putain d'appareil.

Quand je suis rentré à mon bureau, le répondeur annonçait en clignotant un dixième message. Je n'avais toujours pas consulté les neuf premiers. Après avoir rangé le lait, je me suis assis, j'ai appuyé sur « Play », les ai écoutés tout en recopiant les numéros stockés dans le pager.

Il y avait une demi-douzaine de messages qui commençaient assez cordialement : « Monsieur Payton Sherwood, vous avez jusqu'à demain minuit pour contacter nos bureaux Citibank Visa au sujet d'une question *vitale* » – suivi d'un numéro vert. Chacun laissé un jour différent.

Il y en avait deux de maman, qui me remerciait pour la vasque de géraniums que je lui avais envoyée pour la Fête des Mères.

Un autre message provenait de Matt Chadinsky, coprésident de Metro Security and Surveillance, Inc., où j'avais fait un apprentissage de cinq ans avant de voler de mes propres ailes. Aux altitudes que l'on sait...

« Eh, Pay, j'ai du boulot pour toi ce week-end, si tu n'es pas trop débordé. (Rire.) On a besoin d'un extra pour une réception de mariage à Long Island. S'agit de se fondre parmi les invités, de garder un œil sur les cadeaux et d'empêcher les pique-assiettes d'entrer. Ce sera l'occasion de te mettre en smoking ! Bon cachet, peu de travail, bouffe gratuite. Peut-être même que tu pourras lever une demoiselle d'honneur. Appelle-moi. »

Super, et moi qui avais l'air d'un pigeon écrabouillé.

Le dernier était de Tigger.

« Eh, t'es là ? Décroche. J'ai frappé mais pas de réponse. Tu vas bien ? Allô ? Il est dix heures et demie. Je vais être debout encore une heure. Ne m'oblige pas à appeler les pompiers. »

Je l'ai rappelée en premier, l'ai réveillée. Elle était de mauvais poil.

« Tu ne m'as pas entendu donner des coups de pied dans la porte ? a-t-elle articulé mollement.

– J'ai dû sortir.

– Comment tu te sens aujourd'hui ?

– Ça baigne. Dans le potage. »

Elle a gloussé, et murmuré, rassurée :

« Mais t'es vivant ?

– Je te tiendrai au courant. À quelle heure tu vas travailler ?

– On est sur place à six et demie. On passe à sept heures.

– Est-ce qu'on pourrait se faire un petit brainstorming, plus tard ? Avec un petit café ?

– *"Brain-and-brain"*… qu'est-ce qu'un *cerveau* ?

– Hein ?

– Rien. (Elle a bâillé.) Ez a utilisé des samples de *Star Trek* dans son mix hier soir. "Spock's Brain Is Missing." J'arrive pas à me l'ôter de la tête.

– Je te ferai le lavage de cerveau Vulcain. Vers quatre heures ?

– C'est *moi* qui t'appelle, après cinq heures.

– Bonne nuit.

– Bonne journée. »

Je l'ai entendue s'étirer et pousser un gémissement ensommeillé tout en reposant à tâtons le combiné sur son support.

J'ai raccroché, puis j'ai appelé Metro Security and Surveillance, et demandé Matt Chadinsky au réceptionniste – un nouveau dont je ne reconnaissais pas la voix.

« De la part, monsieur ?

– Nando Shmocki.

– Ne quittez pas, s'il vous plaît, monsieur Shmocki. »

Quelques mesures de « Isn't She Lovely ? » plus tard :

« Nando *Shmocki*, a dit Matt. D'où tu le sors, celui-là ?

– C'était le nom du greffier à Syracuse.

– Tu te fous de ma gueule. Comment ça s'est passé ?

– On a perdu. Les droits de la mère naturelle ont prévalu.

– Tu peux pas lutter contre ça. Alors, Pay, pour ce mariage. J'ai besoin que tu…

– Euh…

– Comment ça, "euh…" ? Tu vas pas faire l'impasse sur ce coup ? Tu te fous de ma gueule, j'imagine. »

Je l'ai assuré du contraire, lui ai raconté ce qui s'était passé et à quoi je ressemblais maintenant.

« Tu te fous de ma gueule ?

– Matt, vraiment, j'aimerais bien que ce soit le cas.

– Putain, je comptais sur toi. »

Pas le meilleur moment pour demander un service, mais j'y suis allé avec mes gros sabots.

« Tu peux me trouver les adresses de certains numéros locaux ?

– Tu peux pas être si amoché que ça, si tu travailles sur quelque chose. »

Il ne me croyait encore qu'à moitié, persuadé que je dédaignais la mission de sécurité juste parce que c'était indigne de moi (idée qu'il s'était mise dans la tête quand j'avais démissionné). Je lui ai raconté le reste, comment j'avais trouvé le pager, et mon espoir de retrouver la fille grâce à lui et de récupérer ma montre.

Sans émettre de commentaire sur le caractère douteux de mes motivations, Matt a réfléchi à la question en professionnel.

« Dommage qu'il n'y ait pas le nom de l'opérateur. Sans doute une boîte de deuxième zone à qui tu aurais pu soutirer son nom. M'étonnerait qu'elle ait une adresse, d'ailleurs. Une môme de la rue, je dirais.

– Ouais, alors pour le coup de main ? »

Il a grogné, déplacé des papiers devant le téléphone.

« Donne-moi les numéros. Je te facturerai sur une échelle mobile.

– Fais gaffe à pas tomber, avec une échelle pareille. Jeanne ne me le pardonnerait jamais. »

Je lui ai lu les quatre numéros de téléphone. Il a dit qu'il me faxerait les résultats.

« Merci.

– Qu'est-ce que tu vas en faire une fois que tu auras mis la main dessus ? »

L'espace d'une seconde, j'ai compris complètement de travers, j'ai cru qu'il parlait des trois types qui m'avaient battu. Les images éclair où je frottais leurs visages blancs contre un crépi m'ont bien plu, jusqu'au moment où j'ai compris que Matt parlait des adresses.

« Eh bien, je me suis dit, si d'autres gens la cherchent, je peux les contacter, et… »

J'ai laissé ma phrase en suspens ; c'était à peu près là que j'en étais arrivé.

« Et quoi, Payton, fonder un club ? Tu regardes trop la télé. Donne-moi une heure. »

Il a raccroché.

Je suis resté assis comme ça, et j'ai mis deux ou trois bonnes minutes à me rendre compte que je regardais fixement le téléphone.

J'aurais dû arrêter les frais. Ma Rolex en or était perdue depuis belle lurette, de toute façon, très probablement échangée contre de la drogue ou de l'argent pour en acheter. À la lumière du jour, je ne reprochais même pas à la fille de me l'avoir prise, alors que je gisais là en parfaite invite au crime. Quant aux trois gentlemen, eh bien le karma pouvait s'occuper d'eux.

Mais je savais que je ne lâcherais pas le morceau – que je ne pouvais pas laisser tomber. Je rêvais encore d'une femme que je n'avais pas vue depuis cinq ans, un an de plus que le temps que nous avions passé ensemble, c'est tout dire…

J'essayais de nouveau de lire un nom sur la surface rayée du pager et l'inclinais d'avant en arrière sous la lampe de bureau pour attraper la lumière, quand tout à coup il a pris vie dans ma main, en gigotant et en se contorsionnant comme un cafard nerveux. Je l'ai lâché.

Il est tombé sur une pile de factures de cartes de crédit impayées, assorties d'un appel de cotisation d'Oxford Health à l'échéance dépassée et d'un avis d'interruption de Time Warner Cable. Il a un peu glissé, en frémissant, et a déplacé la montagne de mes dettes. Il ronronnait comme un rasoir électrique.

Le pager était sur « vibreur » ; un appel arrivait. Sur l'écran étroit, un numéro à sept chiffres est apparu. Aucun de ceux que j'avais donnés à Matt.

Sans réfléchir – le téléphone déjà à l'oreille – j'ai composé le numéro ; une fois la connection établie, ça a décroché à la deuxième sonnerie.

La voix nasillarde d'une femme a répondu avec douceur :

« Hôpital vétérinaire du Lower East Side.

– Bonjour, vous m'avez laissé un message.

– Euh… »

Elle avait laissé un message à une femme, et c'était un homme qui rappelait. Ça l'embrouillait. « Ouaf-ouaf », en arrière-plan un chien jappait. Elle a dit :

« Excusez-moi, je cherchais à joindre quelqu'un d'autre.

– Ouais, elle est occupée pour le moment, elle m'a demandé d'appeler.

– Gloria Manlow ?

– Exact. C'est pour son chien ? »

Un coup au hasard, mais quel autre genre d'animal pouvait avoir une gosse de la rue, un chat ? une tortue ? un ouistiti ?

« Oui, a dit la femme. Mlle Manlow nous avait dit qu'elle viendrait le chercher ce matin à dix heures. Est-elle en route ?

– Je ne sais pas.

– Eh bien, s'il vous plaît, dites-lui que si elle ne vient pas chercher Pike avant midi, nous devrons lui compter une journée de pension supplémentaire. En plus des trois jours déjà facturés et du solde qu'elle nous doit sur l'opération… »

Sa voix a grimpé dans les aigus.

« Comment va Pike ? ai-je demandé, plus pour entretenir la conversation qu'autre chose.

— Il cicatrise bien. Il irait beaucoup mieux si elle venait le prendre. Dites-lui que si c'est à cause de sa facture, nous pouvons lui proposer un paiement échelonné. Mais il faut vraiment qu'elle…

— Combien vous doit-elle ?

— 365 dollars. 385 si elle ne passe pas ce matin. Nous ne pouvons le garder qu'une semaine. Ça fait déjà trois jours.

— Ensuite que se passe-t-il ?

— Nous le remettons à la SPA.

— Je lui ferai savoir. Ça fait combien de temps qu'elle vous amène Pike ?

— Ça n'a rien à voir avec le fait qu'elle soit une nouvelle cliente. Pour n'importe qui – si nous n'arrivons pas à contacter le propriétaire dans un certain laps de temps – enfin, je veux dire, ce n'est pas un chenil, ici.

— Je suis certain que vous ne le feriez pas de gaieté de cœur.

— C'est super que ces mômes adoptent des chiens perdus, mais je veux dire, enfin bon, ils sont eux-mêmes perdus, vous savez. Ils arrivent tout juste à se nourrir.

— Quel genre d'opération c'était ?

— Il a été blessé avec un tesson de bouteille. Il a fallu lui recoudre certains muscles de la patte. Je croyais que vous étiez un ami à elle ?

— J'étais en voyage. »

Je n'ai pas voulu pousser le bouchon trop loin. Je l'ai simplement remerciée et lui ai dit que je ferais passer le message.

Après avoir raccroché, je me suis surpris à contempler de nouveau le téléphone. Je devenais un champion de la contemplation téléphonique. J'ai sorti le Bottin, j'ai cherché l'hôpital vétérinaire dans les

48

pages professionnelles par ordre alphabétique, et noté l'adresse : 76, 3ᵉ Rue Est.

J'ai repoussé ma chaise et commencé de me lever, mais je n'ai fait qu'un centimètre et demi avant que la douleur ne me cloue à nouveau sur place. Trop longtemps au même endroit, mon corps s'était raidi, et les muscles à vif émettaient de sévères mises en garde – des interdictions, en fait – contre tout mouvement. Ouais, ben rien à cirer.

Essoufflé, je me suis saisi les côtes à deux mains et accroupi vers l'avant, en posant la tête sur le bureau. Tout en me maintenant fermement les côtes, j'ai transféré en douceur le poids de mon corps sur les jambes. Courbé en deux comme par l'ostéoporose, je me suis extirpé de ma chaise et je me suis levé.

La douleur s'est à nouveau emparée de moi quand j'ai avancé d'un pas, m'aveuglant d'un brouillard grisâtre tandis que je luttais contre une sensation de légèreté proche de la chute. Lorsqu'elle s'est enfin dissipée, j'étais toujours debout.

« En avant marche », me suis-je intimé.

Là-dessus j'ai fait un autre pas douloureux : j'étais parti.

Chapitre 4

J'AURAIS PU prendre un taxi, mais je n'étais pas sûr de pouvoir en ressortir. Je n'avais que neuf rues à parcourir. Vu ma cadence du moment, je pouvais y arriver d'ici le mardi suivant. À l'arrêt de bus devant mon immeuble, j'ai regardé le flot de véhicules qui arrivait sur ma gauche : voitures, fourgonnettes, une limousine, une bétonnière. Au loin dans la Deuxième Avenue a surgi la crête blanche du toit d'un autobus. J'ai récupéré un jeton au fond de ma poche et attendu en le gardant à la main.

J'avais découvert son nom. Gloria Manlow. Elle avait dû remplir un dossier d'inscription pour son chien, chez le véto. Donner une adresse quelconque. Il fallait que je voie. Quant aux chances qu'elle se pointe là-bas pendant que j'y serais, je les ai grillées rien qu'en y pensant.

Une grande baleine blanche, le bus, a obliqué vers le bord du trottoir et s'est arrêtée brusquement. Un M15 assurant tous les arrêts jusqu'à City Hall. Cinq autres passagers étaient assis à bord du bus. J'ai fait le trajet debout, agrippé à une poignée d'acier, en lisant une publicité pour les opérations des hémorroïdes au laser et un poème de Langston Hughes sur le deuil (il m'a semblé, en tout cas, que c'était ça le sujet). J'ai signalé mon arrêt.

Les numéros croissaient de façon régulière sur le trottoir sud de la 3ᵉ Rue, que j'ai longé en passant devant deux galeries d'art et un magasin de musique jamaïcaine. Cette portion de la rue était essentiellement composée d'immeubles d'habitation en pierre grise et en brique, aux entrées carrelées et miteuses. Le 76 se trouvait pile en face du siège new-yorkais des Hells Angels, sur le trottoir opposé. Devant, six grosses Harley étaient avachies en rang, comme des soldats au repos. Aucune activité d'aussi bonne heure, il n'était pas encore midi.

J'ai renoncé à l'idée de surveiller les abords de l'hôpital. C'était pas une bonne idée de traîner par là, surtout que j'avais l'air d'avoir déjà participé à une bagarre. De toute façon il était peu probable que la fille vienne chercher son chien ce jour-là, si elle se cachait. Mais on ne sait jamais.

Vu de l'extérieur, l'hôpital pour animaux avait l'air d'un magasin de plantes vertes, avec ses jardinières fleuries aux fenêtres et plusieurs grandes fougères dans des cache-pots enchaînés à la clôture en fer forgé. Un panneau peint à la main pendait au-dessus de la porte : CONSULTATIONS SUR RENDEZ-VOUS. La porte était en chêne, avec une poignée de cuivre et six carreaux, dont un portait un autocollant : LES ANIMAUX ONT BESOIN DE SOINS DEN-TAIRES, EUX AUSSI.

J'ai appuyé sur la sonnerie et le loquet a cliqueté. Je suis entré. Le hall d'accueil avait un dallage en terre cuite et des bancs en pin laqué. Une seule patiente attendait – une dame avec une cage en plastique dont la grille laissait pointer une paire de moustaches blanches. Je me suis dirigé vers la réceptionniste, qui tapait sans regarder sur un clavier ergonomique courbe. Au bout d'une minute, elle a levé les yeux vers moi.

Elle avait des cheveux blond vénitien, un visage frais. Un front solide et une petite bouche peinte en rose. Son expression neutre ne trahissait aucune opinion sur mon visage contusionné. Peut-être, travaillant dans le Lower East Side, avait-elle déjà vu pire. Moi oui, en tout cas.

« Oui ?

– Bonjour, je suis un ami de Gloria. Nous nous sommes parlé au téléphone. À propos de Pike. »

Ses yeux bleus demeuraient inexpressifs :

« Oui ?

– Je n'ai pas encore pu lui parler, et je me demandais si elle avait appelé ? »

Elle a secoué la tête.

Un coup de sonnette a retenti et elle a déclenché le loquet. La porte s'est ouverte sur une grande femme qui tenait à bout de laisse un chien de traîneau svelte, aux yeux vert glacier. Le chien a reniflé la cage sur le banc, et celle-ci a fait un bond de haricot sauteur.

La grande femme a tiré sur la laisse en disant :

« Non, Nanette, Non ! Geeeentille. »

J'ai repris mon boniment à l'adresse de la réceptionniste.

« Je crois que Gloria est un peu fauchée, en ce moment, lui ai-je dit, mais elle ne veut pas l'admettre. Je ne veux pas qu'il arrive quelque chose à son chien, entre-temps. »

J'ai sorti mon portefeuille et regardé dedans. Un billet de 20 chiffonné et un de 1. Sur la tablette, les autocollants de trois grandes cartes de crédit. Ayant des doutes au sujet de ma Visa, j'ai fait glisser la Discover.

« Pourrais-je jeter un coup d'œil à sa facture ? Voir combien je peux assurer. »

Elle m'a souri. J'étais un client, à présent. Ses doigts ont crépité sur le clavier pour faire apparaître l'information sur l'écran.

« D'habitude, a-t-elle dit, nous envoyons ces jeunes à la SPA ou à un dispensaire. Pour des problèmes mineurs, vous savez, les ovariectomies, les castrations, les vaccins. Mais la patte de son chien était gravement déchirée. Dix-sept points de suture. Un petit calibre, en plus, quinze kilos. Oh, vous n'avez pas besoin de vous pencher. Je vais l'imprimer. Combien vouliez-vous payer, sur le solde de 385 ? »

J'ai évalué le coût et le profit de l'information.

« 120 dollars. »

Elle a tapé le montant et fait glisser ma carte dans un détecteur. Nous avons attendu quatre-vingt-dix angoissantes secondes pour voir si elle allait recevoir l'autorisation. Dans ma tête, j'entendais le thème de *Jeopardy*.

La facturette s'est imprimée. Je l'ai signée et j'ai récupéré mon bout de plastique. Elle a fait pivoter sa chaise vers l'imprimante puis est revenue, d'un coup de roulettes, deux feuilles à la main. Elle me les a tendues, mais les a ensuite retenues d'une légère traction. Je n'ai pas tiré de mon côté.

Elle a planté son regard dans le mien. Des yeux bleus, très bleus même : le blanc était bleuté comme une porcelaine de Saxe.

« Aimeriez-vous le voir ? a-t-elle demandé.

— Qui ?

— Pike. Un peu d'attention ne lui ferait pas de mal.

— Oh ouais, bien sûr. »

Elle a lâché les papiers. Je n'ai même pas regardé, je les ai juste pliés et mis dans ma poche, puis je l'ai suivie de l'autre côté du comptoir, vers une porte en verre grillagée au fond de la pièce. Quand la porte s'est ouverte, j'ai été assailli par une odeur animale – chaude, aigre, et dégueulasse – ainsi qu'une cacophonie d'aboiements, de miaous et autres caquètements. Le sol de ciment barbouillé d'antiseptique collait aux pieds. Les cages, une vingtaine en tout, s'alignaient aux murs. Certaines étaient assez petites pour des lapins, deux suffisamment grandes pour loger des saint-bernard. Située dans une rangée du milieu, à un étage en dessous d'un chihuahua aux yeux globuleux qui avait le cou pris dans une minerve, se trouvait la cage de Pike, de taille moyenne.

Pike, assis parmi des lambeaux de papier journal dans un coin du fond, était recroquevillé sur lui-même comme une gargouille. Il n'était que peau et muscles, un pit-bull caramel avec de grosses pattes blanches et un museau rose pâle aux moustaches grises, rendu ridicule par un cône de plastique blanc crème – genre d'abat-jour à l'envers – qu'on lui avait fixé au cou pour l'empêcher de mordre ses points de suture.

« Salut, mon beau », ai-je fait.

Il a roulé des yeux, l'air abattu, sans bouger sa queue de rat repliée contre ses pattes arrière.

La réceptionniste m'observait en silence.

« Viens là, Pike. Viens là, mon beau. »

J'ai levé la main vers les barreaux – et stoppé net mon geste. C'était un pit-bull.

Timidement, j'ai risqué deux doigts à l'intérieur. Le chien s'est mis à quatre pattes et il a traversé la cage d'un bond. Sa truffe chaude a touché ma main et il a reniflé ma peau longuement, à fond, en confrontant mon odeur à son catalogue personnel d'agresseurs passés. En sentant son haleine humide, j'ai dû refermer les doigts pour m'empêcher de les retirer vite fait. Sa gueule s'est fendue d'un sourire baveux plein de dents de crocodile. Il a sorti la langue et m'a léché la main. Tournant la tête de côté, il m'a caressé les doigts d'une oreille ballante et douce comme du velours.

Je l'ai gratté docilement, en disant :

« Bon chien, Pike, bon garçon. »

Je le pensais.

« Est-ce que vous lui faites faire de l'exercice ? ai-je demandé.

– Un peu. Mais ces chiens-là, ils ont l'habitude de

traîner dehors, il ne comprend pas pourquoi il est enfermé toute la journée. Rappelez-le à sa propriétaire, quand vous la verrez.

– Si je la vois. Elle a oublié son pager chez moi et maintenant j'ai du mal à lui mettre la main dessus.

– Oh ? »

J'ai cessé de gratter Pike et il m'a lancé un regard du genre « Où tu vas ? ».

J'ai sorti un calepin et noté mon prénom et mon numéro de téléphone. J'ai déchiré la page et l'ai tendue à la réceptionniste.

« Ce serait gentil de me passer un coup de fil, si vous avez de ses nouvelles, ai-je dit. Et sinon, eh bien… appelez-moi avant qu'ils fassent quoi que ce soit pour Pike. »

J'ai levé les mains contre les barreaux et lui ai gratté de nouveau les oreilles. Son collier de plastique est venu buter contre la porte de la cage. Il avait l'air d'un chiot de dessin animé, la tête coincée dans un entonnoir.

« Il faut que j'y aille, maintenant, lui ai-je dit. Faut que je trouve ta maman. »

Je me suis éloigné, puis retourné. Ses yeux marron, derrière les barreaux, étaient ceux d'un chien dérouté et trahi.

J'ai remercié la réceptionniste de son aide. Elle m'a tendu sa carte professionnelle. ROXANNE PIETRA, *SECRÉTAIRE MÉDICALE*. Autant pour moi.

« Encore merci, Roxanne. »

Elle a plissé les yeux, puis tendu la main vers ma tempe gauche. J'ai failli avoir un mouvement de recul, mais elle s'est contentée d'effleurer mon front et de recoller doucement un coin de pansement qui rebiquait au-dessus de mon œil. Quelque chose l'intriguait ; elle m'a interrogé un instant de son regard ultrableu, mais alors le téléphone a sonné et elle a dû lui donner la priorité.

« Ben, a-t-elle dit, bonne chance, en tout cas, Payton. »

Un peu déstabilisant. Quand, par son métier, on a l'habitude de se fondre dans le décor, il n'est pas agréable de se faire remarquer. Mais là, c'était différent. Je suis sorti de l'hôpital avec l'ego qui faisait toujours la grève de la faim.

Dehors, j'ai parcouru la fiche de facturation dont j'avais payé 120 dollars la consultation, et qui à première vue n'en valait même pas la moitié. Y étaient détaillés le coût de l'opération de Pike, son anesthésie et trois jours de pension et de nourriture. Il avait été admis le mardi matin à neuf heures. Gravement blessé, débris de verre retirés. Le sexe, la couleur et les taches du pelage étaient indiqués. Onze mois, un croisement de pit-bull et de boxer.

À la case « propriétaire » figurait le nom de Gloria, le numéro de son pager à préfixe 917 et une adresse plus à l'est, dans Alphabet City. Pas de numéro d'appartement.

J'ai traversé la rue et mis le cap à l'est. En tournant au coin de la Première Avenue, j'ai failli rentrer dans un rouquin en col roulé noir, qui enlevait les cadenas des grilles de Little Rickie's, le grand magasin de gadgets aux vitrines bourrées de brimborions – une plantureuse pendule Betty Page, des jouets mécaniques en métal aux bords tranchants, des cartes postales 3D de Jésus-Christ, un buste d'Elvis en plâtre, des crocodiles en caoutchouc et une pile de mallettes à déjeuner Ganesh.

Profitant d'une accalmie dans la circulation, j'ai traversé les cinq voies chaotiques de la Première Avenue. Mais comme je boitais méchamment – ou trop bien – j'ai mis plus longtemps que prévu et j'ai dû esquiver un camion FedEx qui arrivait à fond de caisse. J'ai grimpé sur le trottoir en titubant, et un vilain élancement m'a couru le long de la jambe droite et planté ses incisives dans le bas du dos.

J'avais besoin d'une cigarette, d'une aspirine ou des deux.

L'adresse qu'avait donnée Gloria était le 729, 9ᵉ Rue Est, six rues plus au nord et au moins trois avenues plus à l'est, voire quatre. De toute façon, je ne pouvais pas le faire à pied, j'ai donc hélé un taxi.

Lorsque j'ai demandé au chauffeur si je pouvais fumer dans sa voiture, il a dit non. Je suis monté quand même.

Il a bombé le long de la Première Avenue et tourné dans la 6ᵉ Rue, puis dépassé les Avenues A et B, toujours à fond de train. Aux abords de la C, l'avenue Loisaida, nous sommes entrés dans un barrio latino. Des cités. Des terrains vagues, délaissés par la Ville, reconvertis en parkings et jardins communautaires par les habitants. Sur les murs fissurés, d'immenses fresques représentant des vedettes sportives, des super-héros et des animaux mythiques (des licornes, le Minotaure) dans un arc-en-ciel de peinture à la bombe.

On avançait plus lentement, par ici, à cause des voitures et des pick-up garés en double file. Avenue D, nous avons tourné vers le nord. Devant, dans la 14ᵉ, les cheminées de brique de la centrale électrique de Con Edison se dressaient comme une rangée de silos à l'abandon. À droite, au-delà de la voie express FDR et de la surface de plomb ridée de l'East River, un néon vantait le sucre Domino depuis Brooklyn. Le chauffeur a tourné dans la 9ᵉ Rue.

Le bâtiment du coin nord était en cours de construction. Il était entouré d'échafaudages bleus maculés de ciment. Au coin sud de la rue, un autre lotissement s'édifiait sous la houlette du Département de l'Entretien et de la Construction d'Habitations. Des immeubles en pierre de trois étages, logements à loyer modéré qui, vus de l'extérieur, ressemblaient aux écoles d'autrefois, avec leur salle de classe unique. Parmi les fenêtres neuves, beaucoup portaient encore l'étiquette du fabricant ; certains carreaux étaient déjà cassés. Deux ouvriers casqués, qui poussaient des brouettes pleines de briques, ont reluqué mon taxi d'un œil soupçonneux, ou alors je suis parano, mais l'un n'empêche pas l'autre.

Plus loin, la rue était déserte. J'ai eu l'impression d'avoir gaspillé une course de taxi – sans parler des 120 dollars – en arrivant à l'adresse approximative, une rangée de terrains clôturés, dont un parking privé. Le premier vrai bâtiment était un immeuble en pierre de quatre étages à l'abandon, entouré de toutes parts de gravats. L'entrée noircie par le feu avait été condamnée par des planches, le numéro peint, 737, était à peine visible.

Là où aurait dû se trouver le 729, un grillage à losanges entourait un jardin vert aux sentiers fleuris, planté d'arbres et d'arbustes. J'ai demandé au chauffeur de s'arrêter.

Dans le jardin, un homme se servait d'une binette au manche cassé pour prélever de la tourbe d'un sac de dix kilos placé dans un Caddie de supermarché. Il l'étalait sur le sol sablonneux. Il était mince comme un serpent, vêtu de jean de la tête aux pieds, jusqu'à son chapeau à larges bords rabattu sur de longs cheveux noirs et argentés et des lunettes aux verres orange. Une moustache noire à la Fu-Manchu était collée sous ses joues creuses, comme un déguisement bon marché.

À cause de ses lunettes, je ne savais pas s'il m'avait vu descendre du taxi ou non, mais il est parti bêcher la terre vers le fond du terrain et, le temps que j'arrive à la clôture, il était à la porte d'une remise adossée au mur d'un immeuble abandonné de la rue suivante. J'ai appelé, mais il a refermé la porte derrière lui.

La cabane était construite avec du bois de récupération, du carton, des pans de palissade et des panneaux de signalisation cassés, tels que des « ACCÈS INTERDIT » ou des « SENS UNIQUE ».

J'ai essayé la grille. Fermée par un cadenas sur une chaîne de moto enroulée à double tour. J'ai longuement regardé le jardin. On a rarement l'occasion d'admirer la nature en ville, surtout, bizarrement, dans les zones où elle tombe en ruines. Un assortiment de marguerites et une rangée d'arbustes bordaient un sentier sinueux, pavé de débris de carrelage, d'éclats de poterie et de briques cassées plantés verticalement dans la terre. Derrière la flore variée, des sculptures de jardin ébréchées pointaient leur nez, un aigle ukrainien, un nain barbu, une Vierge tachée de bleu.

J'ai clopiné jusqu'au taxi et m'y suis glissé précautionneusement. Dans le rectangle du rétroviseur, les yeux cerclés de noir du chauffeur m'ont examiné attentivement. Destination ?

J'aurais pu me douter que l'adresse serait bidon. J'avais perdu mon temps et mon argent. Tapé dans mon découvert, plutôt. Cette façon de dépenser les fonds à venir, comme si j'écopais pour *remplir* d'eau mon bateau en perdition… Ou ma barque, ou mon radeau de sauvetage, peu importe. En plus, l'aller-retour en taxi m'a privé de 8 dollars, sur les 21 qui me restaient.

Ma détermination se mettait à mollir maintenant que ma quête commençait à avoir un prix.

Lorsque je suis arrivé à l'appartement, les fax de Matt m'attendaient dans la corbeille. Ainsi qu'un nouveau message sur le répondeur.

J'ai allumé une cigarette, puis j'ai écouté le message. Je pensais que ce serait Matt qui vérifiait si j'avais bien reçu son fax. Mais c'était quelqu'un qui voulait m'embaucher, figurez-vous.

Un avocat du Comté de Suffolk me disait dans un gloussement aigu qu'il avait trop d'affaires de divorce sur les bras et qu'un client satisfait m'avait recommandé. Je n'arrivais pas à imaginer qui. Il laissait son numéro.

Je détestais les enquêtes matrimoniales, ce qui

revient à dire que je détestais payer mon loyer. C'est ça, je détestais payer mon loyer.

J'ai exagéré ma claudication, et ne suis pas arrivé au répondeur à temps pour sauvegarder le message avant que ça rembobine.

En quoi avais-je besoin de travail, de toute façon ? J'avais un hobby.

Chapitre 5

J'AI LU LA PREMIÈRE page du fax de Matt. Il n'avait identifié que deux numéros sur quatre. Sur les deux qu'il n'avait pas trouvés, l'un devait être un téléphone à pièces au sud de la 14ᵉ Rue Est (déduction fondée seulement sur la conversation). L'autre était un téléphone cellulaire, impossible à retracer, géré par Maximocom, une société de télécommunications de haute sécurité qui disposait de la toute dernière technologie numérique pour brouiller les signaux. Pas donné : dans les 1 dollar la minute en appel local. Quels que soient le lieu ou la personne avec lesquels il vous mettait en liaison, c'était un contact avec le fric.

La seconde page du fax était une liste des quatre numéros tels qu'ils figuraient sur le pager, c'est-à-dire dans l'ordre inverse de la réception, le dernier en premier, avec les résultats :

1. Numéro de téléphone à pièces.

2. Numéro de téléphone numérique.

3. Domicile attribué à Theodore Wylie, 617, 11ᵉ Est, appt 9.

4. Société attribuée à Powers Orloff, 93, Van Brunt Street, Brooklyn.

L'information avait l'air plutôt maigre, toute seule sur la page. Pour en tirer le plus grand parti ou pour épuiser au plus vite toutes les possibilités, j'ai entrepris de composer les numéros l'un après l'autre.

Le premier s'est mis à sonner indéfiniment ; c'était le téléphone à pièces, alors j'ai laissé faire. J'ai compté les sonneries jusqu'à douze et puis mon esprit s'est échappé. Les vitres de mes grandes fenêtres cintrées, comme les yeux écarquillés d'un personnage de dessin animé regardant vers le nord-est, avaient méchamment besoin d'être lavées, le soleil de midi qui les frappait à l'oblique rendait opaques les épaisses traînées de pollen, de pollution et de crasse.

« *Oy ? Bon dia.* »

Je suis revenu sur terre. Au téléphone, il y avait un filet de samba en arrière-fond sonore. Pas de bruit de voitures. J'ai dit bonjour et commencé d'en dire plus.

« Café pas ouvert. » Son accent était un croisement d'espagnol et d'italien.

« Où...

– Ouvert une heure. »

Je me suis creusé la cervelle pour retrouver un peu d'espagnol scolaire. Pas de chance, j'avais pris français.

« Endroit... *Locacion*... euh...

– *Ah, sim, sim ! Avenida A y...* dix !

– Merci, euh, *gracias*.

– *De nada.* »

Sous le numéro du téléphone à pièces, j'ai écrit : *Café – Dixième et A.*

J'ai composé le deuxième numéro, celui du téléphone numérique. C'était occupé ; un message automatique m'a invité à essayer de rappeler plus tard. J'ai mis un point d'interrogation à côté.

J'ai composé le numéro attribué à Theodore Wylie. Pessimiste comme je suis, je ne m'attendais pas à une réponse, donc je n'ai pas été déçu. Pas de répondeur ; j'ai laissé sonner deux minutes avant d'abandonner.

J'ai essayé le dernièr numéro. Powers Orloff de Brooklyn.

Il y a eu deux sonneries puis un double déclic, et une voix de femme, gutturale, a répondu.

« Allô ? » – le « allô » un peu éteint de quelqu'un qui reçoit un signal d'appel. Elle était déjà en ligne.

« Bonjour, ai-je dit. J'appelle pour Gloria Manlow.

– Gloria ? Qui… oh, vous voulez dire Glo ? Tout le monde la cherche. Elle n'est pas là pour le moment. »

Elle avait une voix sensuelle et rauque, comme si elle avait ri trop fort et trop longtemps quand elle était petite.

« Quand est-ce que je pourrais la joindre ?

– Ch'ais pas, Pow compte sur elle à quatre heures, pour toute la fin de l'après-midi, mais hier… Eh, qui est à l'appareil ?

– J'appelle de la part de l'Hô-putain – de l'Hôpital vétérinaire du Lower East Side. C'est pour son chien. »

J'aurais dû sortir ça avec plus d'aisance, mais j'avais eu une nuit difficile.

« Qu'est-ce que vous racontez ? Glo n'a pas de chien. C'est *Teddy* à l'appareil ? – Elle a noyé le nom dans une dose généreuse de fréon.

– Non, je…

– Ouais, c'est ça. Écoutez, laissez-la tranquille, hein. C'est fini. Vous pigez ? »

Malgré l'erreur d'aiguillage, ça a failli me vexer.

« S'il vous plaît, ai-je bafouillé, pourriez-vous… »

Elle a interrompu la communication.

Je n'ai pas rappelé. Sous l'adresse de Brooklyn, j'ai noté : *16 heures baby-sitting ???* Plus haut dans la liste, à côté du nom de Theodore Wylie, j'ai noté : *Teddy. Ex ?* Ça remplissait bien la page.

J'ai composé à nouveau le numéro du téléphone cellulaire et cette fois-ci ça a sonné.

« Allô-ô-ô », a modulé nonchalamment une voix d'homme jeune. En fond sonore, une musique forte, aux contours incisifs, retentissait comme des sacs de verre qu'on balance dans un escalier de secours.

« Ouais, allô, salut, ai-je fait. Glo est là ?

– Glo ? »

La musique techno-métal a chuté de dix décibels. Quelqu'un d'autre, en arrière-plan, a demandé d'un ton inquiet :

« C'est Glo ? C'est elle ? Passe-la-moi, je veux lui... »

Une main a étouffé le combiné.

« Qui est-ce ? a demandé une voix, toujours la voix nonchalante qui avait répondu.

– J'essaie de joindre Glo.

– Elle n'est pas là.

– Ah merde. Faut que je me casse cet après-midi et elle a laissé ses affaires ici.

– Qui est-ce ?

– Payton. C'est Teddy ?

– Non. T'es un ami de Ted ?

– Non, mais je croyais qu'ils étaient ensemble.

– Plus maintenant, a-t-il continué de sa voix monotone. Ils ont rompu.

– Waouh. J'imagine que c'est pour ça qu'elle m'a donné ce numéro.

– T'as essayé son pager ?

– Ouais, mais jusqu'à présent j'ai pas eu de réponse.

– Ben il est encore assez tôt, tu sais.

– Ouais, je sais, c'est juste que je suis inquiet, avec ces mecs qui l'ont agressée hier, et...

– Quoi ? (Pour la première fois, un peu d'intérêt.)

– Quoi ? *Quoi* ? a répété la seconde voix, pressante, en se rapprochant du combiné.

– Oh, t'inquiète pas, ai-je dit. Elle va bien.

– Quand est-ce que ça s'est passé ?

– La nuit dernière. Vers deux heures du mat'.

– Merde, c'est à peu près l'heure où elle est partie. Elle est pas revenue.

– Ouais, elle est venue chez moi. Elle a laissé son sac ici la nuit dernière, des vêtements et des papiers. Je vous embêterais pas autrement, sauf qu'il y a aussi des comprimés, des trucs sur ordonnance.

– Vraiment ?

– Et j'ai ce concert à Boston, mais je ne veux pas partir sans le lui faire parvenir. Tu sais pas où elle est ?

– Nan, désolé.

– Elle habite où ?

– Nulle part, pour le moment, elle a créché ici ces deux-trois derniers jours.

– Purée. Tu crois que je pourrais vous laisser ses affaires ?

– Ben, je ne…

– Très bien, a dit la voix excitée de l'arrière-fond, comme si le gars était collé à l'oreille de l'autre.

– Super. Je pars du centre, là maintenant, je viens vous retrouver. C'est où ?

– Euh… a fait Voix numéro un.

– Il y a un restaurant japonais au coin de la Troisième Avenue et de la 11e, a intercédé Voix numéro deux. On sera au sushi-bar dans dix minutes, on mangera du *tekka makki*. »

L'appel s'est terminé abruptement, ça a coupé. Mais qu'est-ce que ça pouvait bien être, du *tekka makki* ?

J'ai écarté ce problème et j'en ai attaqué un autre : les affaires de Gloria que je n'avais pas. Je suis allé au placard, sous l'évier, où je gardais les sacs en plastique, et j'ai dégoté le plus voyant, le plus coloré que j'aie pu trouver, un sac en plastique rose avec des cordons blancs. Ce serait facile de filer quelqu'un se trimbalant avec un truc pareil.

Je l'ai rempli avec deux tee-shirts et des vieilles chaussettes, puis je suis allé à mon armoire à pharmacie et j'en ai sorti un flacon en plastique d'ampicilline dans lequel il restait neuf gélules rouges. J'ai décollé l'étiquette du flacon et l'ai mis dans le sac avec les chaussettes et les tee-shirts, puis j'ai serré les cordons jusqu'à ce que l'ouverture fronce. J'ai fait trois nœuds plats et rentré les bouts.

En sortant de l'immeuble, j'ai regardé dans ma boîte aux lettres. J'attendais le règlement du récent boulot à Syracuse et des défraiements qu'un teinturier parano de Queens me devait depuis longtemps. Le facteur n'était pas encore passé.

Quand je suis passé devant la vitrine du magasin vide et fermé des Chung en me dirigeant vers la 11e Rue Est, un petit coup de vent a fait voleter une feuille de papier coincée dans la grille. Je l'aurais manquée, sinon ; elle n'était pas là avant. Je l'ai retirée, l'ai dépliée.

Sur la page s'alignaient quatre colonnes de caractères coréens serrés, des lettres délicates comme de minuscules images. J'étais incapable de les lire, mais je suis rentré dans la pénombre du kiosque à journaux d'à côté et j'ai photocopié la feuille quand même. Un vrai écureuil, pour les indices.

Lorsque je suis ressorti, la lumière éblouissante renvoyée par le trottoir m'a frappé en pleine figure comme une giclée de Javel. Mes yeux non protégés se sont embués de larmes et ma vue s'est brouillée. J'ai vite remis mes lunettes de soleil, et le monde est devenu beaucoup plus net à travers leurs verres kaki.

J'ai replacé le message original là où je l'avais trouvé, dans la grille. J'ai allumé et fumé une cigarette tout en me dirigeant vers le bar à sushis, qui était au coin sud-ouest de la 11e et de la Troisième. L'immeuble de deux étages était un ancien mont-de-piété spécialisé dans les instruments de musique (un lieu de rencontre super, à l'époque, pour musiciens de rock dans la dèche cherchant à sauver les apparences). Rénové, il avait à présent une façade de pagode en bambou, dont les lattes, laquées d'un brun-jaune liquide, ressemblaient à des dents de cheval tachées de nicotine.

Avant d'entrer, je me suis arrêté pour regarder le

66

menu affiché à l'extérieur. Le *tekka maki*, c'était un rouleau au thon.

À l'intérieur : des jardins de galets blancs et d'arbres nains, de cascades miniatures et de bois flottés, lisses et polis, qui se dressaient dans le gravier comme des bras suppliants. Le plancher de bois dur blanchi luisait comme du miel étalé en couche régulière.

À droite se trouvaient les tables, occupées pour la plupart par des couples, à l'exception d'une table rectangulaire, au fond de la salle, qui accueillait six hommes d'affaires en costumes légers et brillants. À gauche, il y avait le sushi-bar, pin jaune et acier bruni, éclairé comme une salle d'opération. L'air était inodore et sans saveur. Derrière un écran de verre, trois hommes en tablier blanc immaculé détaillaient du poulpe et de l'anguille sur des plaques de marbre blanc, puis modelaient les lamelles avec des monticules de riz blanc, pour envelopper ensuite chaque rouleau dans une bande d'algues verdâtres et sèches comme du parchemin. Euh… miam.

Il n'y avait que deux jeunes gens – dans les vingt ans – assis au bar, inutile de vérifier ce qu'ils mangeaient. Quant à la précaution que j'avais prise en choisissant un sac voyant, elle était également superflue. Ces deux-là, on les aurait remarqués en plein carnaval.

Chapitre 6

CELUI QUI ÉTAIT le plus près de la porte, tout au bout du bar, portait des lunettes de soleil Foster Grant à monture blanche trop petites pour sa tête, et qui lui pinçaient les tempes. Un long corps svelte et une taille étroite, le ventre à l'air, un petit haut moulant, rayé jaune et noir, qui le faisait ressembler à une guêpe. Ses avant-bras dénudés étaient filiformes, mais ses biceps avaient l'air toniques. Un pantalon de golf vert et des chaussures noires à la Frankenstein complétaient son accoutrement outrancier.

Ses cheveux fins teints au henné avaient l'orange vif de la patate douce confite et une coupe en dégradé de Mods, mais ses sourcils et son ombre de barbe au menton étaient noir de jais. Il portait autour du cou une chaîne en argent avec une amulette composée de cinq laissez-passer – des pass plastifiés – barrés par les mots « ALL ACCESS ».

Son ami, à l'allure moins dynamique et moins voyante, était lui aussi assez frappant dans son genre. Tout entier occupé, pour le moment, à tenir ses baguettes en équilibre au-dessus de son assiette. Ses cheveux blonds décolorés lui collaient au crâne, plaqués sur le côté comme des brins de foin. En dessous, je distinguais à peine un tarin de gnome des forêts.

Il portait un tee-shirt blanc uni, un pantalon de parachutiste bleu et des Nike customisées par l'ajout de six épaisseurs de semelle supplémentaires qui allaient en s'effilant, formant comme un piédestal.

L'aspect étrange des deux hommes ne m'a pas perturbé. D'après mon expérience, les gens qui affichent leur complexité à l'extérieur sont beaucoup plus faciles à comprendre que ceux qui la cachent au fond d'eux-mêmes. Ce sont *ceux-là* dont il faut se méfier. J'en étais un exemple concret.

J'ai pris mon souffle puis fondu sur eux en débitant d'une traite :

« Eh, salut, salut, merci de m'avoir donné rendez-vous à la dernière minute, comme ça, au débotté. »

Quand le premier s'est retourné pour regarder, je passais déjà sous son nez pour aller occuper la chaise vide à côté de son ami. J'ai surpris ce dernier en m'asseyant – j'arrivais dans l'angle mort de ses cheveux ; il a légèrement sursauté, mais n'a pas levé les yeux de ses baguettes.

Sans me tourner non plus, j'ai capté l'attention d'un serveur et commandé une Sapporo. Comportez-vous normalement, l'air de faire comme d'habitude, et en général ça passe très bien.

Cheveux au henné lunettes blanches s'est penché et m'a adressé la parole par-dessus la tête de l'autre.

« Payton ?

– Ouais, salut. Désolé, j'ai pas bien pigé ton nom au téléphone.

– Je m'appelle Seth, a-t-il dit avec une pointe d'accent européen. Et lui c'est Droopy.

– Droopy ?

– Oui. »

Seth n'a pas avancé d'autre explication. Ce n'était pas nécessaire. Droopy oscillait légèrement sur place, pivotant le torse en petits cercles dans le sens inverse des aiguilles d'une montre.

Je leur ai tendu la main droite. Droopy s'est dérobé, mais Seth a contré en me tendant sa main gauche à la place. Il y a des gauchers qui font ça, pour bien vous faire comprendre que le monde n'est pas exclusivement peuplé de droitiers. Ce qui est vrai.

Ça ne me gênait pas. J'ai changé de main.

Sa poigne était ferme et sèche, ses ongles lisses et triangulaires. Il portait un tatouage discret sur le coin de peau compris entre le pouce et l'index : une petite marguerite blanche, cinq pétales autour d'une tige verte et courte. Pas d'autre ornement corporel que je puisse voir. Il avait les oreilles percées en plusieurs endroits, mais la plupart des trous étaient vides, à part un cabochon argenté à chaque lobe.

Il a fait glisser ses lunettes de soleil blanches au bout de son nez et m'a examiné de ses yeux en amande d'un marron banal.

« Qu'est-ce qui est arrivé à ton pauvre visage ? a-t-il demandé avec une inquiétude sincère. C'est *atroce*. »

Droopy s'est tourné pour voir par lui-même en écartant le rideau de ses cheveux paille.

« Grave », a-t-il jaugé.

Non pas qu'il fût si pimpant que ça lui-même. Des marques d'une jeunesse prématurément, excessivement dilapidée, des poches sous les yeux de la couleur et de la texture du thon cru dans son assiette. Des croûtes sur les paupières et des résidus de sa nuit sur ses longs, très longs cils. Il avait les yeux du gris terne et incolore d'une eau de rinçage de pinceau.

Je leur ai dit :

« J'étais avec Glo la nuit dernière quand elle s'est fait attaquer.

— Oh mon Dieu, est-ce qu'elle va bien ?

— Ouais, elle s'est sauvée. Je leur ai donné du souci. »

Seth a remonté ses lunettes et, dans le même mouvement de l'index, a appuyé sur son front pour redresser sa tête. Il a rejeté les épaules en arrière et frissonné.

« Ça me fait mal rien que de te regarder, a-t-il dit.

– Ça me fait mal d'être vu. »

Droopy a ri, mais trop longtemps après ma remarque. Peut-être riait-il d'une de ses propres plaisanteries.

Ma bière est arrivée dans un grand obus de mortier argenté. J'ai dit « Pas de verre » au serveur, mais il en a laissé un quand même. J'ai bu une lampée froide de Sapporo aigre à même la boîte et fait : « Ahh. »

Émergeant de sa profonde méditation, Seth a dit, presque comme s'il se parlait à lui-même :

« On oublie à quel point cette ville peut être dangereuse. Tu mènes ton chemin sans être touché par toute cette mocheté pendant si longtemps que tu commences à douter des histoires de vol et de viol qu'on lit ou qu'on entend raconter. Et puis ça te tombe dessus, venant de nulle part. »

J'ai siroté encore un peu de bière et hoché la tête en léchant la mousse sur mes lèvres.

« Sauf que là, ça venait de quelque part. Ces types d'hier soir connaissaient Glo. Ils ont dit qu'elle avait quelque chose qui ne lui appartenait pas. »

Seth a posé ses baguettes, les a placées en angle droit sur son assiette.

« Quoi ?

– J'ai dit, ils ont dit qu'elle avait quelque chose à eux. »

Il a esquissé un sourire.

« Ils ont dit quoi ?

– Non. Je me demandais si vous le saviez. »

Seth a secoué la tête. Droopy a répondu lui aussi, d'un mouvement de sa frange malingre.

« Alors peut-être que vous connaissez les trois types qui sont à ses trousses. » J'ai décrit le trio.

Seth s'est tamponné les coins de la bouche avec une serviette en lin, essuyant une tache de *wasabi* vert vif.

« Ça ressemble à beaucoup de gens qu'on voit circuler.

– D'où vous la connaissez ? ai-je demandé. De la fac ? »

Droopy parlait d'une voix pâteuse, et son souffle soulevait sa grande mèche comme une palme.

« Naan, a-t-il dit, c'est juste une gamine. On la croise en boîte.

– Vous la connaissez depuis combien de temps ? »

Seth a répondu pour les deux :

« Pas longtemps. Les nouvelles têtes, ça va ça vient. On a commencé à la remarquer vers... vers février, disons. On a dansé avec elle quelques fois, sans jamais vraiment lui parler. Mais l'autre nuit, elle avait besoin d'un endroit où aller.

– Quand était-ce ? Où ça ?

– Oh, va savoir. Mercredi, je crois, dans une des boîtes. La moitié du temps, de toute façon, nous ne savons pas où nous sommes. Ce qui n'empêche pas de rencontrer tout le monde – même si tu t'en passerais *bien volontiers*. Aussi grande que soit cette ville, ses fils convergent comme une toile d'araignée. »

Il a souri de sa métaphore.

« Glo n'est pas un peu jeune pour entrer dans ces boîtes ? Je croyais qu'il fallait avoir plus de vingt et un ans. »

À voir les épaules de Seth se voûter, j'ai deviné que je m'étais par inadvertance laissé aller à parler une langue morte, style araméen. Je déteste quand je fais ça.

Son mépris a monté comme un soufflé.

« Les boîtes *n'existeraient pas* sans une clientèle de mineurs. Ils sont obligés de les laisser entrer – sinon il n'y aurait plus d'endroit où il faut être *introduit*. Tu piges ? Les boîtes et les organisateurs de concert le savent. Ce sont eux qui donnent les pass gratuits.

– Comme ceux-là, ai-je observé en montrant du doigt les pass déployés autour de son cou.

– Quoi ? Ah. (Il a baissé les yeux comme s'il avait oublié qu'il les portait.) Enfin, un *peu* comme ceux-là, mais ceux-là sont spéciaux. (Il en a caressé un.)

– Et ils laissent entrer tout le monde, ou juste les gens beaux et exotiques ? »

Seth a balayé ma question d'un moulinet de la main, tel le sorcier dissipant un sortilège enquiquinant.

« La beauté est dans l'œil de celui qui l'octroie, a-t-il proclamé. Si tu *crois* véritablement que tu es beau, les autres le croiront aussi. C'est comme les vêtements de l'empereur.

– Il n'était pas tout nu, en fin de compte ? ai-je demandé.

– Peut-être que si, mais pendant un certain temps, tout le monde lui faisait des compliments sur la beauté du tissu. Si tu arrives à faire croire aux autres que tu es quelqu'un, alors tu es ce quelqu'un », a dit Seth.

Il avait raison. Jusqu'à un certain point. L'assurance peut toujours vous ouvrir des portes, encore faut-il assurer une fois à l'intérieur. Mais qui étais-je, pour aller percer sa bulle ?

Il a continué sans mollir.

« Prends le cas de Droopy. C'est un styliste. Je n'arrête pas de lui dire qu'il faut qu'il se vante, qu'il se fasse mousser. La seule chose qui le différencie d'un *véritable* styliste, à l'heure actuelle, c'est d'arriver à persuader les gens de son talent. C'est lui qui a fait les chaussures qu'il porte. Montre-lui tes pompes, Droopy. »

J'ai baissé les yeux et regardé les tennis multicouches compensées. Chaque strate de caoutchouc mousse, épaisse de presque trois centimètres, était d'une couleur différente : rouge, bleu, jaune, vert, orange, noir et violet.

« Comment tu les a fait tenir ? ai-je demandé. Avec de la colle ?

– Euh, ouais, a dit Droopy, et des agrafes et euh…

– Ttt ! Ttt ! a fait Seth. Secret de fabrication. »

J'ai examiné les chaussures de plus près. De la semelle intérieure gauche dépassait un petit bout de métal qui m'a paru immédiatement familier. C'était la languette d'une fermeture Éclair, dont les dents étaient camouflées par les grosses agrafes qui rattachaient deux des épaisseurs.

Je l'ai montrée du doigt.

« Eh, c'est cool, ça. C'est pour ranger de l'argent ? »

Il a retiré ses pieds et les a glissés sous sa chaise, mais il n'y avait pas vraiment la place pour ses tennis compensées, qui se sont coincées. L'espace d'une seconde, il est resté bloqué. Inquiet et pris de court, ne sachant pas comment s'extirper, il a fait quelques bonds sur place pour essayer de se lever, mais finalement n'a pu se dégager qu'en se balançant très en arrière, manquant tomber à la renverse.

J'ai tendu la main pour le retenir.

Il m'a souri, lèvres molles et caoutchouteuses, un bouton rouge à l'une de ses commissures desséchées. Puis son visage a changé de teinte : il a pâli et viré au gris cendre.

« S'cuzz », a-t-il dit en repoussant sa chaise, et il a bondi dans la direction des toilettes pour hommes. Il se déplaçait avec agilité sur ses chaussures sur pilotis, comme s'il marchait sur des pièces montées.

Je me suis tourné vers Seth. Sans faire de commentaire, il s'est lancé dans une nouvelle déclaration.

« Qu'est-ce que je disais… ? Oh, ça fait rien. Ce qu'il faut que tu comprennes sur ces zonards, Payton, ces vagabonds nomades comme Glo, c'est qu'ils vivent dans la rue pour tout un tas de raisons différentes. Certains d'entre eux sont des gosses de riches qui s'encaillent et qui *jouent* aux SDF. D'autres ont fui leur famille, pour échapper à la maltraitance. Mais tous se cachent dans cette ville, tous y vivent en clandestins comme des champignons. »

C'était un peu pénible et agaçant d'avoir droit à une conférence sur ma ville par un jeunot de la New York University, mais bon, peut-être avais-je besoin d'une petite reprise de contact avec la réalité.

« Vivent de quoi ?

– De tout ce qui leur tombe sous la main. Nous vivons dans une telle culture du jetable, aujourd'hui, qu'on peut trouver tous les moyens de survie dans la poubelle la plus proche : de la nourriture et des vêtements au rebut, des cigarettes à moitié fumées, des revues, des choses à troquer contre n'importe quoi d'autre dont on peut avoir besoin.

– Mais quand elle a besoin d'avoir du liquide rapidement ? Comme quand son chien s'est fait blesser ?

– Son chien ? Elle a un chien ?

– Euh, je confonds avec quelqu'un d'autre. Mais quand même, pour avoir du liquide en cas d'urgence, mettons ?

– Je ne sais pas ; voler des CD et les revendre, faire la manche à St. Mark's Place, vendre son cul. Les corvées, tu sais. Ce qu'il y a de faisable.

– Elle a parlé d'un boulot, ai-je dit en essayant d'établir un rapport. Quelqu'un pour qui elle travaillait à Brooklyn.

– Tu veux sans doute parler de Pow, le Berlinois roux. C'est un peintre. Elle se fait un peu d'argent en posant pour lui de temps en temps. »

J'ai ri, puis j'ai dû lui expliquer que j'avais compris qu'elle faisait du baby-sitting.

Seth a souri d'un air niais.

« T'imagines ? Tu la vois avec un môme ? Mais qu'est-ce que je disais ? Ah oui. Juste que dernièrement, c'est devenu un genre de mode, dans les boîtes, d'être SDF. Les boîtes ont besoin de ces jeunes. Ils sont synonymes de découverte et de renouveau. Pour les ados, c'est un refuge qu'ils trouvent enfin, le sentiment d'appartenir à une communauté, un environnement libre et spontané où ils peuvent chercher leur identité : hétéro, gay, zarbi, n'importe. »

J'ai eu l'impression que nous nous étions éloignés de Gloria, et qu'il projetait peut-être un peu de lui-même dans son analyse. J'ai essayé de redresser le cap.

« À ton avis, Glo est quoi ?

– Ben t'as qu'à la regarder. Dans le genre macho, Tom Cruise fait pas mieux.

– Mais elle a un copain – avait, pardon. Ce Ted avec qui elle vivait.

– Peut-être, mais regarde qui elle s'est choisi. Une brute prête à la cogner au moindre écart, un rien du tout qui pourrait l'entraîner dans son néant. Presque comme si elle se punissait pour ses désirs secrets, tu vois ?

– Euh, désolé, non ; je n'ai jamais rencontré Ted, comment il est ? »

Seth a haussé les épaules et posé les mains sur les genoux, en fermant à demi les poings.

« Moi non plus, enfin, je ne lui ai jamais beaucoup parlé quand je les voyais ensemble. Il faut dire que les boîtes n'incitent pas à la conversation. Ça se limite au dialogue de base chez-toi-ou-chez-moi.

– Qu'est-ce que tu voulais dire par "au moindre écart", tout à l'heure ?

– Exactement ça. L'autre soir, elle m'a dit que Ted estimait que parce qu'il l'avait ramassée dans la rue et qu'il l'hébergeait, elle était sa propriété. Des trucs zarbis, comme les gens avec qui elle peut danser. C'est ce qui a fini par lui ouvrir les yeux. Je n'étais pas là, mais lundi à une première au Tunnel où il y avait trois tonnes d'invit', elle dansait avec un type qui était même pas hétéro, d'ailleurs, mais Ted voit ça de l'autre bout de la salle et ça le rend dingue. Il traverse en courant, il regarde *même pas* le type, et il envoie Gloria valdinguer dans une colonne de haut-parleurs. Et puis… »

Deux coups de sonnerie aiguë ont résonné, en trille, puis deux autres.

« Excuse-moi », a dit Seth, en plongeant la main dans sa poche revolver dont il a extirpé un petit carré noir.

J'ai cru que c'était son portefeuille jusqu'au moment où il l'a déplié comme un communicateur *Star Trek*, et c'en était d'ailleurs un, d'une certaine façon, puisque c'était son téléphone cellulaire.

Il a dit allô, puis écouté un moment et répondu :

« Arrête, je *sais*. C'est ce que je disais. Quand ça a fini de te défoncer, ça revient en boomerang et là ça te *déchire*. Si tu voyais Droop ce matin, aïe, aïe, aïe ! »

À ce moment-là, Droopy est revenu des toilettes, l'air plus frais. Sa démarche suspendue était plus élastique. Ses yeux plus vifs, mieux réveillés. Il avait des taches claires sur le devant de son tee-shirt qui n'y étaient pas avant. Sans doute s'était-il aspergé d'eau, sauf que la mèche qui lui pendait devant la figure était sèche.

Avant de se rasseoir, il a rejeté la tête en arrière et écarté ses cheveux, découvrant brièvement un tatouage sophistiqué qu'il portait au cou. De la base de son oreille droite à la pointe du sternum s'étirait un Sacré Cœur magnifiquement exécuté dans des rouges, des orange et des violets éclatants, avec des épines vertes qui perçaient les tissus ensanglantés. J'ai admiré le travail ; à elles seules les couleurs avaient dû coûter une petite fortune.

Sans me forcer, je l'ai complimenté :

« Excellent tatouage.

— Merci », a-t-il répondu en me soufflant au visage une odeur de produit chimique écœurante et douceâtre. Il avait un sourire béat.

« C'est Seth qui me l'a payé. C'était le plus cher. »

Lorsqu'il a repris ses baguettes, Droopy avait la main ferme d'un chirurgien.

Seth a terminé sa communication et remis son téléphone dans sa poche.

« Qui c'était ? a demandé Droopy.

– Natty, a dit Seth. Elle veut passer voir tes dessins tout à l'heure.

– Mais j'allais…

– *Droopy*, c'est un mannequin qui compte, il faut que tu…

– Ouais, mais…

– Pas de ouais-mais aujourd'hui. »

J'ai émis des bruits de mec qui se prépare à partir et fini ma bière en deux gorgées.

« Bon, il faut vraiment que j'y aille. Ah… voilà le sac. Merci. C'était intéressant de discuter avec vous deux. J'ai apprécié. »

Seth a souri tristement :

« C'est des conneries, tout ça. Alors, tu prends le train pour Boston ? »

Boston ?

« Ah, euh nan, le car. Le train a toujours du retard.

– Les chemins de fer Amtrak ? Tu m'étonnes ! Je loue toujours une voiture quand je monte voir ma famille. »

Le garçon est venu avec la note. 9 dollars ! À contrecœur, j'ai sorti mon portefeuille, mais Seth s'est vivement emparé de l'addition.

« C'est pour moi cette fois-ci, a-t-il dit. Arrête ! Après tout ce labeur ? Après ce que tu as subi ?

– Eh bien merci », ai-je répondu en rangeant mon portefeuille sans l'avoir ouvert.

Exactement comme il l'aime.

« Je t'en prie. (Il a marqué une pause et ajouté :) Mais ne le raconte à *personne*. »

Je lui ai tendu la main, en me rappelant bien de lui présenter la gauche. Avec un sourire rayonnant, Seth l'a attrapée et serrée fermement, comme si j'étais le seul à vraiment le comprendre.

78

À Droopy, j'ai juste adressé un sourire et un hoche-ment de tête. Puis je suis parti.

Des mômes sympas, l'un dans l'autre. J'ai attendu dehors pour voir où ils iraient.

J'ai trouvé à me cacher au coin de la rue, derrière la benne à ordures du restaurant, dont le fond rouillé laissait échapper une lente coulée de crasse noire qui formait une flaque goudronneuse à mes pieds. Dans l'air flottait une vapeur invisible et tenace de pois-caille rance.

J'ai repensé à ce que Seth avait dit, qu'on venait dans cette ville pour réaliser ses rêves. Quand j'étais gosse, je rêvais de devenir un privé des années 40, en noir et blanc. Et me voilà qui vivais mon fantasme à Manhattan, caché derrière des ordures chaudes. Trop de couleurs à mon goût – j'ai allumé une cigarette pour casser un peu l'effet. Heureusement, je n'ai pas eu à attendre longtemps.

Ni à les suivre très loin. Au sortir du restaurant, les deux garçons ont traversé la Troisième Avenue en plein milieu, juste devant un taxi qu'ils ont forcé à piler net – Klaxon hurlant. Impassibles, ils ont conti-nué jusqu'au coin de la rue et franchi l'entrée en pierre ciselée de la résidence universitaire de la New York University.

Devant, il y avait toujours des gens qui chargeaient leur voiture. J'ai attrapé une caisse en plastique vide sur le trottoir et suivi les jeunes jusqu'au hall d'entrée.

Deux gardiens présidaient à un bureau et il fallait passer un tourniquet pour entrer. Au-dessus du bureau, un panneau disait : TOUS LES INVITÉS *DOIVENT* S'INSCRIRE. Seth a montré sa carte d'étudiant aux gardiens. Droopy s'est penché pour signer sur un écritoire posé sur le bureau. Ensuite ils sont passés l'un après l'autre par le tourniquet et je les ai perdus de vue.

Peut-être étaient-ils effectivement étudiants. Du moins l'un des deux.

Qui me disait, d'ailleurs, que Gloria n'était pas dans leur chambre ? Mais c'était peu probable, vu que les trois types savaient que c'était un de ses points de chute.

Je repartais tout de même avec quelques réponses. J'ai sorti le fax de Matt et griffonné à côté du numéro de téléphone numérique : *Seth & Droopy, résidence universitaire de la New York University*. D'où Gloria sortait la nuit précédente, quand nos vies s'étaient emmêlées. Il fallait encore que je trouve où elle avait fini par atterrir. Elle allait vers l'est. L'appartement de Ted Wylie était dans cette direction, et le café de la 10e et de l'Avenue A aussi. Mon ventre a gargouillé, me rappelant que manger faisait aussi partie des possibilités.

Je suis donc parti vers l'est.

Chapitre 7

Eℕ ᴅᴇꜱᴄᴇɴᴅᴀɴᴛ l'Avenue A, j'ai marché sur la trappe en acier à losanges d'une cave, sur le trottoir. Une des charnières était cassée, aussi s'est-elle enfoncée considérablement sous mon poids, me rappelant – comme si j'en avais besoin – de regarder où je mettais les pieds.

Je me suis d'abord arrêté au café. Il était situé pile en face du jardin de Tompkins Square, entre un Lavomatic et une boutique d'objets rétros des années 70. Un homme petit et râblé aux cheveux noirs, en tablier blanc, lavait le trottoir au jet devant le café. Il avait l'air vénézuélien, avec ses traits sombres et grossièrement taillés.

Au-dessus de la porte, cimentées dans la voûte, des lettres en mosaïque – des morceaux de vaisselle cassée, des billes, des éclats de miroir – traçaient les mots : DOT. CALM. CAFÉ.

L'intérieur ressemblait à une grotte meublée, éclairée par des lampes et des plafonniers de verre rouge rubis. Les sièges étaient tous déchirés et défoncés, un mélange hétéroclite de fauteuils, canapés et chaises

81

de cuisine en vinyle, groupés autour de deux tables en Formica.

Des ordinateurs aux écrans sombres étaient placés à chaque coin de la pièce, et il y en avait deux sur le bar auquel se tenait une jeune femme, occupée à remplir un filtre de café moulu. Il y avait un téléphone blanc à côté d'elle. J'ai cherché du regard le téléphone à pièces et l'ai repéré dans le fond, près des toilettes.

Il n'y avait personne d'autre à l'intérieur. J'ai demandé à la femme si c'était ouvert ou pas encore. Elle m'a gratifié de quelques battements de paupières, puis – limite exaspérée – m'a dit :

« On prépare le café.

– Je vais attendre. »

J'ai feuilleté *The Weekly Cause*, un des gratuits empilés par terre. La lettre de protestation du rédacteur en chef, Declan Poole, accusait la Ville d'une politique secrète de classification falsifiée des violences commises contre les sans-abri : « [...] pour gonfler le récent record de régression de la criminalité et rendre la ville plus attrayante aux yeux des investisseurs étrangers – ainsi que pour servir les ambitions politiques de M. le maire – les sans-abri de la ville meurent exclusivement de "causes naturelles" à présent. La logique étant : il est dangereux de vivre dans la rue, donc quoi de plus "naturel" qu'ils perdent la vie ? »

Une fois le café prêt, j'ai pris un double noir avec un muffin aux myrtilles. Je me suis assis près des fenêtres à barreaux de la devanture, et j'ai siroté mon café en grignotant le muffin. C'était bon d'avoir de la nourriture dans le ventre. Mon point de vue s'est radouci et les choses ont pris une allure moins glauque. Je suis revenu à un désespoir calme.

J'ai allumé une cigarette et regardé la haute voûte de feuilles vertes, dans le square. Trois écolières boulottes sont passées en riant, leur chemise blanche sortie de leur jupe-culotte plissée bleu clair. Dans l'autre direction, une femme noire chauve poussait un chariot chargé d'une pile d'amplificateurs en faisant crisser les roulettes dans les gravillons. Un vieil homme au visage lourd, avec une barbe naissante gris acier et des cheveux jaunâtres, traînait des pieds en se plaignant à lui-même de son sort en russe, et des bulles d'écume se formaient sur ses lèvres gercées. J'ai fini mon café et me suis essuyé la bouche avec une serviette.

J'ai traversé la rue pour rejoindre le jardin de Tompkins Square. Il était fermé la nuit et rouvrait à six heures du matin, heure à laquelle les jeunes et les clochards arrivaient, morts de fatigue, pour chercher un coin de terre tendre où dérouler une feuille de plastique ou un couchage quelconque, et grappiller enfin un peu de sommeil. J'ai fait le tour des emplacements les plus recherchés – sous les arbres, à l'abri du soleil – et j'ai examiné chaque silhouette en me demandant si ça pouvait être Gloria. Pas eu cette chance. Les vêtements ternes des dormeurs et leur posture recroquevillée rendaient toute identification impossible. Si ça se trouve, elle était sous mes yeux, cachée au milieu de sa société de champignons.

L'appartement de Theodore *alias* Teddy Wylie était situé quelques pâtés de maisons plus au nord-est. Il n'avait pas répondu à mon appel, mais peut-être ne répondait-il pas au téléphone. Gloria était censée avoir rompu avec lui, mais ça avait pu changer pendant la nuit, maintenant qu'elle avait des problèmes. Je ne voyais qu'une seule façon de le savoir.

J'ai remonté l'Avenue A puis coupé vers l'est par la 11e. Je suis arrivé à la hauteur des numéros 500. Encore un pâté de maisons.

En chemin, je me suis arrêté devant plusieurs immeubles où j'apercevais des piles de prospectus et de listes de plats à emporter dans le hall d'entrée ou sur le perron. Je les ai ramassés par poignées, toute une collection de publicités offrant des livraisons gratuites de pizza, burritos, curry et autres plats chinois divers. Le temps que j'arrive au coin de l'Avenue B, je m'étais doté d'un déguisement : distributeur de prospectus.

J'ai traversé l'Avenue B et continué mon chemin vers le numéro 617 en veillant à m'arrêter à chaque porte du côté impair pour déposer des prospectus, par précaution, au cas où quelqu'un me verrait. À New York, il y a toujours quelqu'un qui vous observe. En faction à leur fenêtre : les vieux, les malades, ceux qui s'ennuient et les introvertis cliniques qui vous matent de derrière leurs stores baissés. Vous ne savez jamais quand on vous regarde. Hé, moi c'est mon gagne-pain, d'observer les gens sans qu'ils le sachent, alors j'ai une excuse.

Le 617 avait l'air de se pencher au-dessus du trottoir ; l'avant du toit dépassait comme une banane de rocker, lustré d'une croûte de peinture écaillée. C'était un immeuble en briques de quatre étages, un de plus que ses voisins des deux côtés. À plusieurs fenêtres, il y avait des jardinières, non peintes, où ne poussaient que des tiges jaunes.

J'ai ouvert le portail – sinistre grincement de ressorts – et grimpé les marches menant à la porte de verre et de métal, en sursautant légèrement quand le portail a claqué derrière moi.

J'ai passé la main sur le panneau d'interphones numérotés comme si je cherchais le bon mais je n'ai appuyé sur aucun, et surtout pas à T. WYLIE, appt 9. Le vieux truc qui consiste à s'introduire dans un immeuble en sonnant à toutes les sonneries, c'est bon pour les films, bien que ça marche même dans la vie réelle. Le problème, c'est qu'on risque de réveiller le chat qui dort – voire, métaphore mise à part, les chiens – et qu'on doit ensuite passer devant une série de judas plongés dans la pénombre. Je n'ai appelé personne, j'ai juste eu l'air de le faire, la main sur la poignée de la porte comme si j'attendais qu'on m'ouvre. À travers l'épaisseur de verre armé, je n'ai vu personne dans l'entrée ni dans l'escalier.

J'ai planté le talon droit à trois centimètres de la porte puis baissé le pied en appuyant la chaussure contre la paroi et en repliant les orteils. La porte s'est entrouverte d'un demi-centimètre. La clenche résistait dans sa gâche. J'ai pris une grande inspiration, puis j'ai toussé en envoyant un coup d'épaule sec et violent dans l'encadrement métallique de la porte. Le loquet a sauté, la porte s'est ouverte. Exactement ce que font les vrais distributeurs de prospectus.

La serrure s'est refermée derrière moi, l'air de ne pas s'en porter plus mal. Mon épaule ne pouvait pas en dire autant.

Il faisait plus frais et plus sombre à l'intérieur. Le linoléum gondolé était jonché de mégots et de publicités ; une souris se ratatinait dans un piège. Le bruit d'une télé filtrait par une porte – les sons étouffés d'un talk-show de l'après-midi diffusant à fond de caisse les huées d'un public de studio servile.

Je me suis engagé dans l'escalier, dont les marches rebondissaient de façon déconcertante. Elles étaient percées par endroits, comme de vieilles semelles usées. J'ai attrapé la rampe aux barreaux branlants ; ça faisait le même effet que de secouer une canne dans le vide.

Les lumières des paliers du haut étaient éteintes. J'ai rempoché mes lunettes de soleil et déchiffré les numéros des portes à la lueur argentée de la lucarne, quatre étages plus haut. L'obscurité exagérait la pente du sol, aussi, pour garder l'équilibre, j'ai promené la main à tâtons sur le mur lépreux, constellé de vieux chewing-gums.

Quelqu'un faisait revenir du poulet avec des oignons.

L'appartement 9 était au troisième étage, à l'arrière, seul au fond du couloir. En m'en approchant, j'ai tourné le dos au peu de lumière qu'il y avait. Pour m'accoutumer, j'ai fermé les yeux et fait quelques pas en aveugle. Mon pied a tapé dans une bouteille vide et l'a envoyée rouler. Elle s'est arrêtée contre la porte dans un *schdoung*.

J'ai ouvert les yeux et vu un point lumineux juste en face. Le judas de l'appartement. J'ai attendu que le petit rond s'efface quand quelqu'un viendrait à la porte. Ça ne s'est pas produit. Personne n'est venu regarder, ni n'est passé devant la lumière.

J'ai avancé, invisible, jusqu'à ce que ma main tendue rencontre la porte. J'ai donné deux coups secs. Toujours aucun mouvement à l'intérieur. L'œil plaqué au judas, j'ai distingué une minuscule image concave et inversée de ce qui se trouvait derrière. La lumière provenait d'une fenêtre sans rideaux. J'ai frappé plus fort, secoué le bouton de porte.

Laquelle s'est alors entrebâillée, laissant fuser la lumière du jour dans le couloir.

Une odeur suffocante s'est échappée. D'instinct, je lui ai barré l'accès à mon nez et à ma bouche, mais elle s'est reconstituée instantanément au fond de ma gorge sous forme d'un arrière-goût délétère.

Du bout du pied, j'ai ouvert plus grand la porte et l'effluve s'est répandu comme une vague, m'a baigné le visage de sa chaleur épaisse et âcre, s'insinuant dans mes cheveux, s'infiltrant sous mes vêtements pour toucher ma peau, et je l'ai perçu par mes pores. Ma gorge s'est contractée pour tenter de lui interdire d'entrer dans mes poumons, mais il était déjà en moi. J'ai eu un haut-le-cœur et goûté plus profondément son caractère putride. C'était l'odeur de la décomposition, qui attire les chiens sauvages – et les autres animaux dont la nature est de déterrer des charognes. Je suis entré et j'ai refermé la porte derrière moi.

Il fallait que je m'en aille. Sauf que je venais d'arriver.

J'ai verrouillé la porte pour avoir plus d'intimité. J'avais le choix entre deux serrures à pêne dormant, un verrou sous le bouton de porte et une barre qui s'insérait dans des fentes de part et d'autre, comme dans les cellules de prison. La main rentrée dans ma manche, j'ai fermé une des serrures.

Je respirais les dents serrées, mais ça n'arrangeait rien. Le truc, c'est de ne pas se focaliser sur le fait qu'on est en train de respirer des gaz émanant de chair humaine et de peau en décomposition.

Le contenu de mon estomac a tenté de s'enfuir, mais j'ai réprimé ce haut-le-cœur. Des gouttes de sueur glacée me poussaient sur le dos comme des furoncles. Il fallait vraiment que je m'en aille. Vite.

L'appartement était un studio. J'étais dans la kitchenette, à côté du gaz et d'un évier plein d'assiettes. J'ai ouvert le placard sous l'évier et trouvé une bouteille de Windex presque vide, dévissé le bec et versé son contenu sur ma manche. L'ammoniac aidait à fendre l'air infect. Je suis entré dans la pièce, le bras en travers du visage, tel Bela Lugosi.

Par terre, de l'autre côté d'une table de cuisine carrée couverte de tasses à café et de journaux, gisait, orteils pointés en l'air, le corps d'un homme aux pieds nus. Il portait un blue-jean et un tee-shirt, et il avait une espèce de ballon de plage orange à moitié dégonflé qui lui recouvrait entièrement la tête et le cou. Je me suis approché, propulsé par une étrange fascination.

C'était un sac plastique Tower Records orange et rouge, attaché autour de sa gorge par un mince fil électrique noir noué en trois nœuds plats. La prise était un gros cube noir, une verrue murale multifiches balancée par-dessus son épaule gauche. L'autre extrémité pendait sur son épaule droite. Je me suis concentré sur les nœuds en les défaisant mentalement pour éviter de voir le corps. La tête était repoussée contre une chaise, la personne qui avait attaché le fil avait donc dû se mettre à califourchon sur la poitrine de l'homme. Les nœuds étaient faits comme je les aurais faits, d'une main de droitier.

Le sac l'avait asphyxié, le plastique créant un vide étanche autour de son nez, de sa bouche et de ses yeux. Mais le temps était passé, inéluctable. En dissolvant le tissu, les bactéries avaient gonflé le sac et lui avaient donné la forme molle d'une baudruche de lendemain de fête. Le côté gauche était enfoncé, collé aux cheveux et au cuir chevelu à vif par une espèce de goudron.

J'ai senti monter une éruption de bile ; je ne voyais pas de porte de salle de bains, mais l'unique fenêtre de la pièce était juste en face. Sautant par-dessus le corps, je m'y suis précipité. J'ai cherché du bout des doigts le loquet – déjà ouvert –, hissé le panneau et sorti la tête au-dehors. Mais il n'a pas tenu, il m'est retombé dessus comme une lame de guillotine. J'en ai oublié de vomir.

Le temps de me remettre, j'ai tenu la fenêtre ouverte à mains nues et aspiré une merveilleuse bouffée d'air non fétide du dehors. Puis j'ai laissé le châssis de métal froid m'apaiser la nuque, dominant du regard une cour envahie de mauvaises herbes et d'appareils ménagers rouillés. De l'autre côté se dressait un immeuble dont toutes les fenêtres donnant sur la cour étaient murées avec des parpaings.

J'ai balayé du regard la pièce, en quête de quelque chose pour bloquer la fenêtre. J'ai vu, près des pieds nus aux talons noircis du mort, une planche de bois blanc d'une cinquantaine de centimètres de long, qui semblait justement prévue à cet effet. J'y suis allé, mais me suis retenu de justesse de la ramasser. Des paillettes de sang séché constellaient un des bords.

La panique m'a aussitôt ramené à la fenêtre, m'a poussé à l'essuyer avec ma manche imbibée de Windex, même à des endroits que je n'avais pas touchés. Faire disparaître des indices tout en en créant de nouveaux de mon propre cru, comme un vulgaire amateur… Je me suis forcé à me calmer, à arrêter, à regarder autour de moi, à voir.

Les murs jaune mayonnaise étaient complètement nus. Une ampoule de soixante watts poussiéreuse et un détecteur de fumée pendaient au plafond de plâtre fissuré, auréolés de taches d'humidité brunes et concentriques.

Le corps reposait sur un tapis loqueteux. Un filet noir en partait, traversant le plancher inégal jusqu'à un coin de la pièce où gisait, collée dans son propre sirop, une boîte de Coca renversée. Il y avait aussi une tache de Coca marron foncé sur le devant du tee-shirt de l'homme. La chair enflée de ses poignées d'amour, violet aubergine, débordait sur le plancher. Une chaîne métallique attachée à un passant de son jean était reliée à un trousseau de clés dans sa poche avant droite. Son portefeuille était coincé dans la poche arrière droite, mais je ne pouvais pas y accéder sans déplacer l'homme.

Un mètre soixante-douze à soixante-quinze. Entre vingt-cinq et trente-cinq ans, difficile à dire sans retirer le sac de sa tête, et je n'allais *pas* retirer le sac de sa tête. Gros et costaud, mais il pouvait être ballonné par les gaz.

Chaque centimètre de peau de son bras droit, du poignet au coude, était recouvert par un motif de lézards imbriqués les uns dans les autres en un puzzle complexe qui leur faisait partager queues et langues.

Autour de son avant-bras droit, il avait un pansement de gaze retenu par un adhésif en tissu blanc. La petite coupure bien nette sur le dessus de sa main, à la lisière du pansement, dessinait un zigzag familier. Une marque de dents, mais pas humaines.

Je me suis penché, j'ai attrapé un coin d'adhésif entre les ongles et l'ai décollé, en arrachant quelques poils noirs avec le sparadrap. Le bras a suivi le mouvement – plus de rigidité cadavérique – et j'ai dû le retenir au sol avec le pied.

Soulever le pansement a libéré une vapeur de décomposition. J'ai dû plisser les yeux pour m'en protéger. La rangée de déchirures profondes, d'où suintait un pus rose laiteux, était sans erreur possible une marque de dents, de dents de chien, récente par ailleurs. J'ai presque reconnu le sourire. Il avait entaillé un autre motif complexe de lézards tatoué sur l'avant-bras gauche. J'ai remis l'adhésif en place.

Le reste de la pièce consistait en deux fauteuils trapus à la tapisserie vert et or, placés devant une petite table ronde où s'amoncelaient des emballages de cheeseburgers, des verres sales et deux cendriers archi-pleins. Tous les filtres étaient les mêmes, des Marlboro, auxquels s'ajoutaient plusieurs gros mégots de joints de marijuana graisseux. Quelques taffes auraient pu me calmer l'estomac, mais j'avais déjà assez d'ennuis comme ça.

Un matelas par terre faisait office de lit, avec cinq oreillers cabossés aux taies vanille terne et des draps à fleurs défraîchis. Juste à côté, il y avait une chaîne et un lecteur de CD, tous les deux allumés, voyants verts luisant en silence.

Plus près du corps se trouvait un bureau en noyer tout simple auquel manquaient les deux tiroirs du bas. Le téléphone était posé dessus. La chose à faire, maintenant, c'était d'appeler la police et signaler le corps.

Et lorsque les policiers me demanderaient ce que je faisais là, au juste, je dirais…

Que dirais-je ? « Je cherchais la jeune femme qui m'a volé ma montre. »

Parfait, monsieur. Nous n'avons plus besoin de vous, monsieur. Bonne journée, monsieur.

Oh que non. Ils voudraient ma déclaration à l'envers, en triple exemplaire, épelée *fo-né-tick-man*, et je n'étais pas assez sûr de l'innocence de mes motivations pour imaginer des réponses capables de convaincre des sceptiques entraînés. Je n'ai pas appelé la police.

À côté du téléphone se trouvait un répondeur qui n'avait plus de fil. J'ai soulevé le couvercle ; l'emplacement qui aurait dû accueillir une cassette était vide. À l'aide d'un stylo, j'ai ouvert le premier tiroir du bureau. Il était bourré de chèques rejetés, de tickets de retrait d'argent, et de factures de cartes de crédit en souffrance – rien qui en fasse un mauvais bougre à mes yeux. Des fiches de paie établies au nom de Ted Wylie (emploi : MEMBRE DU PERSONNEL) m'ont donné son numéro de sécurité sociale (commençant par 643) ainsi que le nom de son dernier employeur. En moyenne, il avait eu un salaire net de 225 dollars par semaine. J'ai pris une des fiches et la facture de téléphone la plus récente et les ai fourrées dans une de mes poches.

J'ai regardé dans d'autres tiroirs et trouvé : des photos qui rebiquaient sur elles-mêmes, montrant des inconnus dans un décor sablonneux et ensoleillé ; des pochettes d'allumettes ; des piles R6 en vrac ; un appareil photo ; une collection de briquets et un assortiment de drogues : un sachet d'herbe mêlée de filaments rouges qui sentait le putois, une gélule contenant des cristaux blanc cassé et trois micropochettes à glissière de la taille d'une première dent de bébé pleines de poudre blanche, marquées en bleu d'un minuscule emblème de corne de rhinocéros.

Le vol paraissait mince comme mobile.

J'ai attrapé l'appareil photo, un vieux Minolta lourd à l'objectif ébréché. À sa neuvième pose, si tant est qu'il y eût une pellicule à l'intérieur. Couvrant mes doigts de mon sweat-shirt, j'ai poussé le déclencheur et rembobiné la manivelle, sentant que quelque chose tournait. J'ai ouvert le boîtier et sorti une pellicule, 1000 ASA, 24 poses, que j'ai mise dans ma poche.

Il fallait que je parte maintenant. Rien ne me bousculait véritablement, si ce n'est la patience inépuisable du cadavre.

Je suis allé à la porte, j'ai regardé par le judas. Un carré de palier vide avec un bout de rampe éclairée et des ombres tout autour. J'ai défait le pêne, en me servant de son bouton pour entrouvrir la porte, puis je me suis retourné pour jeter un dernier coup d'œil.

Ce n'était qu'un gars sans visage, de quelques années de moins que moi, mort pieds nus la tête dans un sac ridicule. C'était presque certainement Ted Wylie, mais quand même un inconnu pour moi. Je ne me sentais pas atteint par sa mort. Mais avant de partir, j'ai fait un signe de croix – en doublant nerveusement la barre du T – au cas où le geste ait signifié quelque chose pour lui.

Je n'ai croisé personne en descendant l'escalier lugubre, ce qui revenait à décrocher le gros lot.

J'avais besoin d'une cigarette. Très vraisemblablement d'en griller deux ou trois d'affilée.

En sortant de l'immeuble, j'ai regardé des deux côtés de la rue. Deux Latinos grisonnants, assis sur un perron deux maisons plus loin, buvaient de la bière blonde à la bouteille. Je suis parti dans la direction opposée, vers l'est. Je ne sais pas s'ils faisaient attention à moi, mais je me suis arrêté aux immeubles suivants pour déposer le reste de mes prospectus.

Au coin de l'Avenue D, j'ai allumé une cigarette, avalé le soufre de l'allumette en même temps que la fumée du tabac en combustion, attaqué l'horrible puanteur qui envahissait mes poumons.

J'ai remonté l'avenue vers le nord aussi vite que je pouvais sans que ça se voie. À la 14e Rue, j'ai attrapé un taxi qui sortait de la voie express FDR et demandé au chauffeur de me ramener à la maison. Ça ne le gênait pas que je fume dans son taxi ; lui-même fumait, un cigare. Je ne suis pas un inconditionnel, mais celui-là embaumait, plus parfumé que la plus fraîche des fleurs.

Et la distance que nous creusions derrière nous me semblait plus moelleuse qu'un lit de plumes.

Chapitre 8

PAS DE NOUVEAUX messages sur mon répondeur. Je me suis immobilisé juste après avoir passé la porte et j'ai regardé mon appartement. Son état sordide me rappelait trop la pièce que je venais de quitter. Mes slips qui traînaient par terre, chemises, jeans et chaussettes sales fourrés dans un coin. Des piles renversées de magazines destinés au recyclage.

Ça sentait le renfermé, le confiné. J'ai traversé la pièce et ouvert les fenêtres pour créer un courant d'air chaud, qui a soulevé des tourbillons de poussière.

Sur la tablette de la cheminée, au-dessus des deux radiateurs, il y avait les photos encadrées de mes parents, des enfants de mes copains de fac, de Matt Chadinsky et sa femme Jeanne au barbecue annuel de l'agence, de Mme Chung derrière le comptoir de son magasin en train de me faire un sandwich au rosbif, de mon avocate, Marguerite Laubach, faisant du bobsleigh en Finlande (ses folles boucles brunes s'échappant du casque bleu clair). Pas de photo de Clair ni de ses œuvres – ma collection est stockée dans une penderie chez mes parents –, aucune preuve immédiate, *palpable*, que je portais toujours cette flamme intacte en moi.

Ce qui n'était, en fait, plus vraiment le cas. À force de brûler, si longtemps, si profondément, la flamme froide m'avait consumé, elle était devenue une partie intégrante de moi ; je ne pouvais plus la lâcher, même si je le voulais.

Même *si*.

J'ai commencé à faire le ménage. Sur la table basse, trois verres sales, quatre gobelets en carton vides et deux cendriers pleins. J'ai empilé les gobelets et les cendriers, je les ai emportés à la cuisine et jetés sur le dessus d'une poubelle pleine. En attrapant les verres d'une seule main, je les ai transportés jusqu'à l'évier qui croulait déjà sous un amas de verres, tasses et couverts. Pas d'ustensiles de cuisine ni d'assiettes. J'ai balancé une giclée de liquide vaisselle crémeux et j'ai entrepris de laver et rincer en laissant couler l'eau.

En un rien de temps, l'évier s'est retrouvé vide et les verres à sécher sur l'égouttoir. J'ai essuyé le plan de travail et jeté le papier absorbant. J'ai sorti le sac de sa poubelle et je l'ai fermé. J'ai mis un nouveau sac. Puis j'ai fait le tour de l'appartement en ramassant les vêtements sales.

Faire le ménage était le genre d'activité ne nécessitant pas de réflexion dont j'avais besoin à ce moment-là ; les idées me viennent toujours plus aisément quand j'ai les mains occupées. Et en prime, à deux heures, j'avais un appartement dans lequel je n'aurais pas été gêné qu'on me retrouve mort.

La mort de cet homme ne signifiait rien pour moi personnellement, et à mon avis il l'avait sans doute cherché. Mais la fille y était mêlée d'une façon ou d'une autre, et moi, d'une façon ou d'une autre, je m'étais mêlé aux affaires de cette fille (ou peut-être juste emmêlé les pinceaux). Dans un cas *comme dans l'autre*, j'avais besoin d'en apprendre le plus possible.

Manifestement, sa mort n'avait pas été accidentelle, mais c'est une bonne habitude de commencer par écarter les évidences. Il ne s'était pas non plus suicidé ; toute autre considération mise à part, quelqu'un qui se suicide fermerait sa porte à clé.

Un meurtre, donc. Qui, où, je pensais le savoir. Mais quand ?

La rigidité cadavérique s'était dissipée et les muscles de l'homme étaient devenus flasques. Mort depuis plus de trente heures. Voire davantage, selon le temps qu'il avait fait la veille. Il fallait que je vérifie, mais mercredi soir tard ou jeudi matin tôt semblait une bonne hypothèse. Si le décès était plus ancien, je n'aurais pas tenu trente secondes là-bas.

Comme autre indication, il y avait la morsure de chien à son bras. C'était lui qui avait blessé Pike avec la bouteille de bière, sans doute pour lui faire lâcher prise. Gloria avait emmené le chien chez le véto mardi matin. Le pansement de gaze blanche au bras de Wylie était propre, le sang ne l'avait pas traversé, ce n'était donc pas un premier pansement. Un nouveau bandage avait été appliqué une fois que le saignement avait cessé. Au moins, tout cela me donnait un cadre auquel raccrocher d'autres faits, en posant de nouvelles questions. Par exemple, comment ? Par exemple, pourquoi ?

Le vol ne semblait pas un mobile probable, mais je n'avais aucun moyen de savoir ce qui manquait, seulement ce qui *ne manquait pas* : son portefeuille, une chaîne stéréo, un appareil photo et un assortiment de drogues. Il pouvait s'agir d'un cambriolage interrompu, mais pourquoi son auteur aurait-il pris le temps de mettre le sac sur la tête du gars puis laissé la marchandise ?

Aucun indice d'une attaque préméditée. Le morceau de bois avec lequel on l'avait frappé provenait de l'appartement, pareil pour le fil électrique et peut-être également pour le sac plastique.

Si on l'avait asphyxié avec le sac, ça voulait dire

que le coup à la tête ne l'avait pas tué, donc que la personne qui l'avait asséné était quelqu'un de fort, homme ou femme, qui contrôlait son swing, ou bien quelqu'un de faible qui avait mis tout son jus.

L'acte n'avait pas été commis au hasard ; la cassette manquante du répondeur signifiait un contact préalable avec la victime – au moins un coup de fil. Pas de signes de lutte, une attaque spontanée. Pour confirmation, la boîte de Coca et la tache sur son tee-shirt, comme s'il avait été frappé à la tête alors qu'il en buvait une gorgée, à l'aise en compagnie de quelqu'un qu'il connaissait – qu'il croyait connaître.

Rien, sur les lieux du meurtre, n'évoquait un règlement de comptes, rien qui fût de près ou de loin professionnel : du travail d'amateur sur toute la ligne. Et moi en inspecteur des travaux finis. Avec un peu de chance, ça voulait dire que les flics régleraient toute l'affaire sans que j'aie besoin de m'y impliquer officiellement.

Tu peux toujours te raconter ça, me suis-je dit.

J'ai allumé une clope et j'ai fumé.

Le téléphone a sonné. J'ai laissé le répondeur prendre l'appel. C'était ma mère. J'ai décroché.

« Bonjour, chéri, a-t-elle dit. Tu n'as pas eu mes messages ?

– Oh, je viens juste de rentrer, M'man. Pas eu le temps. (J'ai fait de la place sur mon bureau et vidé mes poches. Une facture de téléphone, une fiche de paie, une pellicule.) Comment ça va, vous deux ?

– Merci pour les fleurs, a-t-elle dit gentiment. Je les ai là devant moi. »

J'ai lissé la facture de téléphone, en parcourant la liste des appels interurbains de Ted Wylie. Ils couvraient la période allant du 27 mars au 29 avril.

« Je suis content qu'elles t'aient plu. Comment va Papa ?

– Il est sorti promener les chiens. Ils sont pires que des mômes. »

C'étaient surtout des numéros de San Antonio, dans le Texas, mais la dernière semaine d'avril, il y avait eu trois appels, tous de moins d'une minute, pour Burlington, dans le Vermont. Avec M'man, j'alimentais la conversation.

« Il fait beau, ici, en ce moment.

– Ici aussi, superbe. Nous dînons dehors sur la terrasse tous les soirs.

– Super. »

J'ai regardé la fiche de paie. En plus du numéro de sécu de Ted Wylie, elle donnait le nom et l'adresse de son dernier employeur, Ellis Dee Entertainment Productions, Inc., 24e Rue Ouest.

« Tu manges bien, mon chéri ?

– Oui, M'man. Merci de t'inquiéter.

– Il faut que tu manges, a-t-elle repris avec sérieux. Comment va tout le reste ? Qu'est-ce que tu fais de beau ?

– Oh, tu sais… (J'ai écarté les papiers.) Toutes tes pires craintes se réalisent.

– Les affaires vont mieux ? »

J'ai fait tournoyer la pellicule sur mon calendrier-buvard de bureau.

« Ben les affaires, c'est les affaires, ai-je dit.

– Et… ? »

Ma mère avait une capacité surnaturelle à déceler quand ça n'allait pas. J'aurais bien aimé qu'elle me l'ait transmise, mais je crois qu'en fait, c'est un truc qu'ont les mères.

J'ai entendu un bourdonnement en provenance du coin de mon bureau. Le pager de Gloria vibrait de nouveau. Je l'avais presque oublié. Je l'ai attrapé et j'ai lu le numéro qui appelait. C'était celui du téléphone à pièces du dot. calm. café.

« M'man, il faut que je te laisse. Je dois rappeler quelqu'un.

– Qui ça ? Un client ? »

Détective, en revanche, je tiens ça d'elle.

« Non, c'est… »

Une idée a germé : si j'appelais le téléphone à pièces, je n'aurais qu'une voix sans visage, impossible de filer son propriétaire. À moins…

« M'man ? T'as de quoi écrire ? Ça y est ? Bon, note ça. (J'ai lu le numéro du téléphone à pièces.) Appelle là-bas dans un quart d'heure. Mets la minuterie du four.

– Qui est-ce ?

– Ça n'a pas d'importance, raccroche dès que quelqu'un répond. D'accord ?

– Est-ce que c'est pour ton travail ?

– Non, c'est… écoute, si tu peux… J'aide un copain à tester son téléphone, mais il faut que j'y sois pour… Écoute, si tu peux juste appeler ce numéro, d'accord, M'man ?

– D'accord, d'accord, pas besoin de crier.

– Je crie pas, ai-je dit avant de baisser d'un ton. D'accord ?

– Je t'aime.

– Moi aussi je t'aime. N'oublie pas d'appeler.

– N'oublie pas de manger.

– Ouiiiiii. Au r'voir. »

J'avais un quart d'heure pour retourner au café de la 10ᵉ et A. J'ai consacré cinq minutes à me changer. C'est juste une bonne habitude que j'ai, en fait, de modifier mon aspect extérieur avant de repartir sur le même terrain, mais aussi… je sentais encore la pourriture de la mort sur moi.

Un jean noir et un sweat-shirt bleu à l'encolure élimée.

J'ai également troqué mes lunettes de soleil contre une paire de Wayfarer plus foncées, à monture en écaille.

J'ai emporté la pellicule 35 mm, et je l'ai déposée en chemin avec ma carte à un point photo express de l'Avenue A. Les affaires reprenaient.

Je suis arrivé au café avec trois minutes d'avance.

Il y avait sept clients, dispersés dans la salle fraîche

et sombre. Aucun des ordinateurs n'était allumé, les claviers et les écrans étaient poussiéreux ; une mode qui se démodait déjà. Peut-être qu'un matin tout le monde se réveillerait et se rendrait compte : « Eh, nous ne sommes pas encore dans l'espace intersidéral : nous n'avons fait que *tourner* autour de la planète. On est toujours coincés ici ! »

Il n'y avait personne au fond de la salle près du téléphone à pièces.

J'ai commandé un grand café noir, ce qui m'a laissé 3 dollars en poche.

La femme qui était derrière le comptoir m'a regardé d'un œil intrigué en faisant glisser ma tasse vers moi.

« Vous vous êtes changé », a-t-elle remarqué.

J'ai haussé les épaules en souriant.

Devant la caisse étaient empilées des cartes postales publicitaires pour des boîtes du quartier et des concerts donnés par des groupes comme les Bowery Angels et Lowdown Payment. J'ai pris une poignée de flyers et me suis assis dans un fauteuil en vinyle craquelé près de la porte, pour faire semblant de les lire pendant que j'examinerais les clients.

Un jeune couple aux visages blêmes et aux chevelures vermillon assorties dormait à poings fermés, effondrés tous les deux dans un long canapé bas, et leurs visages mous et bouffis respiraient en hoquetant comme des soufflets de forge. À l'autre bout du canapé un couple assis dans une position plus verticale parlait en français, agitant en l'air des cigarettes sans filtre dans des volutes de fumée bleue.

Un jeune homme brun aux cheveux bouclés, avec un walkman et des lunettes de soleil qui ressemblaient à des protections de soudeur vieillottes, articulait une chanson presque en silence. Assise en face de lui, une jeune femme écrivait dans un journal en papier de riz. Un homme au cou de poulet, avec des cheveux blancs ternes et une barbe naissante qui criblait son visage comme des éclats de verre, était assis au bar et discutait avec l'employée pendant qu'elle faisait mousser le lait de son cappuccino.

Cinq minutes se sont écoulées et le téléphone à pièces n'a pas sonné ; j'ai commencé d'avoir peur que M'man ait oublié, ou qu'elle ait appelé trop tôt. Dans un cas comme dans l'autre, ça m'apprendrait à l'utiliser comme détective.

Distraitement, j'ai brassé les cartes postales que j'avais ramassées, en parcourant du regard les invit' des boîtes du quartier (distribuées par milliers dans tout le Village) :

Le week-end vous a fatigué les miches ?
Venez les secouer au Fugitive's Den,
113, Orchard, sud de Houston et ouest de Ludlow.
Ouvert de 4 heures du mat'… jusqu'à… ?

Soirée Trip Hop jeudi à l'Underbrush,
296, 14ᵉ Rue Ouest, avec les DJ résidents :
DJ Marcus & DJ Mike Sike.
Ouverture des portes à 22 h 30 ;
7 $ sur prés. du flyer.

L'une d'elles a particulièrement retenu mon attention :

Ellis Dee Entertainment présente
Raven Lunar Chic,
Tous les vendredis minuit au Hellhole,
66, 21ᵉ Rue Ouest,
Indus, Gothique et Dark Électro
dans neuf salles de danse enfiévrées.
Bougez vos corps maltraités sur la musique
mixée et manipulée par Maître DJ St Slane.

« Qui cherche trouve », ai-je murmuré en glissant la carte dans ma poche arrière.

Finalement, le téléphone à pièces a sonné. J'ai levé les yeux pour voir qui allait répondre, mais personne n'a bougé dans la pièce. Du bruit et du mouvement à l'arrière. La porte des toilettes s'est ouverte, un grand homme mince est sorti et a mis fin à la sonnerie du téléphone. C'était l'homme en jean à la moustache Fu-Manchu noire que j'avais vu jardiner dans le terrain vague.

J'étais trop loin pour entendre ce qu'il disait, mais il a soudain tendu le cou en éloignant la tête du combiné, l'air surpris. J'ai attendu qu'il raccroche. Et continué d'attendre.

Il a parlé dans le téléphone, puis écouté, puis écouté encore.

Pas bon, ça. Raccroche, M'man.

L'homme s'est raidi. Il a niché la tête dans le creux du combiné et balayé la salle d'un long regard scrutateur. J'ai gardé les yeux rivés devant moi, tout en extirpant gauchement une cigarette.

Peut-être n'était-ce pas elle du tout, au bout du fil, mais quelqu'un d'autre.

J'ai allumé la cigarette, puis je l'ai abandonnée dans le cendrier au bout d'une taffe seulement.

L'homme, combiné plaqué contre la poitrine, a levé la voix, qu'il avait grave et légèrement sifflante comme s'il lui manquait une ou deux dents, et lancé à la ronde :

« Y a un Payton ici ? »

Super. J'avais le choix entre rester assis là et l'ignorer pendant qu'il bavardait avec M'man, ou me lever et abattre mon jeu – tout mon jeu. Pas vraiment le choix ; il fallait que je sache ce qu'elle lui avait dit. Je me suis levé et j'ai traversé la pièce en souriant.

Il m'a examiné de derrière ses verres orange troubles.

J'ai dit merci et attrapé le combiné. Il est passé sans un mot, en dégageant une chaude odeur d'engrais.

« Allô ?

– Oh, salut mon chéri, bien, je pensais avoir fait un mauvais numéro. Ton ami Jimmy n'avait pas l'air de savoir qui…

– M'man, tu me tues, là. Qu'est-ce que t'as dit ?

– Dit ? J'ai rien dit.

– Je t'avais dit de te contenter de raccrocher.

– Oui, je sais... Au fait, j'ai oublié de te prévenir – et tu ne me rappelles *jamais* quand je te laisse un message – mais la fille de Sally Marshack va passer le week-end à New York pour voir des écoles. Je lui ai donné ton numéro. Je savais que ça ne te gênerait pas de lui faire visiter la ville. Elle est très jolie, et intelligente aussi. Elle va faire de la biologie marine.

– C'est super, M'man, mais là tu me casses un peu la baraque. »

J'ai parcouru du regard le café. L'homme était parti.

« Écoute, il faut que j'y aille. Je te rappelle. »

Je me suis rué vers la porte et j'ai regardé dehors, mais n'ai vu l'homme en jean nulle part, ni d'un côté ni de l'autre. Puis je l'ai aperçu sur le trottoir d'en face qui rentrait dans le square.

J'ai laissé mon café intact et une cigarette qui se consumait dans le cendrier. Quel gâchis, quand on pense que des fumeurs somnolents s'assoupissent dans les ateliers du tiers monde.

Chapitre 9

Sur la 10ᴱ Rue, l'entrée du jardin public consistait en un grand espace bitumé où les gens faisaient du roller blade et jouaient au basket. Jimmy est entré plus bas, par la 9ᵉ, en passant devant les balançoires et les cages d'écureuil des tout-petits. Je l'ai suivi de loin, sans perdre de vue son chapeau en jean.

À l'intérieur, le square, qui s'étendait sur la largeur de trois rues, était une profusion de verts intenses, baume apaisant pour l'œil dans une ville où dominaient la pierre grise et la brique rouge. À ma gauche, une rangée de bancs en bois, occupés par des couples et des hommes seuls. Près de la fontaine publique en pierre, deux hommes en fauteuil roulant : l'un regardait les pigeons et les écureuils fourrager dans l'herbe, l'autre tournoyait, se cabrait en arrière, se balançait sur ses roues à rayons pour se bercer.

Jimmy avait une démarche sautillante qui permettait de le suivre facilement tout en gardant une bonne distance de sécurité ; soit il se dépêchait, soit il boitait, soit les deux : une patte folle, peut-être.

En sortant de l'ombre, j'ai senti le soleil de l'après-midi me tomber dessus brutalement.

Un pick-up vert du Service des Parcs et Jardins Publics était posté, moteur au ralenti, devant un petit bâtiment de briques trapu qui abritait les seules toilettes publiques du coin. À cet endroit, le sentier en rejoignait d'autres qui serpentaient à travers le square.

Jimmy a continué tout droit vers l'est.

En regardant autour de moi, j'avais du mal à croire que, lorsque j'avais emménagé dans l'East Village, le jardin public se trouvait dans un état de délabrement avancé, privé d'entretien, à l'abandon comme un grand nombre des bâtiments qui l'entouraient. Les immeubles que les propriétaires, n'arrivant pas à payer les charges, avaient quitté dans les années 70 furent ensuite envahis par des dealers d'héroïne et de crack, qui en firent des bastions et des repaires de toxicomanes et de prostituées. Leur présence chassa les gens ordinaires, jusqu'à ce qu'une série d'incendies – accidentels et criminels – oblige quasiment tout le monde à partir. Le quartier était devenu intenable.

Pendant cette période, les sans-abri s'emparèrent du jardin de Tompkins Square. Par centaines, jeunes et vieux, ils y établirent un bidonville, une communauté hétéroclite d'anarchistes. Certains convertirent des immeubles abandonnés des alentours en squats et des terrains vagues en jardins publics. La Ville n'y prêta aucune attention, jusqu'à ce qu'une reprise de l'immobilier, dans les années 80, amène des promoteurs à racheter des biens bon marché à l'est de l'Avenue A. Soudain, c'était dans l'intérêt de la Ville d'améliorer l'état du jardin public et de rendre le quartier séduisant pour des gens riches venant de l'extérieur, qui avaient les moyens de payer des loyers exorbitants *et* des impôts plus élevés. On appelait cela le progrès.

En août 1988, la Ville essaya d'imposer un couvre-feu sur le square pour déloger les sans-abri. Plus de quatre cents policiers arrivèrent en tenue antiémeutes complète, certains à cheval, d'autres dans des hélicoptères stationnant en rase-mottes. Une bouteille fusa de la foule, et une violente émeute de quartier éclata, qui allait durer jusque tard dans la nuit. Suite à cela, le square fut fermé par de solides chaînes. Un kiosque à musique en béton – ancien lieu de spectacles public et abri très prisé contre les intempéries – fut démoli. Plus tard, lors de la rénovation, la Ville en fit un lieu où les familles pouvaient pique-niquer le dimanche, mais ne fit jamais reconstruire le kiosque. Pas plus qu'elle ne trouva d'endroit pour les sans-abri, qui se dispersèrent vers d'autres retraites, plus petites.

Devant, sur un banc, un Noir en tee-shirt moutarde, aux bras lisses et musclés de la couleur du bronze, a hélé Jimmy :

« Yo, yo, yo, Mister Jeans-Vert. »

Jimmy s'est arrêté, l'a regardé et rejoint en souriant. Ils se sont serré la main selon un rituel compliqué, concluant en tapant chacun du poing la main de l'autre qui tenait la sienne. Jimmy a regardé dans ma direction sans me remarquer, appuyé à la clôture de l'espace réservé aux chiens, qui observais un danois moucheté caracolant autour d'un setter irlandais, lequel enfonçait les pattes avant dans les copeaux de bois. L'arôme du cèdre chauffé par le soleil était si fort que j'ai à peine senti l'odeur de la merde qui tombait.

Du coin de l'œil, j'ai vu Jimmy se remettre en route, en direction de la sortie sur l'Avenue B (qu'on appelle aussi Charlie Parker's Place). Comme je pensais savoir où il allait, je suis resté un peu en arrière. De part et d'autre de l'allée, de très vieux chênes, grands et touffus, étiraient leurs branches feuillues qui s'arquaient en hautes voûtes. Le sol vibrait sous les coups de pinceau du soleil filtrant entre les frondaisons dansantes.

Des oiseaux gazouillaient, des écureuils jacassaient, des journaux rasaient le bitume, et les planches à roulettes des gosses crissaient. Derrière moi, un

105

moteur a ronronné et des pneus ont écrasé le gravier avec douceur. Je me suis retourné et j'ai vu une voiture de patrouille bleu et blanc qui approchait lentement.

La femme policier qui occupait le siège passager m'a gratifié d'un long regard vide tandis que la voiture tournait en souplesse dans l'Avenue B, vers le sud.

Je ne voyais plus Jimmy mais je n'étais pas inquiet, car je supposais qu'il se dirigeait vers le jardin où je l'avais vu pour la première fois. J'ai quand même traversé la rue au petit trot.

Au coin sud-est se trouvait la paroisse luthérienne reconstruite de Trinity Lower East Side. Plus loin, la plupart des immeubles étaient abandonnés. Des grilles rouillées barrant les entrées, des rideaux de fer baissés. Même les graffitis n'étaient pas récents. Je les lisais tout en marchant – SWOOP, CAPO, GIPSY, M$, L.E.S./RIP – quand une silhouette sombre a jailli d'une brèche entre deux immeubles.

J'ai fait un bond en arrière et percuté une forme souple et compacte derrière moi. J'ai essayé de me retourner mais de puissants bras bruns se sont soudain abattus, me serrant comme des pinces et m'emprisonnant les bras sur les côtés. Je ne l'avais pas entendu approcher par-derrière ; il avait été vigilant, j'avais été distrait.

Après m'avoir hissé en l'air, il m'a replaqué violemment au sol en m'écrasant les talons sur le bitume. L'impact a fait cliqueter mes membres. Mes lunettes de soleil ont volé. La douleur a ressuscité dans tout mon corps, faisant naître en moi une colère neuve.

J'ai voûté les épaules et tenté, d'une torsion vers l'arrière, de lui assener le haut de mon crâne en pleine figure. Je visais le cartilage du nez, mais c'est la pointe dure d'un menton que j'ai frappée à la place, et je me suis fait plus de mal que de bien, en me sonnant moi-même les cloches.

Il m'a soulevé de nouveau. Cette fois-ci j'ai plié les genoux pour l'empêcher de me casser un os. Je suis retombé lourdement, le cul sur le bitume.

Jimmy s'est penché vers moi, ses lunettes à verres orange et yeux d'insecte tout près de mon visage. Dans leur reflet terne, ma tête avait l'air plus grosse que d'habitude.

Je ne savais pas quoi dire pour ne pas m'attirer encore plus d'ennuis que je n'en avais déjà. Ce n'était pas non plus comme si Jimmy et son ami – le type du banc au square – attendaient mon avis. Ils m'ont empoigné et traîné dans l'étroite ruelle qui puait l'urine et les matières fécales, envoyant mes pieds buter contre du verre et des cadres de lit rouillés.

Nous avons débouché dans la cour arrière des immeubles, dont les deux étages supérieurs avaient croulé, à demi démolis par le feu. Donc pas d'aide à attendre d'un quelconque spectateur béat.

Ensuite, l'ami de Jimmy m'a balancé sur un tas de briques cassées. Il m'y a maintenu plaqué pendant que Jimmy me faisait les poches. Lequel a sorti l'invit' de la boîte, le reçu des photos, mes cigarettes et quelque chose que je n'avais pas conscience d'avoir emporté avec moi : le fax de Matt, couvert de notes que j'avais prises sur Gloria/Glo.

Il a parcouru les feuilles puis les a fourrées dans une poche poitrine de sa chemise en jean et l'a boutonnée.

Se rapprochant encore davantage, il m'a demandé :
« Pourquoi tu cherches Glory ? »

J'ai compris de travers, et répondu :
« Quoi ? Mais je m'en fous, de la gloire. »

Sur un signe de tête de Jimmy, son copain m'a secoué avec la force et la vitesse d'un agitateur industriel de boîtes de peinture à l'huile.

« Réponds-lui, a-t-il dit en découvrant ses dents, dont deux en métal.

– Gloria m'a volé ma montre hier soir. »

On dit que la vérité libère, mais ça n'a eu aucun effet sur eux.

Jimmy a sorti mon portefeuille ; ses mains tremblaient comme s'il avait la trouille, c'était peut-être le cas. J'étais content de ne pas être le seul mal à l'aise. Il l'a ouvert et il a lu mon permis et ma carte d'identité. Ça ne l'a pas impressionné. Il a regardé dans la poche à billets, sans toucher aux quelques dollars qui me restaient, mais en sortant la facturette de carte de crédit de l'hôpital vétérinaire.

« Qu'est-ce que… »

Il l'a lue de nouveau. Puis il a retiré ses lunettes et m'a toisé du regard. Il avait l'œil droit vert et moucheté de paillettes marron, mais le gauche voilé par une pellicule trouble comme une incrustation de nacre. Il m'a demandé :

« T'as payé 120 dollars sur la facture de véto de mon chien ?

– Pike est ton chien ? »

Il a lissé sa moustache, puis lancé un coup d'œil à son ami et secoué la tête.

« Ray, tu peux y aller, mon pote. Je contrôle la situation. »

Ray a réfléchi, voulant décider par lui-même.

« Tes problèmes sont les miens, mec. T'es sûr ? »

Jimmy a fait oui de la tête.

Ray m'a lâché en disant : « À plus. » Il est reparti par le chemin que nous avions pris. J'ai tendu la main vers Jimmy, en disant :

« Mon portefeuille.

– Quelques réponses d'abord. Pour qui tu travailles ? Qui cherche Glory ?

– Ça fait deux questions différentes, ai-je répondu en me relevant. Un, je ne travaille pour personne. Comme je te disais, elle a ma montre ; elle l'a prise la nuit dernière après que trois mecs ont eu fini de me tabasser. J'essaie juste de la récupérer. Quant à ta seconde question, c'est une bonne question et j'aimerais bien avoir la réponse, moi aussi. Déjà pour commencer, les trois mecs qui m'ont tabassé, tu les connais peut-être, des mecs genre skinheads ? Il y en a un qui s'appelle Stosh. Il croit que ta copine a quelque chose qui appartient à un gars du nom de LSD. »

Quand je me suis entendu le prononcer, j'ai fait un rapprochement auquel je n'avais pas pensé jusqu'alors. LSD. Ellis Dee. Ellis Dee Entertainment Productions. L'employeur de Ted Wylie. Merde alors.

« Je les connais pas, a dit Jimmy, mais je les ai vus, ils sont venus fouiner par chez moi hier en cherchant Glory, exactement comme toi. S'ils s'imaginent qu'elle leur a piqué leur came, ces connards, ils délirent.

— Elle l'a pas fait ?

— Elle a pas pris la queue d'un truc.

— D'accord, d'accord, je veux bien te croire. Qu'elle m'ait volé ma montre et tout ça, je peux le mettre sur le compte de sa personnalité. C'est peut-être le dernier de ses soucis, maintenant, de toute façon. Il n'empêche, ça pourrait aller loin, si je communiquais tout ça à la police. Seulement personne n'a besoin de ce genre d'emmerdes, et tout ce que je veux, en fait, c'est ma montre. »

Tu parles d'une menace ; ça m'allait bien d'agiter le spectre des flics.

Il a creusé les joues en réfléchissant, puis il les a relâchées comme s'il soufflait un rond de fumée. Il a jeté mon portefeuille et mes cigarettes.

« Allons faire un tour chez moi, a-t-il dit avant de tourner les talons.

— Pourquoi donc ?

— Tu veux ta montre, non ? Je l'ai.

— Tu as ma montre ?

— Une Rolex en or, c'est ça ? »

Je l'ai suivi silencieusement entre les deux immeubles, en trébuchant sur les mêmes gravats.

Mes lunettes de soleil, pareilles à un insecte géant écrabouillé, gisaient brisées sur le trottoir. Quelqu'un, sans doute moi, avait marché dessus dans la lutte. Je me suis arrêté pour allumer une cigarette. En rattrapant Jimmy, je lui ai demandé :

« Comment t'as eu ma montre ?

— Elle est passée ce matin. Elle me l'a donnée à vendre. Pour sortir mon chien du clou.

— Est-ce qu'elle t'a dit ce qui était arrivé à Pike ? »

Il a hoché la tête, l'air renfrogné.

« Elle t'a dit qui avait fait ça ?

— Ouaip. Cet enculé de Ted. »

Mais c'est tout ce qu'il a dit. Un naturel très indulgent, me suis-je dit, trop indulgent.

Mon silence sur la question l'a rendu nerveux. Sa démarche s'est faite un peu plus irrégulière, comme s'il faisait trop d'efforts pour garder une foulée normale, seulement c'est dur de feindre la normalité, et carrément impossible en état de stress.

Pour finir, il a dit :

« Ted l'avait cherché. Pike l'a bien niqué, tu peux me croire ! Glory est allée là-bas chercher ses affaires. Elle déménageait enfin, mais elle avait peur que Ted essaie de l'en empêcher. Je lui ai dit que je l'accompagnerais, mais elle pensait que j'allais compliquer les choses. Je l'ai quand même persuadée d'emmener Pike. Pike a une véritable adoration pour elle. Ted a commis l'erreur monumentale d'empoigner Glory devant lui. Pike n'était pas d'accord.

— *Croc !*

— Exactement. »

Il a ri, mais là non plus, ça ne sonnait pas naturel ; il retenait toujours, dissimulait toujours quelque chose – et cette dissimulation en disait plus long que ce qu'il voulait bien révéler. J'ai demandé :

« Qu'a dit Ted quand tu l'as vu ?

— Comment ça ?

– Comment a-t-il expliqué ce qu'il avait fait à ton chien ? »

Il a haussé les épaules. Pas d'explication.

« Ça fait longtemps que tu connais Gloria ? ai-je demandé.

– Je l'ai rencontrée au square il y a deux mois. On a pris un café. Elle passe chercher Pike, des fois, elle le promène. Il adore explorer le quartier, mais moi je peux pas l'emmener, avec ma jambe. Plaque d'acier dans le genou. »

Il l'a tapoté avec la bague d'un de ses doigts, et même à travers la chair et le tissu, le métal a tinté.

« Vous êtes juste amis tous les deux ou plus qu'amis ?

– Il n'y a rien de *plus* que de l'amitié, mon pote.

– Je veux dire, c'est pour toi qu'elle a quitté Ted ?

– Hé, elle pourrait être ma *petite-fille*. Je lui ai juste dit qu'elle devait se détacher de cet enculé. Il lui tapait dessus. Elle a fini par ouvrir les yeux toute seule. Je lui ai juste offert une autre possibilité, un endroit où aller. Elle s'est pas maquée avec moi.

– Je vois. »

Il aurait dû en vouloir davantage à Ted et pourtant non. En chemin, il m'a dit qu'il savait où était l'appartement de Ted. Il a même reconnu y être allé le lendemain matin du jour où Gloria était partie avec son chien sans jamais revenir. Quand Pike s'était fait charcuter, elle l'avait emmené tout droit chez le véto, et ensuite elle avait eu trop peur pour rentrer chez Jimmy et lui raconter ce qui s'était passé. Elle avait peur de sa réaction, et il lui avait fallu deux jours pour rassembler son courage. De sorte que pendant un jour et demi, Jimmy n'avait pas su ce qu'il leur était arrivé ni à l'un ni à l'autre.

Je me suis demandé s'il m'aurait dit tout ça s'il avait tué Ted. Je ne savais pas. Dans un cas comme dans l'autre, son histoire paraissait un peu légère, et peut-être était-il plus sage d'éviter carrément le sujet dans l'éventualité qu'il l'ait fait.

Quand nous sommes arrivés à son jardin, il a sorti de sa poche un porte-clés en Nylon tressé avec deux clés. La première ouvrait le cadenas de la chaîne de moto. Il a déroulé celle-ci et ouvert grand la grille en l'envoyant claquer contre un nain de jardin, dont le visage vide et martelé était déjà réduit en poussière de plâtre.

Je l'ai suivi en laissant la grille se refermer derrière moi, la chaîne qui pendait librement allant tinter contre le tuyau de plomb.

Jimmy a saisi une binette appuyée contre un pommier sauvage noueux et couvert de fleurs blanches. S'en servant comme d'une canne, il a remonté le sentier en longeant des plates-bandes de terre noire plantées de forsythias en fleur et de buissons de myrtilles aux pousses vertes. Sur tout le côté est, il y avait un potager avec de la rhubarbe, des tomates et de longs et fins brins de ciboulette aux fleurs violettes.

Il y avait plusieurs os sans moelle, blanchis par le soleil, éparpillés çà et là dans la poussière de la cour. Un Caddie était garé à côté d'un massif de marguerites sauvages.

Je lui ai demandé depuis combien de temps le jardin existait.

« Quatre ans. Je l'ai déblayé moi-même. Il y avait deux Pinto brûlées. »

Nous sommes allés à la remise, tout au fond du terrain. Un grand bidon à pétrole plein d'eau de pluie était placé juste à l'extérieur de la porte, avec à sa base toute une série de bouteilles d'eau de Javel sans étiquette.

La porte de la remise était une large planche de bois qui ne se distinguait du patchwork des autres panneaux du mur que par deux charnières et un moraillon cadenassé. Jimmy a inséré une clé dans le gros cadenas d'acier et l'a tournée, puis il a décroché le cadenas et rabattu la languette métallique. Ensuite il a rac- croché le cadenas à son anneau et poussé la porte vers l'intérieur dans un grincement sépulcral. Il m'a tenu la porte, m'invitant à entrer.

J'ai hésité. Il faisait sombre, là-dedans.

Mais comme j'essayais de donner l'impression de jouer franc-jeu, j'ai dû mettre mes instincts en sour- dine. Il n'y avait pas loin à aller, il n'empêche que ça ne m'a pas plu du tout de devoir me pencher pour pas- ser sous le linteau de la porte et pénétrer dans l'obscur réduit.

À l'intérieur je suis resté un peu courbé, de crainte qu'un clou du toit me transperce le cuir chevelu si je me redressais.

Jimmy est entré derrière moi et la porte s'est refer- mée. Je n'avais plus pensé à fermer les yeux avant d'entrer et, par contraste avec la luminosité du jour, je me suis trouvé momentanément aveuglé. J'entendais du mouvement autour de moi mais impossible de voir Jimmy, jusqu'au moment où il a occulté plusieurs minuscules points lumineux qui perçaient par les interstices entre les planches. Lentement, à mesure que mes yeux s'adaptaient, j'ai distingué des cen- taines de ces petits trous en tête d'épingle qui lais- saient filtrer la lumière du jour comme une passoire.

Je me suis avancé d'un pas. Le sol était doux comme de la moquette. J'ai baissé les yeux : un tapis. Une grande chute de moquette bordeaux à poils mi- longs, noircie par des taches de terre, des empreintes de pattes et des traces de bottes sales. Un autre pas, et j'ai buté sur un objet mat qui a roulé quelques centi- mètres plus loin. C'était un nœud de corde épaisse, un jouet à ronger pour chiens. Toujours par terre, il y avait une écuelle vide et une couverture navajo pliée couverte de poils roux.

Petit, comme endroit : un peu moins de trois mètres sur deux. Dans un coin, un matelas et des couvertures.

Aucun outil de jardinage nulle part. Ce n'était pas du tout une remise à outils, c'était chez Jimmy.

Des caisses de plastique étaient empilées contre le mur en quatre colonnes de quatre, contenant pour certaines de l'épicerie, des boîtes de conserve et de l'eau minérale ; pour d'autres des pulls et des chaussettes ; des couverts, des assiettes et des bougies ; des livres, surtout des Poche. J'ai remarqué des exemplaires tout cornés du *Manuel de la survie en ville et en banlieue* de Tom Brown et une édition intégrale des *Poèmes* d'Emily Dickinson, ainsi que plusieurs brochures et fascicules publiés par les Narcotiques Anonymes. Sur une des boîtes, il y avait un autocollant : J'♥NA & NA m'♥.

Au milieu de la pièce, il y avait une machine à l'aspect balourd, à laquelle était fixé un réservoir. Je me suis penché pour la regarder de plus près. Un panneau de chauffage en spirale sur le devant, et la puanteur du mazout. Un radiateur à mazout, appareil interdit à New York, celui-là tenant quasiment de l'antiquité mais bien huilé, en bon état de marche, et plein de combustible. Je me suis dit que je ne fumerais pas.

En le montrant d'un geste du pouce, j'ai demandé :

« C'est pas un peu dangereux, ces machins-là ?

– L'hypothermie aussi », a répondu Jimmy en me regardant par-dessus l'épaule, sans s'écarter d'une petite cantine ouverte devant laquelle il était accroupi.

J'ai supposé qu'il cherchait ma montre. Il avait retiré ses lunettes de soleil et son œil abîmé était à nouveau visible ; un rai de lumière en perçait la rétine laiteuse. J'ai détourné la tête.

Il avait là un espace de vie complet, satisfaisant à tous ses besoins vitaux, et même quelques maigres éléments de confort tels qu'une radiocassette et un lavabo de fortune. Quant à sa cuisine, elle était mieux approvisionnée que ne le serait jamais la mienne.

Sur l'une des boîtes, j'ai aperçu trois carnets à dessins qui avaient l'air de servir souvent. L'un d'eux était ouvert à une page ornée d'un croquis au crayon représentant un chien, Pike de toute évidence, signé par l'artiste : *J.-J.* Dans un style non réaliste – le rendu faisait davantage penser à *Alien* – mais qui pourtant traduisait bien la force musculaire de l'animal et son expression.

Je me suis retourné pour complimenter Jimmy et j'ai oublié ce que j'allais dire.

Quelque chose étincelait dans sa main droite. Pas ma montre – plus long et plus fin. Ça brillait mais ce n'était pas de l'or : une lame argentée et dentelée, méchamment incurvée.

Une pensée tardive m'est alors venue à l'esprit : *Si j'ai vraiment besoin d'une Rolex à ce point, je peux m'en acheter une autre.* Savoir l'heure était une exigence surfaite, de toute façon. Dans cette cabane qui sentait le moisi, le temps avait vacillé, ralenti en un lent goutte-à-goutte engorgé par la peur et l'attente.

Mon regard se concentrait sur son couteau comme si c'était le centre de mon univers.

Dommage qu'il ne soit pas parvenu à le tenir d'une main ferme. Les vifs éclats prismatiques renvoyés par le tranchant affilé de la lame me laçéraient les yeux, d'avant en arrière, de haut en bas, de gauche à droite.

Un sifflement sec et asthmatique s'échappait de la gorge de Jimmy qui me dévisageait, braquant sur moi le regard froid de ses yeux asymétriques.

Avec un à-propos retors, la vieille devise du menuisier m'est venue à l'esprit : « Mesure deux fois, *coupe une seule.* »

Chapitre 10

J'AI CE QUE je considère comme un respect salutaire
– mais non une peur religieuse – envers les objets
aiguisés entre les mains d'autrui. C'est une peur que
je ne désire surtout pas vaincre définitivement, juste
maîtriser temporairement.

L'air de rien, j'ai dit :

« Alors t'es aux NA ? »

Je n'ai pas obtenu de réponse en dehors d'un tres-
saillement, comme si j'avais fait un geste brusque
dans sa direction. Il était en manque, imprévisible.
S'il m'attaquait, je n'avais nulle part où aller. La porte
s'ouvrait vers *l'intérieur*, et il y avait des chances
qu'il l'ait refermée à clé derrière nous. Un seul pas
dans n'importe quelle direction et je me retrouvais
dans un des coins de la cabane. Au moins, en maintenant ma position au centre, j'avais suffisamment de
place pour esquiver de tous les côtés – un pas dans
chaque direction, comme un roi en fin de partie.

J'ai demandé :

« À quoi t'étais accro ? »

Toujours pas un mot, mais pas d'offensive non
plus. Il tenait juste le couteau dans sa main trem-

blante, en m'envoyant des reflets de lumière en pleine figure, par à-coups désordonnés. Ça menaçait de me rendre complètement dingue. Je n'allais pas tarder à faire quelque chose de stupide.

L'objet le plus proche à attraper pour me défendre, c'était le radiateur à mazout, assez lourd pour faire du dégât. Je pouvais le lui jeter à la figure et utiliser la seconde de battement pour ouvrir la porte et sortir. Le problème, c'est qu'il était plein de mazout, qu'il était peut-être *trop* lourd.

« Écoute, ai-je dit, j'ai saisi l'allusion, tu veux que je parte, c'est ça ?

— L'héroïne, a répondu une voix morte. C'était ma drogue de prédilection. *Pas* mon accoutumance. »

Il a serré le couteau en contractant les muscles filandreux de ses longs doigts. Il s'est concentré pour affermir sa main.

« Nous avons ces vides en nous, ces espaces vacants – certains d'entre nous, peut-être tout le monde. Il faut bien les remplir avec quelque chose. Les gens essaient le tabac, l'alcool, Dieu, la violence... Tu fumes, n'est-ce pas ? Alors tu peux peut-être comprendre un peu. Il y a un poème qui dit : "On apprend l'eau – par la soif." Tellement vrai. Ma leçon a été l'héroïne.

— *A été* l'héroïne ? Plus maintenant ?

— Toujours. Qu'est-ce que tu crois ? En ce moment même, j'essaie d'arrêter. Toujours en train d'essayer. Lundi, je me réinscris au programme de St. Vincent. Encore une seconde chance...

— J'ai un ami qui a arrêté, ai-je dit. Il était aux NA.

— Comment il s'appelle, je le connais peut-être ?

— J'en doute. Mark. Un poète anglais de Washington.

— Non, je le connais pas. Ça fait combien de temps qu'il est clean ?

— Ben... il est mort, maintenant. Le sida.

– Ouais, ouais. Jusqu'à présent j'ai eu de la chance. Désolé. »

Tant qu'il m'avait à la bonne, j'ai demandé :

« Gloria se came, elle aussi ? »

Erreur.

Pris d'une bouffée de colère, il a levé sa lame d'un cran.

Je me suis penché vers le radiateur, j'ai senti un muscle me tirer dans le côté. Super.

Son œil en bon état brûlait d'un éclat féroce.

« Quoi ? Jamais de la vie ! Elle toucherait jamais à ça. Elle déteste la drogue. Sa mère est une pompe à coke qui vit d'une pension de divorce dans le Vermont. Glory se camerait jamais. Je ne la laisserais jamais faire.

– Alors… elle a pas ce vide dont tu parlais ?

– Hé, pourquoi tu crois qu'elle s'est mise avec ce trouduc de Ted, à ton avis ? Son père les a larguées elle et sa mère quand elle avait sept ans. Elle essaie toujours de combler ce gouffre-là. Et ça, c'est une sacrée paire de manches, peut-être plus dur encore que la dope. Mais je saurais pas dire.

– Dis, c'est peut-être pas mes affaires – surtout pas quand tu m'agites ce couteau sous le nez –, mais t'as plutôt l'air d'avoir besoin d'une réunion. »

Ça l'a mis en rage, mais quelque chose le retenait toujours.

« Tu as vraiment payé 120 dollars sur la facture de véto de mon chien ? » a-t-il lancé d'un ton accusateur.

Je n'ai pas répondu, il avait vu le reçu. De toute façon, ce qu'il voulait vraiment savoir, c'était pourquoi j'irais faire une chose pareille. Je n'avais pas de réponse à ça non plus.

Il a envoyé le couteau en l'air en le faisant tournoyer, et lorsqu'il est retombé la lame en premier, il l'a saisi par le manche et l'a planté à ses pieds dans un coin de terre nue. Il s'est redressé et m'a regardé longuement, en lissant sa moustache à la Fu-Manchu entre le pouce et l'index.

« Pike représente beaucoup pour moi, a-t-il fini par dire. C'est grâce à lui que j'ai survécu l'hiver dernier. On s'est retrouvés bloqués par la neige pendant trois jours et on est tombés en panne de mazout pour le radiateur. Nous nous sommes maintenus en vie l'un l'autre. »

Il a plongé la main dans la poche avant de son jean et en a sorti ma Rolex en or. Il l'avait sur lui depuis le début.

« Tiens, mec, la voilà. Fais-y attention. Essaie de ne pas la perdre de nouveau. Le Village n'est plus le Village. C'est devenu le pays de l'abondance du rien. »

J'ai pris la montre en or dans ma main. Pas de problème, c'était bien la mienne, mais plus lourde que dans mon souvenir. Le verre légèrement éraflé, la bulle bombée recouvrant la date opacifiée par les rayures, elle s'était arrêtée à neuf heures onze ce matin.

Jimmy est allé à la porte de la cabane et l'a ouverte, la lumière du jour est entrée à flots. Il s'est baissé pour sortir. Je le suivais de près.

Dehors, clignant des yeux face à la vaste étendue de ciel – un bleu sans compromis, que pas un lambeau de nuage ne troublait –, j'ai senti mon assurance revenir. Et dit :

« J'ai besoin de récupérer ces papiers.

– Quels papiers ? » Il m'a regardé l'air de ne pas savoir de quoi je parlais.

J'ai pointé le doigt vers sa poche de chemise, à présent déboutonnée. Il l'a tirée pour me montrer qu'elle était vide, plus de papiers. Il avait dû les mettre dans sa cantine quand il me tournait le dos.

« T'as dû les faire tomber, m'a-t-il dit. De toute façon pourquoi tu en as besoin, maintenant ? Tu as ta montre.

119

– Ils sont à moi.

– Tu es trop accroché à tes biens matériels, mec. Regarde ce que tu as souffert pour une montre à la con. Je parie que tu es jaloux de ta nana, aussi.

– Es-tu jaloux de Gloria et Ted ?

– C'est fini, ça, a-t-il dit avec certitude.

– Peut-être qu'elle y retournera », ai-je observé.

Il a réfléchi à ça, en malmenant les pointes de sa moustache. Il n'a pas mordu à l'hameçon.

« Peut-être. Ça dépend d'elle. Je n'ai aucun droit sur elle. Mais je me soucie de ce qui lui arrive.

– Je comprends.

– Bien. Un autre truc que tu dois comprendre. Tu m'as fait une faveur pour la facture de Pike. OK, je t'en fais une pour ta montre. Je considère que nous sommes quittes.

– D'accord.

– Ça s'arrête là. Je ne veux pas que tu cherches d'ennuis à Glory.

– *Davantage* d'ennuis, tu veux dire. Pour le moment, ça se resserre autour d'elle.

– D'ennuis quels qu'ils soient. Si j'apprends que tu l'embêtes, je sais où tu habites. »

J'ai tourné le dos et dit en m'adressant au jardin dans son ensemble :

« Va chercher ton chien, ils te laisseront le prendre quand tu veux. Pour le moment, il est en cage. Ils ne le garderont que jusqu'à mardi. »

Jimmy n'a pas répondu. J'ai continué de marcher.

Arrivé à sa grille, je me suis arrêté dans l'ombre du pommier sauvage et j'ai allumé une cigarette. J'ai jeté un coup d'œil à ma Rolex, toujours au creux de ma paume moite, puis l'ai vite fourrée dans ma poche. Elle me gênait, à cet endroit, elle ballottait contre ma cuisse.

Comme j'ai la parano ironique, sur tout le trajet de retour, je m'attendais à me faire agresser d'une seconde à l'autre. Ça ne s'est pas produit. En arrivant à Tompkins Square, je me suis un peu détendu. J'étais content d'être à nouveau entouré de gens qui savouraient cette journée de mai.

Et j'avais réussi, du moins, à récupérer ma montre. Exactement comme je me l'étais promis.

Quand j'ai débouché à l'autre bout du square, je me suis retrouvé sur le trottoir opposé au café où j'avais commencé ma filature, retour à la case départ. J'ai continué de rebrousser chemin, retour au magasin de photos de l'Avenue A où j'avais déposé la pellicule de Ted Wylie. Elle était prête. J'avais perdu le reçu dans le tour de passe-passe de Jimmy, en même temps que le fax de Matt, mais grâce à ma carte de visite agrafée à l'enveloppe, j'ai pu la réclamer sans l'ombre d'une difficulté.

Le Vietnamien qui tenait la boutique s'est excusé qu'il n'y ait que sept photos de développées. Moi ça me convenait : taxes comprises, la facture ne s'élevait qu'à 2,87 dollars – un coup de bol, je n'aurais pas pu payer plus.

J'ai fourré l'enveloppe – sans l'ouvrir – dans ma poche. Je n'étais pas pressé de voir les photos. Avant, elles se rattachaient à mon enquête ; à présent ce n'étaient plus que les derniers instantanés d'un type qui était mort. Ça ne me concernait nullement. J'avais récupéré ma montre.

J'avais besoin de trouver un distributeur et de faire le plein de liquide. Il y en avait un sur la Deuxième Avenue, au coin de St. Mark's Place – le nom que prend la 8e dans l'East Village. Je suis parti dans cette direction en longeant une fresque murale, des poissons qui serraient des tasses de café fumantes entre leurs nageoires anthropomorphisées. En passant le coin de la rue, occupé par une pizzeria entièrement vitrée, je suis arrivé devant un chapelet de boutiques branchées, toutes à double casquette : un centre de tatouage et de piercing, un magasin de tee-shirts et d'accessoires en cuir clouté, un astrologue/chiromancien, un distributeur de disques de ska et de tenues de skateboard. Aucune n'était encore ouverte. La plupart de leurs ventes se faisaient auprès des aventuriers de la nuit.

Lorsque je me suis arrêté sur la Première Avenue pour allumer une cigarette, un homme en complet sport rouge cerise et souliers vernis blancs s'est approché de moi, un baladeur Sony et un casque à la main. Son visage était du marron des sacs en papier Kraft un peu gras. Il m'a regardé à travers le réseau de veines rouges de ses yeux jaunâtres.

« J'te taxe une cigarette, frangin ?

– Bien sûr.

– Eh, j'essaie de récupérer une bouteille de vin. 2 dollars la radio.

– Désolé, mec, je peux pas t'aider. »

Et je ne pouvais pas, pas avec 13 *cents* en poche. Il y a quelque chose de libérateur, néanmoins, à être fauché dans la grande ville : on ne se sent jamais coupable de refuser une pièce.

Tout en prenant une des cigarettes que je lui tendais, il a hoché la tête :

« Vas-y cool, mon frère.

– Toi aussi, mec. »

C'est peut-être pour ça que je fume encore : le lien que ça me donne avec de parfaits inconnus ; il y a toujours quelqu'un qui cherche du feu. Notre accoutumance partagée. Notre kit de suicide.

J'ai longé St. Mark's Place, bien dans ma peau et me demandant combien de temps ça durerait. Je crois que j'attends toujours qu'un truc me tombe sur le coin de la gueule, et quelquefois, si ça ne vient pas, je donne un petit coup de pouce.

Vers le bout du pâté de maisons, je suis passé devant la Porto Rico Importing Company ; la boutique étroite était bondée, pleine de sacs de toile de café torréfié en grains, de l'odeur et du bruit de la mouture. Dehors, sur un banc de sapin, un jeune homme portant

122

le tablier du magasin écoutait une petite vieille ratati-
née qui tenait un manche à balai bleu. Ses cheveux
blancs étaient comme une perruque de sorcière et son
visage mou et ridé me faisait penser à des reinettes
cuites au four. Le jeune homme avait les cheveux
courts comme un GI et une barbe taillée ras. Il écoutait avec sérieux les divagations de la vieille femme.
Je lui souhaitai bonne chance ; je n'en comprenais
pas un mot. Elle avait un accent aussi prononcé que
mystérieux, et pas de dents.

Juste après le coin se trouvait l'entrée de la banque.
Plus loin dans la rue se profilait la marquise à néons
de l'Orpheum, le théâtre « off-Broadway » où se donnait *Stomp*.

Personne ne faisait la queue aux distributeurs. Je
me suis approché d'une des machines et j'y ai inséré
ma carte. J'avais un crédit de 84,88 dollars, et je l'ai
sapé de 80, qui m'ont été donnés en quatre coupures
neuves et craquantes, aux numéros de série si frais
que l'encre formait un léger relief, comme du Braille.
Mon ticket de transaction attestait l'heure : 15 h 14.

Dehors, j'ai regardé le croisement. Deuxième
Avenue, sur le trottoir d'en face, le kiosque à journaux
Gem Spa : cigarettes, magazines par centaines, milk-
shakes chocolat à l'ancienne vingt-quatre heures sur
vingt-quatre. Au nord du kiosque, l'omniprésent Gap.
Au coin d'en face, le Dallas BBQ, avec ses tables
blanches et ses chaises disposées sur un trottoir très
passant, qui tentait vainement d'isoler sa clientèle de
la faune à l'aide d'une corde en plastique.

À mon coin de rue, un homme en bonnet de laine,
doté d'une longue barbe mousseuse comme de la
barbe à papa, avait disposé trois tables de jeu sur le
trottoir et vendait des bâtons d'encens et des rangées
et des rangées de livres de poche. AA Fair, Margaret
Millar et Robert Bloch m'ont accroché le regard, mais
j'avais déjà plein de livres à lire à la maison. C'était

peut-être ce que j'allais faire, maintenant que j'avais récupéré ma montre, rattraper mes lectures en retard.

« Tous les livres à 1 dollar, » m'a paresseusement informé le clone de ZZ-Top.

Il n'avait pas l'air de pouvoir me rendre la monnaie sur 20 dollars, et s'il le pouvait, il n'avait pas besoin de mon dollar.

Je suis reparti vers mon immeuble par la Deuxième Avenue. Devant Veselka, le restaurant ukrainien qui fait le coin sud-est de la 9e, un autre homme à la dégaine pareillement grunge était avachi derrière le même genre d'installation, une table pliante couverte de livres. Mais en me rapprochant davantage, j'ai vu, côté 9e, une équipe de tournage de dix-sept personnes rassemblées derrière des projecteurs halogènes et une caméra 35 mm qui avançait lentement sur trois mètres cinquante de rails en aluminium. Il y avait des câbles et des mallettes argentées, un buffet avec du café chaud et des sandwiches, et une glacière en dessous. Des touristes et des clients qui s'étaient attardés à déjeuner observaient. Quelqu'un derrière la caméra a crié : « Coupez ! »

J'ai eu envie de retourner trouver l'autre gars pour lui dire qu'on lui volait son numéro, mais j'étais bien placé pour parler, dans le genre pastiche ambulant. J'ai continué mon chemin, tête baissée, coupé du monde. Je n'ai pas remarqué le sommet d'argent art déco du merveilleux Chrysler Building, à l'horizon. En temps normal, c'est la vue que je préfère sur mon trajet de retour.

J'ai traversé la 10e Rue Est vers l'Abe Lebewohl Park, ainsi nommé en mémoire du propriétaire de l'épicerie de la Deuxième Avenue abattu un matin où il allait déposer ses recettes à la banque. Affaire non encore élucidée. J'ai levé les yeux vers l'horloge du clocher mais n'ai pas pu la voir à cause du dais de feuilles. Au pied de la grille noire garnie de pointes était assise une petite dame coiffée d'un foulard à motifs de bleuets, au visage de jeune Gandhi. Elle agitait des pièces de monnaie dans un gobelet à café en carton.

« Comment ça va aujourd'hui ? m'a-t-elle demandé avant de lever les yeux et de voir par elle-même. La vache, qu'est-ce qui vous est arrivé ?

– Un accident.

– Oh, vous devriez être au lit, faire quelque chose.

– Merci. »

Je lui ai donné la monnaie que j'avais, une pièce de 10 *cents* et trois de 1, en culpabilisant de nouveau à cause des 80 dollars tout chauds dans ma poche. J'espérais qu'elle ne regarderait pas dans le gobelet.

Témoignant d'un sens parfait de l'étiquette de la rue, elle s'en est abstenue. (Depuis le temps, elle était sans doute capable de jauger rien qu'au poids.)

« Merci, a-t-elle dit. Allez, bonne journée, surtout. Vous en faites pas. »

En traversant la 11ᵉ, j'ai regardé vers la gauche, où tout avait commencé la nuit précédente. Appuyée contre un parcmètre se tenait une femme jeune au visage vieux, tartiné de beige couleur chair et de rouge à lèvres mal appliqué, comme si elle avait mâchouillé des betteraves. Elle m'a aperçu et s'est immédiatement ruée vers moi dans un déboîtement d'os iliaque, balançant le bras devant elle comme une patineuse de vitesse qui prend de l'élan. En se rapprochant, elle m'a lancé d'une voix rauque :

« Eh, chéri, tu montes ? »

J'ai souri, ravalé le menton, dit non merci puis continué de marcher, tête baissée, tout en pensant : « À condition qu'on fasse moitié-moitié. »

J'ai pilé net, stoppé par un pantalon de velours côtelé informe et deux tennis poussiéreuses et déchirées qui barraient le trottoir, m'obligeant à lever les yeux le long d'un pull-over d'orangiste, jusqu'au visage boutonneux d'un jeune Blanc aux cheveux blond sale. Un parfait inconnu, qui m'a demandé en tendant les mains vers moi :

« S'il vous plaît, quelques pièces. Pour manger quelque chose, monsieur ? »

En bon pigeon, je porte la main à la poche, puis je me souviens : rien que les quatre billets de 20.

« Désolé, mec, je ne les ai pas. »

Je l'ai contourné et j'ai poursuivi mon chemin.

Il m'a emboîté le pas.

« Ohhh, allez, mec, 20 *cents*. Il faut que je bouffe. 20 *cents*, c'est tout.

– Je ne les ai pas. Désolé.

– Hé, j't'ai vu donner quelque chose à la Black, là-bas ! C'est parce que je suis pas *black* ? »

J'ai ri.

« Écoute, je peux pas te les donner : je ne les ai vraiment pas.

– Oh, allez, 20 *cents*. Tout ce que je veux, c'est 20 *cents* pour maaan-ger. »

Je l'ai regardé de nouveau. Alors j'ai vu : le visage fiévreux du junkie. Atrocement dépourvu d'humanité ; c'était comme de croiser le regard d'une bactérie. Affamé, il l'était, c'était la famine en personne, sans doute M. Crève-la-Faim pour les intimes.

« J'ai dit non, ai-je répondu.

– Oh, alleeeeeez, enfoiré de yuppie. »

J'ai pilé net et fait volte-face vers lui. Une rage vomie de nulle part a jailli, et j'ai levé la main. Pédagogue. J'ai répété :

« Non ! »

Il m'est rentré en plein dedans et j'ai senti les lettres craquelées de son sweat s'effriter contre ma main. Je l'ai repoussé ; c'était à peu près aussi dur que de se fendre un passage dans un rideau de perles, et tout aussi vain.

Le môme à boutons s'est mis à sautiller sur place, tout agité, en hurlant :

« Me touche PAS, me touche PAS, connard ou j'te

126

CASSE la gueule, j'te casse la gueule si JAMAIS tu me touches !

– C'est ça, ouais. »

Je me suis éloigné, le dos à découvert. Quoi qu'il arrive maintenant, je l'aurais mérité, rien que pour m'être arrêté. J'aurais dû lui passer dessus, c'est tout.

Mais il ne s'est rien produit. Lorsque je suis arrivé à ma porte et que je me suis retourné, le jeune racolait un peu plus loin dans la rue, essayant de taper de la monnaie à deux vieilles dames. Elles ont fini par céder quelques pièces brillantes, des 25 *cents*, pour qu'il arrête de les suivre.

Le jeune a fixé – avec concentration – les pièces lovées dans sa paume, comme si leur disposition détenait le secret de son avenir immédiat.

Le voir faire a catalysé ma fureur : je DÉTESTE les junkies. Je les déteste.

Les mains tremblantes, j'ai mis la clé dans la serrure et suis entré dans mon immeuble. Content de refermer une porte derrière moi, je me suis arrêté dans le hall, tout secoué.

En plus, l'ironie de la chose ne m'échappait pas. Je venais à peine de parler à Jimmy de mon ami qui avait décroché de l'héroïne. Seulement Mark n'avait pas gagné la partie tout seul. Il y avait des gens qui l'avaient aidé. Je n'aurais même pas su où puiser *l'envie* de devenir comme ces gens-là, car chaque fois que je regardais en moi-même, tout ce que je voyais c'était : *Je déteste les junkies.* Je ne pouvais pas dépasser ce stade.

J'ai inspiré une grande bouffée d'air et l'ai expirée par saccades.

C'était idiot de m'être laissé atteindre. Et pourquoi ? Par xénophobie ? Ou par identification ?

C'était surtout son visage, je crois. Ce regard de junkie vide et univoque. Rien dans les yeux que des trous noirs, physiquement incapables de renvoyer la moindre parcelle de lumière. Un non-humain fonctionnel, qui ne participe plus à rien, pas même à la came dont il se nourrit.

L'héroïne n'est pas une accoutumance partagée. Les junkies *ne peuvent pas* partager. Pas parce qu'ils ne veulent pas, mais à cause du regret d'avoir *gaspillé* qui les ronge quelques heures plus tard. Le souvenir d'avoir charitablement laissé le produit leur glisser des mains revient comme un acide qui leur brûle les empreintes digitales, détruit leur identité.

Je crois que ce que nous méprisons le plus chez les autres, c'est ce que nous voyons en nous-mêmes, que nous détestons et combattons. Il n'empêche, ce jeune avait beaucoup à apprendre pour survivre dans cette ville. Ne jamais solliciter la pitié des nécessiteux : cela justifie toujours le mépris. Au lieu de quoi, nous demander de l'aide. Nous comprenons cela, étant nous-mêmes dans la dèche. Et ensuite, eh bien, vous faites ce que vous pouvez.

J'ai regardé si j'avais du courrier.

Chapitre 11

L E FACTEUR était passé mais il n'y avait aucun des deux chèques. À la place, j'ai trouvé une publicité de L'Homme d'aujourd'hui annonçant une remise de 33 % sur tout leur stock de manteaux sport, le second avertissement d'une agence de recouvrement et une lettre de mon comptable m'expliquant qu'« à moins d'un revirement radical de la situation » il me recommandait de « déposer immédiatement une demande de réorganisation de ma dette sous supervision du tribunal », autrement dit de me déclarer en faillite. Ma vie était remarquablement synchronisée.

En entrant dans mon appartement, j'ai d'abord été choqué par l'ordre et la propreté qui y régnaient, oubliant que j'avais rangé : mes yeux étaient plus habitués à le trouver en plein bazar.

Pas de messages sur le répondeur. Je suis allé à mon bureau, j'ai sorti la Rolex de ma poche et l'ai regardée à la lumière de la lampe. Arrêtée et rayée, elle avait l'air d'une mauvaise contrefaçon de mauvaise contrefaçon, mais c'était ma montre. C'était peut-être justement ça le problème. Je ne supportais pas de la voir.

J'ai ouvert mon tiroir à fouillis et je l'ai envoyée

rejoindre les trombones, les stylos et une photo de Clair que je ne me souvenais plus d'avoir mise là. Une photo que j'avais prise, mais je n'arrivais pas à me rappeler exactement quand ni où ; une fin d'été ou un début d'automne, il y avait au moins sept ans de cela (elle portait mon vieux pull bleu qu'elle avait perdu plus tard dans le tram, à Boston). De la main droite elle me tendait un quartier de poire, face à l'appareil. Elle avait un sourire malin, des fossettes profondément gravées dans les joues comme deux cicatrices en duel. Ses yeux noirs, grands ouverts, débordaient d'humour gentil et d'amour éperdu.

C'était tout son problème *à elle*, résumé en une image. C'était sa faute ; elle m'aimait trop complètement pour mon propre bien. Me comblait de son amour. Et moi, je rêvais que ça ne changerait jamais.

Je suis devenu négligent, audacieux et... j'ai regardé ailleurs, et... je me suis fait prendre, et pas seulement à regarder : à jouer à l'irrésistible détective privé, à me la raconter. Maintenant, bien sûr, je me rends mieux compte, mais à l'époque je n'avais aucune notion des enjeux, de ce que j'avais risqué avec désinvolture, et rapidement perdu pour toujours.

Lorsqu'elle – lorsque *ça* a cessé, tout ce qu'elle avait aimé en moi a pris fin, ou peut-être que ce qu'elle avait aimé n'avait jamais existé : à la place, rien qu'un pâle reflet. Elle n'a laissé derrière elle que le hideux miroir vide.

C'était entièrement ma faute.

« Ce n'est la faute de personne, Mon-Cher, avait-elle essayé d'expliquer une fois de plus avant de renoncer pour de bon. Nous ne venons pas sur terre avec un moi parfaitement équipé, capable de répondre à toutes les situations auxquelles nous sommes confrontés. Nous devons nous construire nous-mêmes au fur et à mesure. Nos expériences nous créent. »

J'ai refermé le tiroir sur sa voix triste qui résonnait dans ma tête.

Qu'ai-je créé ?

Je suis allé dans la salle de bains et je me suis aspergé le visage d'eau froide, trempant complètement le pansement de Tigger au-dessus de mon œil. Je l'ai décollé et j'ai découvert une balafre de trois centimètres de long sur mon front, entourée de boursouflures jaunes. La croûte avait pris une teinte rouge-noir bien saine. Je me suis essuyé la figure et fait un nouveau pansement avec un adhésif clair que mes cheveux couvraient tout juste.

J'ai essayé de sourire à mon reflet dans la glace, mais c'était un trop grand effort de lutter contre la gravité, alors j'ai laissé retomber les coins de ma bouche. « C'est quoi ton problème ? Laisse couler, un peu. »

J'avais besoin d'entendre quelqu'un me dire toutes les choses raisonnables que je savais déjà, alors je me suis assis et j'ai appelé Matt. Cette fois-ci, j'ai donné mon vrai nom à la réceptionniste.

Matt m'a pris tout de suite :

« Comment va ?

— J'ai récupéré ma montre, mon pote. Tu peux le croire ?

— Tu te fous de ma gueule ? C'est super !

— Ouais.

— *Ouais* ? a répété Matt. Quoi, j'ai raté quelque chose ? Tu l'as récupérée en cinq morceaux ?

— Elle est en un seul morceau. Sauf que, ben… en la cherchant… j'ai trouvé certains autres trucs.

— Ouais, ça arrive. Quel genre de trucs exactement ?

— Un mort, le petit copain de la fille qui l'avait prise.

— Hmm hmm. Et… ? Qu'en disent les gars du métier ? »

Je n'ai rien répondu, et continué de ne rien répondre, jusqu'à ce que rien signifie quelque chose pour Matt.

« Tu te fous de ma gueule ? T'as intérêt à avoir une raison en béton.

– J'y viens justement. C'est en rapport avec la fille.

– Quoi, elle te file le gourdin ? Ça m'étonnerait pas de toi, vu qu'elle t'a piqué ta montre, tout ça.

– Elle l'a prise pour payer la facture de véto d'un chien.

– Et alors ? C'est une amie des bêtes.

– Elle est censée être en possession de drogues qui appartiennent à quelqu'un d'autre, t'es d'accord ? Mais en même temps elle a un besoin d'argent suffisamment pressant pour me voler ma montre. Ça ne colle pas.

– Ça colle très bien. C'est une voleuse.

– Ou quelqu'un lui fait porter le chapeau.

– C'est son problème. Et, franchement, Pay, elle a l'air du genre de gamine qui saura très bien s'en dépatouiller toute seule. Alors tu t'en mêles pas, d'accord ?

– Son ami qui est mort travaillait pour Ellis Dee Entertainment Productions.

– LSD ?

– Non, Ellis comme Perry Ellis, Dee comme Sandra Dee.

– Bon, et alors ?

– Ces mecs de la nuit dernière ont parlé d'un certain Ellis Dee. Il organise des raves dans une boîte qui s'appelle le Hellhole. Ça cadre joliment bien avec une disparition de drogues, tu ne trouves pas ?

– Peut-être, mais je ne vois toujours pas en quoi ça te concerne. Personne ne t'a engagé. Arrête de fourrer ton nez là-dedans. Tu as récupéré ta montre. Ces gens-là se passeront très bien de ton aide, crois-moi ! Elle s'en portera peut-être même mieux. Occupe-toi de protéger tes miches et c'est tout.

– Merci, c'est ce que je fais.

– Me prends pas pour un con, je te connais quand ça te prend.

– Va chier.

– Écoute, si c'est du boulot que tu veux, il me manque toujours un homme pour ce mariage, mais ce

132

qu'il y a, c'est que ces conneries de je-recherche-des-femmes-pour-peau-de-balle, c'est carrément pas professionnel. Je crois que dans le métier, maintenant, on appelle ça de la traque. »

J'ai ouvert mon tiroir à fouillis, et plongé la main sans regarder pour repêcher ma Rolex.

Matt avait raison. Si vraiment je cherchais juste à m'occuper, pourquoi ne pas gagner ma vie par la même occasion ? L'attitude professionnelle, ç'aurait été de prendre ce boulot de mariage. De rappeler l'avocat du Comté de Suffolk, de prendre son trop-plein d'affaires de divorce, c'est là qu'il y avait de l'argent à se faire. Mes revenus de l'année dernière se composaient principalement de surveillances pour des divorces, d'enquêtes prénuptiales, de témoignages en justice pour des questions de pension alimentaire et de garde d'enfant, de recherches de fiancées et conjoints portés disparus. Ma vie et mon métier reposaient tous deux sur des montagnes d'amour perdu.

Pas étonnant que j'aie envie de sauter à pieds joints dans une affaire de meurtre.

J'ai dégagé le remontoir de ma Rolex et donné trois déclics – date, jour, heure – en libérant l'aiguille des minutes. J'ai demandé l'heure à Matt.

« Trois heures trente-cinq.

– Le truc, ai-je dit en réglant la montre, c'est que je sais où la fille va être dans une demi-heure. J'aimerais au moins aller la voir.

– Mmmmm… Écoute, Pay, fais comme tu veux, tu n'as plus besoin de mon feu vert. Mais fais attention à toi. Je vais regarder cet Ellis Dee dans la base de données du contentieux, établir son profil de solvabilité, voir ce qui ressort d'autre. Appelle-moi plus tard, histoire de me dire que tu es toujours dans le circuit.

– Merci. »

Il a raccroché.

J'ai refermé le poing sur ma montre et l'ai secouée.

Avec un grincement, les rouages à rubis ont repris leur mouvement automatique. L'aiguille des secondes s'est remise en route.

J'ai glissé le bracelet-montre à mon poignet, par-dessus la légère marque sans bronzage, moins visible après ma journée passée au soleil. J'ai replié et pressé le fermoir, puis j'ai secoué le bras pour m'assurer qu'il s'était bien enclenché. Ça me faisait bizarre de sentir à nouveau ce poids lourd comme une menotte à mon poignet. Faudrait s'y habituer.

J'ai regardé l'heure. Il me restait une vingtaine de minutes pour aller à Brooklyn, à l'adresse où Gloria était censée se trouver à quatre heures. L'adresse ? L'adresse…

Je n'avais pas le papier avec les adresses – c'était Jimmy qui l'avait. Mon moral a dégringolé comme un objet qu'on fait basculer par-dessus un pont. J'ai entendu un lointain *plouf*, tout en bas, une claque sourde dans ma poitrine. *Claque*, un mot parfait. C'est tout ce qu'il restait à dire.

Ensuite, calmement, j'ai fermé les yeux et j'ai réfléchi une seconde, et l'adresse est venue sans peine : 93, Van Brunt Street. C'était tout l'encourage-ment dont j'avais besoin pour repartir d'un pied gaillard. J'étais d'humeur à me faire de nouveaux amis.

Quand j'ai dit au chauffeur de taxi de m'emme-ner à Brooklyn, nous avons démarré et filé par la Deuxième Avenue avant même que l'adresse soit sor-tie de ma bouche. Nous avons chopé les trois feux sui-vants tandis qu'ils passaient de l'orange au rouge.

Je me suis laissé aller contre le dossier de la ban-quette. Quelque chose a crissé dans ma poche. Les photos. J'ai redressé le dos, j'ai sorti l'enveloppe et l'ai ouverte.

Au-dessus du petit paquet de tirages, il y avait la photo d'un bras tatoué, le bras gauche d'un homme. Pris de trop près, flou, le sujet était brouillé et blanchi par le flash, mais je parvenais quand même à distinguer le motif surchargé de lézards que j'avais vu sur le corps du mort.

La deuxième photo montrait son bras droit, une prise de vue légèrement meilleure, mais toujours voilée.

La troisième avait été prise dans un miroir, le flash de l'appareil photo maintenu hors champ, bien au-dessus de sa tête. De sorte qu'avec l'appareil pointé d'aussi haut, l'angle était tout de travers et le tronquait. Il était torse nu, avait la peau nacrée comme un ventre de poisson. Sur sa poitrine décharnée s'étalait un tatouage rond, deux iguanes vert et jaune s'entre-dévorant la queue.

Ted, qui souriait à son reflet, avait eu un visage de bébé. Des bonnes joues rondes, un sourire simple et attachant. L'effet n'était gâché que par deux fentes rouges et bouffies à l'emplacement de ses yeux. J'ai mis la photo à l'arrière de la pile.

Les deux suivantes avaient été prises dans un intérieur plus sombre, une piste de danse bondée. La première était un arrêt sur image d'une cinquantaine de personnes à moitié nues, saisies en pleine contorsion, figées pour toujours dans l'extase sauvage d'un rythme depuis longtemps oublié. Certaines avaient l'air heureuses, certaines même transportées. Mais il y en avait d'autres qui ne dansaient pas du tout : avachies, les jambes fléchies, des verres inclinés et des cigarettes froides à la main, les yeux fermés, la bouche molle, le sourire hésitant et désorganisé.

C'étaient des archétypes de l'époque et du lieu. Des garçons en tee-shirt minuscule et short taillé dans un jean, de sveltes nymphettes en chemisier blanc au col déboutonné sur une jupette de gym plissée, style école de bonnes sœurs, des gars trapus arborant des chaînes en or bon marché sur leur torse musclé, des femmes en dos-nu de latex et pantalon de cuir noir.

Je ne quittais pas la photo du regard, fasciné comme si j'essayais de trouver Charlie.

Mes yeux ont basculé quand le taxi a percuté un nid-de-poule en s'engouffrant dans une rue latérale de Chinatown. Les secousses passées, mon regard s'est à nouveau stabilisé sur la photo et cette fois-ci je l'ai vu dans le coin supérieur gauche. Pas Charlie, mais Stosh, le type à qui j'avais donné un bain de lait.

Au garde-à-vous, sa silhouette corpulente à demi masquée par un pilier, il portait un bandana noir, un tee-shirt noir et un jean noir. Une bonne couleur pour lui.

J'ai regardé intensément sa grosse figure, et elle est devenue pour moi la photo tout entière, un agrandissement de 23 par 27. Il avançait la lèvre inférieure. Des rides lui ratissaient le front. Ses petits yeux ronds, braqués comme des rayons gamma, fendaient le bétail de chair dansante. Je reconnaissais ce regard : Stosh était un observateur de la salle, pas un participant. Service de sécurité. Il avait même une antenne de talkie-walkie qui pointait de sa main.

Je suis passé à la photo suivante, le même cadrage avec certaines personnes identiques en arrière-plan, mais prise sous un angle différent. Pas de Stosh.

Au premier plan, la photo cadrait trois personnes, un homme et deux femmes. Le plus grand des trois, au centre, était un homme d'une quarantaine d'années qui ressemblait à une cigogne, vêtu d'un blazer de satin groseille sur une chemise de soie bleue boutonnée jusqu'à la pomme d'Adam. Ses cheveux blonds brillants, cuivrés comme un penny neuf, étaient coupés à la Jules César. Pas de favoris, ni aucune autre forme de pilosité sur le visage, hormis des sourcils fins comme un trait de crayon. Détournant les yeux de l'appareil photo, il regardait au loin avec une moue songeuse, en pinçant ses lèvres charnues.

Il se tenait entre deux jeunes femmes en robe du soir à fanfreluches.

Ou deux jeunes gens déguisés en jeunes femmes. Ou un homme *et* une femme déguisés en deux femmes. C'était difficile à dire, entre les coiffures gonflantes et l'excès d'eye-liner.

À droite, le personnage qui ressemblait le plus à une femme – visage chevalin, yeux en amande – était un homme travesti. Ses mains carrées le trahissaient. Il avait, tatouée entre l'index et le pouce de sa main gauche, une petite marguerite.

C'était Seth, le petit étudiant, rasé de près et coiffé d'une exubérante perruque platine.

Les traits de l'autre femme étaient plus masculins : des sourcils broussailleux, un nez épaté, un menton menu, percé d'une fossette. Elle avait l'air d'un petit garçon qui essaie la perruque de sa mère. C'était Gloria. J'avais failli ne pas la reconnaître dans sa tenue de fille.

Je suis passé à la photo suivante et l'air du taxi m'a comme enveloppé.

C'était une photo de Glory, seule, chez Ted (j'ai reconnu le drap à fleurs qui couvrait ses cuisses), éclairée seulement par la douceur d'un rayon de lumière matinale. Elle dormait sur le côté, un bras replié en oreiller sous ses cheveux coupés ras, un sein couvert de taches de rousseur, reposant mollement abandonné sur le matelas, l'autre en suspension, pointant insolemment de son aisselle poilue. Il n'y avait pas de marque de bronzage sous son ventre rebondi, juste la peau blanche et pâle et une touffe de poils brunâtre à l'étroit sommet de ses cuisses.

Le taxi s'est immobilisé. J'ai vite levé les yeux, craignant que le chauffeur se soit retourné pour me regarder, mais il était juste occupé à adresser des gestes menaçants à la vitre teintée d'une BMW, côté passager.

Je me suis un peu détendu jusqu'au moment où j'ai vu où nous étions : en plein embouteillage devant le One Police Plaza, le QG de la police de New York, coincés dans un rétrécissement de chaussée menant à la bretelle d'accès du pont de Brooklyn. Pourquoi avait-il pris par là ? Trois policiers à cheval en grande tenue, en chemin pour City Hall Park, sont passés, *tagada tagada*, devant ma fenêtre de taxi. Un de leurs chevaux a penché son énorme tête et risqué un œil d'onyx. Je lui ai fait « bouh ! » et il a henni en retour.

Son cavalier casqué a braqué sur moi des lunettes de soleil à verres réfléchissants.

J'ai serré plus étroitement la photo contre moi. Je ne sais pas pourquoi. Ce n'était jamais qu'une suppression d'indice dans un cas d'homicide non signalé.

J'ai essayé d'être professionnel, d'étudier ses traits d'un œil froid et bertillonnesque, la forme de ses oreilles et le tracé de l'étoile en flammes tatouée sur sa jeune nuque souple. Mais sa chair dévêtue revenait avec obstination se glisser dans mon champ de vision. Mes yeux l'étudiaient avec une stupeur enfantine, craintive et admirative habituellement réservée aux feux d'artifice et aux miracles des Vierges qui pleurent.

J'ai secoué la tête et suis rapidement passé à la dernière photo.

Encore une de Glo, cette fois-ci réveillée et habillée – en débardeur gris flottant et caleçon large –, assise à la table de la cuisine de Ted, en train de manger des céréales tout en lisant le côté d'une boîte de Count Chocula. Consciente de la présence du photographe, elle ignorait manifestement son objectif. Ses cheveux noirs avaient beau être coupés très ras, ils souffraient encore cruellement de la marque de l'oreiller.

Ici, plus que sur les deux autres photos, elle ressemblait à la fille qui m'avait volé ma montre. Maîtresse d'elle-même et déterminée. Méfiante et sur le qui-vive. Le visage d'un gosse, de n'importe quel gosse, de tous les gosses.

Le taxi est parti d'un bond, en m'envoyant ballotter. La circulation urbaine était redevenue fluide.

Nous avons laissé l'île derrière nous et nous sommes élancés par le pont de Brooklyn. D'après l'horloge à affichage numérique du bâtiment Watchtower, sur la rive d'en face, il était quatre heures moins deux. J'allais être en retard.

Mais je me suis dit, comme une promesse, comme un tiède encouragement, que je ne l'étais pas encore.

Chapitre 12

L E CHAUFFEUR a pris la première sortie, qui traversait les pelouses de Cadman Plaza, baignées par les ombres fraîches comme du chocolat noir de leurs grands arbres. Nous sommes entrés dans le quartier historique de Brooklyn Heights, petits immeubles de grès couverts de lierre, boutiques et restaurants à parasols sur les trottoirs. Deux femmes à la permanente identique balançaient en tandem des cabas argentés. Un homme au visage de morse, en bermuda, dressait son chevalet dans une rue latérale pavée. Un jeune couple déchargeait une armoire en teck d'une camionnette de location. C'était un quartier pour les riches qui partaient à la retraite, pour les jeunes aisés et pleins d'avenir.

Comme d'habitude, je ne faisais que passer.

Le 93, Van Brunt Street se trouvait à Red Hook, plus au sud, une zone industrielle délabrée du côté de la voie express Brooklyn-Queens et des pontons. Les hôtels particuliers s'y faisaient rares, cédant la place à des immeubles faits d'appartements empilés les uns sur les autres comme des boîtes d'allumettes, revêtus d'aluminium blanc ou rouge brique et reliés entre eux

140

par des lignes à haute tension fixées sur de grands « T » en bois plantés le long de la rue, alors que la plupart des raccordements électriques de New York sont enterrés.

Au fond des rues latérales, de rapides aperçus de Manhattan et ses gratte-ciel, des tours du World Trade Center et, quand nous nous sommes enfoncés plus avant dans Brooklyn, de Governor's Island au large dans la baie.

Nous avons suivi Hicks Street jusqu'au moment où elle décrit une courbe à la hauteur des cabines de péage de la voie express Brooklyn-Queens, et tourné alors dans Van Brunt. J'ai demandé au chauffeur de m'emmener jusqu'au bout, au-delà de l'adresse. Au passage, j'ai jeté un coup d'œil à l'immeuble de briques. Personne sur le pas de la porte ni sur le trottoir. C'était un espace commercial de quatre étages au coin de Carroll. Des ateliers désaffectés aux deux niveaux inférieurs. Les trois lofts du haut dotés de baies vitrées du sol au plafond, étonnamment propres dans ce quartier où la plupart des fenêtres étaient condamnées.

Le chauffeur m'a déposé au coin de Kane Street, devant un garage de vente et de réparation automobiles. J'ai allumé une cigarette et remonté les deux pâtés de maisons. Sans voir âme qui vive. Le trottoir d'en face était une grande aire de macadam envahie d'herbes folles où les semi-remorques pouvaient faire demi-tour. Plus loin se trouvaient le Ponton 11 et les entrepôts de tôle ondulée de Red Hook. L'air piquant de sel rivalisait par bouffées avec les gaz d'échappement de la voie express.

J'ai levé le regard sur le 93, Van Brunt, puis l'ai baissé sur ma Rolex : seize heures neuf. Je me suis demandé si Gloria était du genre à l'heure ou en retard, si je devais monter voir ou attendre dehors et le découvrir.

À une des fenêtres du quatrième, un mouvement a

141

capté mon attention. Un ventilateur qui tournait avec langueur au plafond. J'allais détourner les yeux quand un tissu bleu délavé a obstrué la fenêtre en se plaquant à la vitre. C'était le dos de la chemise ou de la robe de quelqu'un, quelqu'un qui s'appuyait trop fort contre la baie. La surface luisante du long carreau s'est légèrement courbée, comme une bulle ondulante sur le point de…

Quand ça tourne mal, en général l'esprit met une seconde à rattraper. Dans mon cas, il y a même un effet de déjà vu, ce qui, comme je l'ai lu dans un magazine, n'est pas un phénomène paranormal mais en fait un retour à la conscience du cerveau après une fraction de seconde d'amnésie.

Quand j'ai entendu le verre se briser – craquement, déchirure effrayante, fracas cristallin des éclats – j'ai eu l'impression que tout cela s'était déjà produit, et que j'aurais vraiment dû faire un effort pour m'en souvenir, cette fois-ci, avant que ne tombe la pluie de débris.

L'instinct m'a projeté en arrière, hors du trottoir, m'a envoyé plonger en piqué au ras de la chaussée. Le verre brisé a touché le bitume dans un nuage poudreux d'éclats brillants.

J'ai roulé sur moi-même et me suis immobilisé, trop choqué pour sentir la douleur, mais en remarquant quelque chose de contrariant à mon bras gauche : un long fragment vert, venant d'une bouteille d'Heineken cassée qui traînait sur la chaussée. Je me suis levé et l'ai retiré. Rien n'a jailli, signe assez certain qu'il avait manqué une artère. Ma cigarette était toujours coincée entre mes lèvres ; j'ai tiré quelques taffes coup sur coup.

J'ai regardé de nouveau. Une bagarre se déroulait. Entre les mâchoires irrégulières du verre cassé, j'ai vu deux hommes qui s'empoignaient. Chemise bleue, et un autre homme avec un tee-shirt noir et des mains poilues. J'ai voulu hurler quelque chose, mais je ne trouvais pas quoi.

Trop tard pour les mots, de toute façon.

Mains poilues tire Chemise bleue, mais Chemise bleue résiste, tente furieusement de se dégager, voûte le dos, mais entravé, battant des bras, tombe, jusqu'au moment où…

les deux hommes

ont

basculé.

J'ai tendu les mains en essayant Dieu sait comment de les retenir dans l'espace. Ils ont plongé. Leur descente fait un voile, une tache qui me couvre les yeux, comme une photo-finish impartiale de leur chute.

Aucun des deux hommes n'a crié ni émis le moindre son – pas le temps, pas le souffle –, rien qu'un chuintement avant l'horrible claque en baiser mouillé sur le bitume… suivi d'un impact qui fait vibrer le sol.

J'ai entendu des cris d'en haut. Un rideau écarlate claquait mollement par la fenêtre cassée, mais je n'ai vu personne regarder au-dehors.

Je me suis approché des hommes. L'un était un des types qui m'avaient tabassé la nuit précédente ; je ne pouvais pas voir lequel parce qu'il était tombé sur le menton. Il n'empêche, il était en meilleur état que l'homme *sur* lequel il était tombé, l'homme à la chemise bleue.

Un roux à la peau claire, la tête plus rouge que jamais, avec comme des morceaux de tasses à thé cassées mélangés au sang et au cerveau jaillis de son cuir chevelu. Un œil pendait mollement contre sa joue, comme un bouton de chemise à son dernier fil rouge.

J'ai contourné la mare de sang qui s'étalait, en lui accordant le même respect que s'il se fût agi d'une flaque d'acide. Je l'ai même entendue crépiter légèrement en se répandant sur le béton, ou alors c'est mon imagination.

L'autre n'était pas encore mort. Il vagissait pitoyablement par sa bouche cassée, mais le son venait plutôt de sa gorge, une poche qui palpitait, pleine de pulpe rouge, comme l'intérieur d'une tomate écrasée. Il essayait, essayait vainement de rouler sur le côté, de descendre du mort, mais une moitié de lui refusait de répondre. Il avait une jambe pliée sous le corps dans un angle inédit.

Je lui ai dit de ne pas bouger, que j'allais chercher du secours.

En haut de la rue, à côté de la grille des entrepôts, il y avait une borne d'appels d'urgence et j'y ai couru. Elle avait l'air vieille, la peinture rouge s'écaillait, mais dedans se trouvaient deux boutons modernes, marqués POMPIERS et POLICE. J'ai fait sauter leurs sûretés et j'ai appuyé sur les deux. Plus on est de fous, plus on rigole.

J'ai vu deux types costauds sortir de l'immeuble, au 93. C'était Stosh et le lourdaud restant. Stosh vêtu d'un jean noir et d'un tee-shirt Megadeth noir, son copain d'un ample jogging vert.

Ils se sont arrêtés devant le fouillis sur le trottoir. Stosh a secoué la tête et s'est éloigné. Son partenaire, sonné, a couru pour le rattraper ; impatient de partir, il a pris de l'avance et dû attendre.

Je me suis mis à courir, en cherchant du regard quelque chose, par terre, qui puisse me servir d'arme ; je n'ai rien trouvé, j'ai continué de courir. Il suffisait que je les occupe assez longtemps pour les flics. On entendait déjà les sirènes au loin.

Quand je suis arrivé à la hauteur de l'immeuble, quelqu'un d'autre en est sorti en courant. Une grande et mince femme noire à l'abondante chevelure frisée, blonde comme les blés. Elle a rivé les yeux sur moi et appelé au secours en criant.

Je me suis arrêté. Devant, Stosh et l'autre homme tournaient le coin de la rue. Il fallait que je… mais déjà la femme m'agrippait à deux mains par les vêtements et me tirait vers l'arrière, en criant : « Aidez-nous. »

Elle m'a traîné, en butant contre mes propres pieds, vers l'endroit où gisaient les deux corps. Plus forte qu'elle n'en avait l'air, ou simplement motivée. Lorsque nous y sommes arrivés, elle m'a lâché et s'est laissée tomber à genoux dans leurs sangs conjugués.

« Powers ? Popoff ? Accroche-toi, mon bébé, prends ma main – *Powers* ? »

Le mort avait les lèvres entrouvertes, presque comme si elles voulaient répondre mais ne parvenaient pas à trouver les mots justes.

Les seuls mots auxquels je pouvais penser ne sortaient pas non plus, ils me restaient coincés dans la gorge comme des grosses chaussettes roulées en boule. Pour finir, je les ai dits. « Il est mort. » Élégants comme des chaussettes, aussi.

Elle s'est raidie. Pour la première fois, elle a semblé remarquer la masse de l'homme affalé sur le corps de son amant. Elle a planté ses longs ongles dans sa couenne.

En essayant de lui taillader la chair, elle l'a secoué. Sa tête a roulé mollement sur sa colonne vertébrale et il a poussé un hurlement de douleur, comme un chien déchiqueté par les roues d'une voiture.

Je l'ai attrapée et j'ai essayé de l'écarter, mais elle était amarrée à lui.

« Qui est-ce ? » ai-je demandé, et j'ai lâché prise.

Elle a secoué la tête, niant le tout en bloc. Et elle a hurlé :

« Ils voulaient Glo. Ils attendaient Glo. Powers est sorti de la chambre noire et il a gueulé… Powers leur a gueulé de… lui et eux… ! »

Elle a assené ses poings sur le dos cassé de l'homme. Je ne l'en ai pas empêchée.

J'ai regardé alentour. Des gens s'attroupaient, débusqués par les cris. Il y avait quelques types en bleu de travail graisseux.

Au bout de la rue, un camion de pompiers a étincelé, suivi de près par une voiture de police qui lançait des éclairs bleus. Quelqu'un leur a fait signe. Le camion de pompiers est passé en flèche, dans un mugissement de sirène cuivrée, mais la voiture de police a pilé dans un mouchoir de poche.

Deux flics en tenue en sont sortis et se sont approchés, jaugeant la situation. L'un était jeune et paraissait complètement blasé, l'autre, guère plus vieux, était juste fatigué.

J'ai dirigé les yeux sur les corps puis sur la fenêtre en hauteur, pantomime plus éloquente que n'importe quelle explication que j'aurais pu leur fournir. Ils m'ont donné l'ordre de reculer, et j'ai obéi.

Les secours sont arrivés et je me suis mêlé aux badauds, plus nombreux à présent, qui affluaient des entrepôts pour voir ce qui se passait. La foule m'a donné une bonne couverture quand un troisième policier, sortant d'une autre voiture de patrouille qui venait d'arriver, a entrepris d'interroger les personnes présentes, de noter leur nom, de leur demander ce qu'elles avaient vu. Je ne voulais pas répondre à l'appel.

Mais il fallait que je parte d'un air naturel, et pas tout de suite. J'ai allumé une clope et, comme les autres, j'ai regardé les gars des urgences enfiler leurs gants de chirurgien et se mettre au travail.

Les policiers ont détaché de l'homme la femme en pleurs, ses doigts se sont doucement décrochés du tee-shirt. Elle s'est laissée emmener, sa rage se diluant en chagrin, le corps tordu par des convulsions de douleur plus cruelles.

L'agent fatigué a dit, consolateur :

« Ne vous inquiétez pas, madame, ils vont l'aider. »

Elle a hurlé, s'est débattue, et ils ont dû la maîtriser et l'éloigner sous escorte.

L'équipe de secours a construit une gouttière autour du corps du blessé avant de le charger dans le brancard. Il bafouillait, suppliait, saignait. Sa vie réduite à ce choc, toutes les préoccupations qui l'avaient tracassé la veille à présent gommées par une seule pensée limpide. La douleur. J'en avais vu assez – il était temps de m'en aller. Je faisais demi-tour pour partir quand…

Gloria, à seulement un pâté de maisons, venant du sud, qui approchait en descendant la pente raide d'Union Street. Avec vingt minutes de retard.

Elle portait un grand jean très large, comme deux paires cousues ensemble, avec un tee-shirt côtelé à fines bretelles auréolé de sueur tout le long du sternum. Elle avait une casquette en tricot des Green Bay Packers enfoncée sur les oreilles, mais je l'ai quand même reconnue. Peut-être sa façon de marcher. Elle trimbalait un sac polochon vert olive qui battait contre sa cuisse.

J'ai jeté ma cigarette et suis parti vers elle en gardant la tête baissée.

Elle n'avait pas encore fait le rapprochement entre les voitures de police et sa destination.

Mais à mi-distance, elle a pilé net. Le sac a glissé de son épaule et s'est écrasé par terre. Instantanément, elle s'est trouvée prête à partir en courant droit devant, mais la vue des flics la retenait comme suspendue par une laisse invisible. Elle a plissé les yeux, ne sachant pas quelle direction prendre, comment agir.

J'espérais que son indécision se prolongerait un moment de plus, j'étais presque à côté d'elle, les épices de son patchouli me chatouillaient les narines.

Chapitre 13

GLORIA S'EST avancée. Je l'ai interceptée en lui barrant le chemin de mon épaule gauche.

« J'te conseille pas d'aller là-bas, lui ai-je dit. Il y a eu un accident grave. »

Elle a fait un bond en arrière, mais a vite repris le contrôle d'elle-même. Elle était sur la défensive, et ses yeux noisette se portaient exclusivement sur les activités de la police et des secours derrière moi.

Je lui ai dit :

« Deux hommes sont tombés par la fenêtre. »

Les muscles de son cou se sont contractés.

« Putain. Est-ce qu'ils sont… est-ce qu'ils vont bien ?

– Il y en a un qui est mort. L'autre, ils sont en train de l'emballer pour l'emmener à l'unité de traumatologie. Tu connais les gens qui habitent là ? » ai-je demandé, en essayant de prendre un ton officiel – en substance, le type qui s'ennuie tout en étant irrité –, mais c'était une illusion difficile à entretenir, si près d'elle.

Dans ce métier, soit vous vous vaccinez rapidement contre l'échec, soit vous changez d'activité professionnelle. Les pistes prometteuses font long feu, les manœuvres habiles font chou blanc, et jamais vous n'arrivez à rattacher les deux bouts. Pour vous protéger, vous ne vous attendez qu'à l'échec. Ça marche, d'ailleurs, seulement ça a aussi pour effet de vous dérouter quand vous touchez le gros lot.

J'ai examiné son profil sévère. Plus pâle encore que dans mon souvenir, peut-être à cause du choc. Elle avait les yeux grands ouverts, nerveux et sur le qui-vive, comme s'ils étaient des pièges ou alors sur le point d'en déjouer un. Son parfum était entêtant, on aurait dit qu'elle transpirait du patchouli.

« Tu habites dans le coin ? lui ai-je demandé ; c'est sorti d'un ton morose – déjà pas si mal.

– Non, je… je vais au musée d'art.

– Oh ? C'est marrant, le type qui est mort est un artiste. Powers Orloff. Jamais entendu parler de lui ? »

Elle a bien encaissé mon coup de Jarnac. Comme des flèches, ses yeux sont venus se planter dans les miens. Pas encore de signe de reconnaissance, mais elle était assez avisée pour comprendre que mon intérêt n'était pas anodin.

Derrière moi, la sirène de la camionnette des urgences a mugi. Elle l'a regardée démarrer.

« Z'êtes flic ?

– J'ai *l'air* d'un flic ? ai-je demandé. (Peut-être, effectivement, pourrais-je supporter de maigrir un peu.)

– Alors qui… ? »

Pour toute réponse, j'ai levé le bras gauche et secoué le poignet pour faire glisser ma manche de chemise, et découvrir à ses yeux ma Rolex en or.

Elle a pigé en moins de deux et ripé sur sa droite.

Ma main a saisi son poignet au vol, je me suis campé fermement et l'ai brutalement ramenée vers moi.

« Lâchez-moi ! a-t-elle hurlé.

– Calme-toi, sinon on va avoir de la compagnie. »

Elle a découvert de petites dents carrées, mais son cri s'est fait plus doux, comme un grattement de laine de verre sur de la porcelaine :

« Lâchez-moi. »

Elle s'est soudain jetée en arrière avec un mouvement de fouet, se dégageant presque. Presque.

Sa jambe a fusé mais je me suis tourné, de sorte que son genou cagneux n'a fait que me bourreler douloureusement les cuisses. Sa botte m'a écorché deux fois le tibia. Elle m'a envoyé un poing crasseux au visage, visant mon œil de son pouce tendu. Je me suis baissé pour l'esquiver, elle m'a attrapé une poignée de cheveux et elle a tiré.

Je n'ai pas lâché pour autant ; j'avais passé toute une longue journée à lui courir après, je n'avais pas envie de devoir me remettre à la chercher. J'ai tordu son fin poignet, amenant son bras à la verticale, et l'ai serré plus fort pour entamer sa rage. En contractant mon propre poignet, j'ai fait sauter le fermoir de ma Rolex, et la montre a glissé librement le long de mon bras comme un bracelet.

Elle a essayé d'ouvrir mes doigts, mais a fini par y renoncer avec un grognement de frustration. Elle a secoué la tête d'un air résigné, mettant fin à la lutte. Ses muscles qui se relâchaient ont desserré ma prise.

« Il faut que j'aille voir comment va Valerie, a-t-elle dit. S'il vous plaît, pouvez-vous, *s'il vous plaît*, me lâcher ?

– Si tu veux parler de la fille noire, elle... »

Gloria s'est laissée tomber par terre de tout son poids pour se dégager.

Je m'y attendais, et ma main s'est resserrée. Elle s'est laissée pendre avec une mollesse de chimpanzé. Ses yeux noirs me mitraillaient de rayons obliques chargés de haine.

« Debout, lève-toi », lui ai-je dit en jetant un regard inquiet par-derrière ; jusqu'à présent, personne ne nous avait remarqués. Jusqu'à présent.

150

« Dans notre intérêt à *tous les deux* », ai-je ajouté avec sincérité.

Elle m'a reluqué par-dessous ses sourcils broussailleux. Sans un mot, elle a abandonné la partie de bras de fer. Je l'ai remise sur ses pieds. Mon bras commençait à fatiguer, et peut-être même à s'allonger un peu. J'avais l'impression d'être une mère avec un enfant dévoyé.

J'ai parlé avec sévérité.

« Ton ami a été tué par les gens qui te cherchent. »

Ses yeux se sont plastifiés et son visage a perdu toute couleur. Elle a viré au gris l'espace d'un instant, comme un personnage de film en noir et blanc, en s'affaissant dans mes bras. Elle était assez légère pour que je puisse la retenir d'une seule main. Je me suis demandé quand elle avait mangé pour la dernière fois. Elle a repris ses esprits en concentrant son regard sur moi.

« Lâchez-moi, a-t-elle dit d'une voix rêche. Mais qu'est-ce que vous voulez, à la fin ? »

En la regardant droit dans les yeux, j'ai perdu mon sens de la repartie, et je l'ai fixée froidement.

Je savais que je ne pouvais pas m'accrocher éternellement. J'ai lâché son bras et répondu :

« Toi. »

Elle l'a tiré à elle comme un oiseau qui replie son aile. Berçant son bras contre sa poitrine, elle l'a massé pour effacer le souvenir de mon contact. J'ai replié mon bracelet-montre et appuyé le fermoir jusqu'à ce qu'il s'enclenche. J'ai sorti une cigarette que j'ai allumée, puis, après coup, lui en ai offert une.

« Je fume pas.

— C'est bien, ai-je dit, ne commence jamais.

— Nan, sans déc' ? C'est pas moi le bouffon qui fume. »

J'ai soufflé des volutes grises par le nez. Elle avait une façon délicieuse de vous balancer les choses en pleine poire. Elle m'enthousiasmait.

« Que dirais-tu d'aller quelque part où on puisse parler ? » ai-je dit, et je suis passé devant elle, en repartant dans la direction d'où elle était venue.

Arrivé à son sac polochon, je me suis penché et l'ai porté à mon épaule. C'était un paquet léger et mou, avec des objets durs qui flottaient çà et là. Du surplus militaire des alentours de 1970, un nom tracé en noir qui s'effaçait entre les poignées : Soldat J. JOYCE, Cie F. Le sac était décoré de dessins plus foncés, des chevaux et des singes. J'ai reconnu le style longiligne des carnets de croquis chez Jimmy. Plus récentes, néanmoins, étaient les taches qui maculaient le bas d'un côté : brun-rouge, sèches.

Elle m'a rejoint en courant, m'a arraché le sac de l'épaule et l'a passé à la sienne.

« C'est quoi votre problème ? m'a-t-elle demandé.

– Je cherche juste à trouver quelques réponses, comme par exemple qui sont les types qui t'ont attaquée la nuit dernière et où je peux les trouver ?

– Pourquoi ça ? »

Un rire m'a échappé.

« J'aimerais bien t'expliquer un truc. Ces trois-là se sont pointés aujourd'hui en pensant te trouver. Ils ont attendu. Ton ami Powers a protesté et ils l'ont poussé par la fenêtre du quatrième étage. Il en a emmené un faire la balade avec lui. »

Elle a secoué la tête, en essayant d'assembler les morceaux.

« Pourquoi auraient-ils tué Pow ? Ils n'avaient aucune raison.

– Les gens font un tas de choses sans le vouloir, ma choute. Je ne crois pas qu'aucun des deux ait eu l'intention de piquer une tête. Ce que ces trois-là voulaient, en réalité, c'était toi. »

Elle a marqué un temps d'arrêt aussi silencieux qu'une montre qui fait tic-tac, le tic-tac en moins. Une impression de temps stocké en petits paquets que personne ne rouvrira jamais.

« À toi, ai-je dit. Qu'est-ce qu'ils cherchent ?

— Ils ont perdu de la drogue. Ils croient que c'est moi qui l'ai volée.

— Qu'est-ce qui leur fait croire ça ?

— Ils sont fous, comment voulez-vous que je sache ?

— Quel rapport avec Ted Wylie ?

— Teddy ? Aucun. Il ne travaillait même pas cette nuit-là. Ils l'ont viré lundi. Je n'y serais pas allée, sinon.

— Alors ça s'est passé au club où travaillait Ted ? Au Hellhole ?

— Ouais, mais il n'était pas là mercredi soir. S'il avait été là…

— Quoi ?

— Ça m'étonnerait pas qu'il m'ait fait ce coup.

— Il l'a peut-être fait. Je devrais peut-être aller lui en parler.

— Non ! Je ne veux pas qu'il sache quoi que ce soit là-dessus, il s'en servirait pour essayer de…

— Écoute, sans doute qu'il… »

Elle m'a brandi un doigt tremblant sous le nez.

« Laissez-le où il est ! »

J'ai levé les mains et reculé en signe de capitulation.

« D'accord. Oublie que j'en ai parlé. Calme-toi. Eh, tu sais… tu as l'air d'avoir faim.

— Pas du tout.

— Faut que tu manges. »

Tsss, on aurait dit ma mère. Pour contrebalancer cet effet, je me suis dépêché de prendre un ton de dur à cuire (ça m'allait comme un gant).

« 'Scusez-moi, ma petite dame, mais ça fait combien de temps que vous n'êtes pas entrée en contact avec de la nourriture ? »

Elle n'a pas répondu. Mais alors que nous nous remettions en marche, j'ai cru détecter l'ébauche d'un sourire.

153

Le premier endroit que nous avons trouvé était un mexicain miteux, tout embué de jus de poivrons, de vapeur d'oignons et de piments rouges bouillants. Elle s'est assise à une table en Formica proche de la porte vitrée à deux battants, et je suis allé commander. Je m'attendais à moitié à ce qu'elle se sauve dès que j'aurais le dos tourné, mais quand j'ai regardé, elle était toujours avachie sur la même chaise de plastique moulé. Elle avait retiré son bonnet, à présent, et s'épongeait le visage avec. Ses cheveux noirs et hérissés étaient tous plaqués sur un côté. Elle avait l'air crevée.

J'ai rapporté un plateau chargé de tacos aux haricots et au bœuf, d'une corbeille de nachos au fromage, d'une portion de guacamole vert grisâtre et de deux Cocas. Elle a généreusement arrosé tous les tacos aux haricots de sauce piquante, tel un animal marquant son territoire. Je les aime piquants, moi aussi.

Nous avons mangé, en ce qui me concerne juste un seul tacos, au bœuf. Vorace, elle a continué.

Quand elle a attaqué son troisième, j'ai allumé une cigarette et demandé :

« Tu as parlé de mercredi tout à l'heure, tu as dit que Ted ne travaillait pas ce soir-là. Qu'est-ce qui s'est passé à la boîte ?

— Je sais pas. Je sais pas, tout ce que j'ai fait, c'est d'attendre dans son bureau.

— Le bureau de qui ?

— Ellis. Il était censé me donner un boulot. J'avais besoin d'argent et j'ai un copain qui m'avait arrangé le coup, qui m'avait fait entrer pour que je le voie. Mais ça n'a pas marché.

— T'as pas eu le boulot ?

— Non, j'ai pas vu Ellis. Je suis restée à regarder mon reflet pendant une vingtaine de minutes, il a des miroirs sur tous les murs, on se croirait dans un boudoir à la con. Et puis la porte s'est ouverte et Stosh est entré. C'est celui que tu as frappé avec la bouteille de lait cette nuit. (Elle a souri.)

– Il est videur à la boîte ? ai-je demandé.

– C'est bien tout ce qu'il est, un portier de merde, mais il se pavane comme un gars de la Gestapo. Il se qualifie de responsable en chef de la sécurité. Connard en chef, ce serait plus exact.

– Et les deux autres ?

– Benny et Wade. C'est son équipe.

– Alors il te trouve là et puis quoi ?

– Il a flippé, comme s'il m'avait surprise en train de chier sur les meubles ou va savoir. Il s'est mis à hurler : "Sors du bureau *privé* d'Ellis !" Je lui ai dit que j'attendais Ellis. »

Elle s'est tue, a mordu une bouchée et mastiqué. C'était sympa de voir qu'elle avait bon appétit, mais...

« Et ?

– J'ai pas bougé. (Nouvelle bouchée, nouvelle mastication.) Alors, il m'a foutue dehors de force. Seulement... J'aime pas qu'on me touche. (De tout ce qu'elle avait dit jusqu'à présent, c'était ce qui ressemblait le plus à des excuses.) Quand on est arrivés dans le couloir, je me suis glissée sous ses bras et je lui ai balancé un coup de coude dans les couilles. Ha ! (Elle a ri en projetant des miettes de tortilla sur ma manche.) Putain, il s'est effondré, *zac* ! »

Nous avons échangé un sourire.

« Et après ?

– Je me suis tirée. Le lendemain, j'apprends que j'ai volé un truc dans le bureau d'Ellis.

– C'est vrai ? »

Elle a roulé des yeux :

« La question ne se pose même pas, si ?

– D'accord. Alors, ils *disent* que tu as pris quoi ?

– Leur stock de Rhino du week-end. Un millier de doses environ.

– Rhino ?

– C'est une abréviation, j'ai oublié de quoi. C'est une nouvelle drogue branchée qui fait le tour des boîtes.

– Jamais entendu parler. Un speed ou un planant ?

– Hein ? Oh, un genre de speed. Les ravers dansent toute une nuit avec une dose, ils s'éclatent. Seulement arrivé neuf heures du mat' – *boueng !* – il y a le fond qui lâche.

– Mille doses. À combien la dose ?

– 20.

– 20 dollars ? »

Elle a haussé les épaules :

« C'est moins cher que l'Ecstasy, plus dur, aussi.

– Ça ressemble à quoi ?

– Je ne sais pas. De la poudre blanche.

– Des doses de quelle taille ?

– C'est vendu dans des microsachets jaune pipi, à peu près gros comme ça. »

Elle a replié son petit doigt pour me montrer un ongle rongé. Je savais de quoi elle parlait, j'en avais vu trois, estampillés d'une corne de rhinocéros, dans le tiroir du bureau de Ted Wylie.

« Et comment tu le prends ? lui ai-je demandé.

– Je l'ai pas pris, putain !

– Non, je veux dire, ça se fume, ça se sniffe, ça se fixe, ou quoi ?

– Oh… On se le vide sur la langue, un peu comme les pailles de sucre qui pique, vous savez, et puis on le laisse se dissoudre.

– Tu as essayé ?

– Je me drogue pas. »

J'ai réfléchi à ça puis pensé à autre chose.

« C'était quoi ce boulot que ton ami allait te procurer chez Ellis Dee ? »

Elle a englouti bruyamment une lampée de Coca.

« C'était rien.

– Hmm hmm. L'ennui, c'est que tes riens s'avèrent être les quelque chose des autres. Alors annonce.

– Vous allez en faire toute une histoire et c'est rien. Juste aider un mec. Il fait la vente, prend le liquide, et ensuite je vais danser avec le mec ou la fille, et je leur file le truc.

– Je vois, comme ça si jamais il vend à la mauvaise personne, il est tranquille et toi pas. Bon boulot, ma choute, t'as jamais pensé à te faire montreuse de serpents ? »

Elle a fait la grimace.

« La personne qui remet la came n'en a jamais assez sur elle pour se faire coincer pour trafic.

– Mais tu viens de dire que tu ne te droguais pas.

– Moi non, mais ça ne me pose pas de problème s'il y a des gens qui veulent se polluer le corps et se niquer la vie. Et y a rien que je puisse faire pour les en empêcher.

– Qui essaies-tu de convaincre ?

– Écoute, j'avais besoin d'argent, vous pouvez comprendre ça ?

– Oh que oui. Ça fait de toi la personne idéale pour piquer la came, déjà, à la base. »

Elle a ricané.

« Je crois même pas qu'elle ait été volée, a-t-elle dit. C'est une telle bande de nases, ils l'ont sans doute égarée.

– Comment peux-tu *égarer* une telle quantité ?

– Mille doses, ça vous tiendrait au creux de la main. C'est assez petit pour avoir pu tomber derrière le bureau d'Ellis.

– Bien sûr, ou dans la corbeille à papier. Ou glisser dans la poche de quelqu'un *d'autre*. Toujours est-il que la came a disparu et qu'on te met le coup sur le dos, alors tu peux arrêter de fantasmer que ça va se tasser. Maintenant, comment je fais pour trouver Stosh ?

– Je sais pas, moi. Il sera à la boîte ce soir.

– Et M. Dee ? Il y sera lui aussi ?

– Ellis est là-bas tous les soirs.

157

– Quel est le nom de famille de Stosh ?

– Qui le connaît ? Qui s'y intéresse ?

– À ta place, je commencerais à m'y intéresser. Tu l'as mis dans une excellente position pour te baiser la gueule. Il vole le stock lui-même et découvre sa disparition après que les gens t'ont vue filer, *toi*. Et tu n'es pas là pour dire le contraire. La prochaine fois qu'il te met la main dessus, il peut veiller à ce que ce soit définitif. »

Ça ne l'a pas impressionnée.

« Qu'est-ce que vous voulez que j'y fasse ? Que j'aille pleurer chez les flics ? Genre ils vont compatir ?

– On pourrait essayer de renvoyer la responsabilité à qui de droit. Viens à la boîte avec moi ce soir et nous éclaircirons cette histoire avant qu'elle n'empire. »

Elle m'a ri au nez. J'ai senti le souffle de son haleine sur ma figure, et le goût de la sauce piquante.

« Pas question », a-t-elle dit.

Elle avait moins peur maintenant qu'elle avait le ventre plein. Son visage avait retrouvé un semblant de couleur ; elle reprenait possession de son territoire. Elle s'est passé une serviette en papier rugueuse sur la bouche, de nouveau son regard me traversait, le miroir sans tain était dressé.

« Pourquoi, a-t-elle dit posément, vous ne me laissez pas tranquille ? Hein ? Vous avez récupéré votre montre à la con, que je sache ? Qu'est-ce que vous voulez de plus ? »

Je me suis frotté le front en faisant courir mes doigts sur les sillons de mes rides, et j'ai soupiré. D'un coup je me suis senti beaucoup plus vieux, comme si j'avais nos deux âges additionnés, dans les quarante-neuf, l'année où on va avoir ses cinquante ans.

« Écoute, ma puce, je peux m'en aller, mais ce merdier, lui, ne va pas disparaître, pas pour toi. Il ne s'agit plus seulement de la drogue. Là-bas, ton amie Valerie criait ton nom à la ronde. Les flics savent que tu es impliquée.

— Je ne le suis pas, a-t-elle répondu comme si elle énonçait purement un fait.

— Bonne chance pour leur faire avaler ça, avec deux cadavres à la patte.

— Mais vous avez dit que l'autre…

— Je parle de Ted. »

Elle a cligné des yeux :

« Ben, qu'est-ce qu'il a ?

— Ted est mort. »

Elle a hoqueté, mais je me suis demandé pourquoi : parce qu'il était mort ou parce que quelqu'un d'autre le savait ?

« Je… je vous crois pas.

— Je crois pas que tu me croies pas. En fait, je me demande si tu n'étais pas déjà au courant. Comment ce sang s'est-il retrouvé sur ton sac, sur le sac de Jimmy ?

— C'est le sang du chien. Ted lui a donné un coup de couteau quand il lui a ouvert le bras. Sans doute aussi du sang à Ted, quand Pike l'a mordu. Mais Ted n'est pas mort. »

Elle faisait non de la tête avec conviction.

J'ai haussé les épaules, à mon tour d'être évasif. J'ai commencé à débarrasser notre table. Ni l'un ni l'autre nous n'avions touché au guacamole grisâtre. J'ai emporté le plateau à la poubelle et y ai vidé les détritus.

En passant devant elle pour gagner la porte, j'ai dit :

« Allez, viens.

— Où ça ?

— Repli stratégique à Manhattan. Il me semble avoir vu une station de métro à une rue d'ici. »

Elle m'a suivi dehors. Mais pas plus loin.

« Je ne viens pas avec vous », a-t-elle dit en enfonçant son bonnet de tricot sur sa tête, par-dessus les oreilles.

Il y a des gens, on ne peut rien leur dire. Ils ont besoin de tout découvrir par eux-mêmes. J'ai sorti une carte de visite ainsi qu'un billet de 10 dollars, et les lui ai fourrés dans la main.

« Pour quand tu changeras d'avis », ai-je dit. Geste d'une magnanimité suspecte qui me laissait deux billets de 20 et quelques pièces en poche.

Je me suis éloigné sans me retourner, jouant le mec fort et silencieux. J'espérais l'encourager à me suivre par mes manières abruptes, mais lorsque je suis arrivé en haut de l'escalier du métro de la ligne F et que j'ai jeté un coup d'œil derrière moi, je ne l'ai vue nulle part. Ça m'a mis en colère, je ne savais pas très bien contre qui.

À trois niveaux de profondeur sous la rue, un quai unique séparait les voies des directions Manhattan et Coney Island. Il était désert. Soit je venais de manquer le métro, soit la station n'était pas très fréquentée.

Les murs étaient en partie couverts d'un carrelage de salle de bains dont les interstices laissaient voir des joints brunâtres. Tous les trois mètres, de part et d'autre du quai de béton, des colonnes de métal vert, vernissées par des décennies de couches de peinture, se dressaient vers le haut plafond, bas-ventre de la rue du dessus. L'air épais marinait dans l'ozone, l'ammoniac de l'urine, la vapeur et la pourriture des poutres moisies.

Je me suis penché au-dessus de la voie et j'ai scruté le tunnel noir vers la gauche, guettant les phares d'un métro à l'approche. N'étant même pas sûr de regarder dans la bonne direction, j'ai essayé de l'autre côté. Tout au bout du quai, deux personnages isolés, penchés à l'orée d'une rangée de poutrelles, me renvoyaient mon regard. J'ai scruté à nouveau l'autre côté, en me disant qu'ils devaient avoir raison.

J'espérais que Gloria changerait d'avis. D'une seconde à l'autre, elle allait faire son apparition. Ou bien j'entendrais sa voix derrière moi, ou un petit tapotement sur ma manche, et puis de nouveau l'odeur du patchouli.

Quand des pas rapides se sont rapprochés, j'avais tellement envie que ce soient les siens que je ne me suis pas retourné tout de suite. Je ne voulais pas griller mes chances. Voilà ce que c'est d'être superstitieux.

« Eeeeh ! a tonné une voix de grosse caisse derrière moi, j'te connais, toi ! »

Chapitre 14

L E SANG S'EST retiré de mon visage quand j'ai fait volte-face, trop tard. Il était carrément sur moi, son tee-shirt Megadeth noir obstruait la moitié de mon univers.

Je me suis toujours considéré comme un type assez quelconque, d'aspect assez commun, mais à voir la haine limpide et réjouie dans ses yeux, j'ai compris que Stosh m'avait immédiatement reconnu.

J'ai fait un pas en arrière sans le vouloir et mordu le bord du quai, le talon droit dans le vide.

Stosh s'est avancé vers moi, sa tête chauve dressée comme un gigantesque orteil difforme.

J'ai chancelé, puis fait un rapide pas-de-deux pour éviter de basculer, de tomber sur la voie.

Il a ouvert grand ses bras de taureau pour m'empêcher de m'esquiver par un côté ou l'autre. Privé de marge de manœuvre, j'ai tendu le cou pour chercher par-dessus son épaule un quelconque secours extérieur, mais la seule autre personne que j'ai vue était son partenaire au jogging vert.

Suivant mon regard, Stosh lui a lancé :

« Benny ! Va surveiller l'escalier. »

Benny n'avait pas besoin de se le faire dire même une seule fois ; il a détalé, trop content de s'éclipser.

Stosh a fait un pas en avant et m'a poussé, d'un coup de torse. J'ai basculé sur les talons en essayant de me rattraper au vide. Il se pressait contre moi, et nos nez se touchaient presque. Son haleine était révulsante, brûlante, et me tombait dessus dans un sifflement de gaz d'échappement de camion.

« T'as trouvé ça drôle ? a-t-il dit. Hein ? De me jeter ce lait à la figure, hein ? T'as niqué des bottes à 200 dollars, mec. J'arrive pas à faire partir l'odeur. Tu trouves ça drôle, toi ? »

Je n'ai pas dit que – je n'ai rien dit – j'ai juste guetté le bruit du métro en souhaitant qu'il vienne, mais pas pile à la seconde. J'ai cru l'entendre, d'ailleurs, mais ce n'était que l'écho caverneux de la circulation tout là-haut.

« Et puis ce matin, a continué Stosh avec une colère qui montait comme une fièvre, j'ouvre mon portefeuille et dedans tout est agglutiné comme s'il y avait de la colle. Tout mon argent plus la seule photo de mon père – t'as niqué la *seule* photo que j'avais de mon père, enculé de ta mère ! Tu trouves ça drôle ?

– Écoute, ai-je dit, vous étiez à plusieurs contre...

– Je crois pas, nan. »

Il a bombé le torse et ça m'a poussé en arrière. J'ai ployé les genoux et me suis penché en suivant son mouvement, mais il a continué d'appuyer. Je tombais. Mais je pouvais l'entraîner dans ma chute.

J'ai attrapé son encolure et tiré dessus. Le tee-shirt, de mauvaise qualité, s'est déchiré, m'est resté en loques entre les doigts, tandis que je plongeais en arrière, un lambeau à la main.

La station a penché puis basculé dans un tourbillon d'éclairs et d'ombres. Je me suis roulé en boule pour éviter de tomber à plat et de goûter à la secousse de six cents volts du troisième rail.

J'ai atterri sur le flanc gauche. Mon bras s'est projeté et ma Rolex a heurté de l'acier.

J'étais tombé dans la fosse d'égout, entre les rails du métro. Je me suis agenouillé tant bien que mal. Et Stosh qui me lançait :

« Tu vois ce qui arrive, quand on vient me faire chier ? »

La grille d'égout était bouchée, et sa vase noire et granuleuse me coulait entre les doigts. Lorsque je me suis relevé, j'en étais couvert.

J'ai fait volte-face, et l'espace de trois secondes je n'ai eu conscience de rien d'autre que l'obscurité du tunnel, où je cherchais le moindre signe de lumière. Ne panique pas, me suis-je dit, aucun métro n'arrive pour le moment.

Le quai paraissait bien plus haut, vu d'en bas, un imposant fossé d'un mètre cinquante de profondeur. Ça me donnait l'impression d'être debout dans ma propre tombe, à part la taille du fossé, qui faisait plutôt penser à un charnier avant qu'on y balance les corps au bulldozer.

Il fallait que je sois plus positif : j'étais encore entier.

Une petite brise venue du tunnel m'a ébouriffé les cheveux.

J'ai grimpé sur le rail le plus proche, le quai m'arrivait à l'épaule. J'aurais pu sauter et m'y hisser, mais Stosh montait la garde le long du rebord, les bras croisés sur son tee-shirt déchiré en une attitude sereine de petite frappe, tambourinant ses gros biceps de ses doigts bagués d'argent. Une expression de bonheur a inondé son visage et l'a éclaboussé d'un sourire. Je l'aimais mieux en colère. Il me tenait en son pouvoir. La seule chose qu'il lui fallait, maintenant, c'était que je supplie.

Quand j'étais petit et que je ne voulais pas obéir, mon père me disait : « Là nous avons le choix entre deux manières : la manière douce et la manière *dure*. »

En général, ces paroles menaçantes (il avait une voix superbe, il travaillait à la radio) suffisaient à me faire céder et filer doux. C'est seulement en grandissant que ça a enfin fait tilt dans ma tête : quelle manière *douce* ? Il n'existe pas de manières douces. Toutes les manières sont dures, d'une certaine façon.

J'ai pris une voix nonchalante et dit :

« J'espère que tu t'es bien défoulé, Stosh, parce que maintenant il faut qu'on cause affaires. »

Ça ne lui a pas plu que je me serve de son nom. Il ne connaissait pas le mien.

« Mais t'es qui toi, putain ? Et… qu'est-ce que tu fous là, d'abord ?

— Là tu commences à être malin. Pose d'autres questions, ça stimule le cerveau. Demande-toi combien de temps les flics vont mettre pour te choper. La copine d'Orloff leur a donné une bonne description. »

Il a pris l'air peiné, crispé. À ses yeux, j'aurais dû le supplier de me laisser remonter. Une partie de moi avait envie de ça, aussi, de cette exacte *délivrance* qui récompense une folle terreur. Mais l'implorer ne m'aurait mené nulle part, en tout cas pas là où je voulais aller.

Sous mes pieds le sol s'est mis à vibrer sourdement, une sensation qui est allée en s'accentuant, à moins que ce fût juste ma sensibilité qui s'exacerbait.

« Je ne vois pas de quoi tu parles, a dit Stosh.

— Je t'ai vu pousser ces deux hommes par la fenêtre.

— C'est des conneries, je l'ai pas touché, ce mec ! Il a pété les plombs. Il s'est tué tout seul, ce connard, et il a entraîné Wade avec lui.

— Voilà qui est mieux. »

L'air de rien, j'ai fait deux pas sur ma gauche le long des rails. Stosh s'est maintenu juste devant moi. Le sol inégal était trop embourbé pour que je le prenne de vitesse, mais j'aurais pu essayer. Dans la profondeur des tunnels, une chose gigantesque s'est déchaînée avec un grincement de dents à cylindres d'acier pareilles à des cisailles. J'ai ri pour couvrir le bruit.

« Putain, Stosh, t'as vraiment merdé aujourd'hui, mec. T'as perdu un homme, t'as les flics au cul et t'as toujours pas ton Rhino. »

Les yeux lui sont sortis de la tête :

« Joue pas au con avec moi, espèce de salope. Tu marches avec elle !

– Vois comme ton esprit carbure vite quand tu veux ? Mais tu as quand même du retard à l'allumage : la fille n'est plus dans le coup. Je lui ai racheté ta came ce matin pour 500 dollars.

– 500… Mais putain, bordel de merde, tu sais combien on l'a payée ?

– Dommage, mais c'est la loi de l'offre et de la demande, elle était contente de s'en débarrasser.

– Donne-moi ça.

– Hmm hmm, je le sens pas comme ça, non. La dernière fois, tu te l'es fait piquer par une petite fille. Je la remettrai à ton patron ce soir à la boîte en échange des cinq biftons que j'ai payés, plus cinq autres de récompense.

– Va te faire foutre.

– Penses-y, c'est un marché. Pour le moment, tu n'as rien.

– Je t'ai toi.

– Mais je ne l'ai pas sur moi, c'est en lieu sûr ; alors décide-toi, l'offre expire. » – Mauvais choix de mot.

Stosh a pris le temps d'y réfléchir. Un temps que je n'avais pas.

Le bruit et le vent ont enflé comme une vague dans le tunnel – ce n'était *pas* mon imagination. Les détritus bruissaient sur les rails. Un sac de chips est venu se coller à ma cheville. Là-bas, dans l'obscurité, un phare jaune a pointé furtivement derrière un virage pas si lointain que ça.

« Alors, qu'est-ce que tu décides ? » ai-je demandé sans parvenir à dissimuler mon impatience.

Son partenaire, Benny, a dévalé l'escalier en courant, pilé net sur la dernière marche, compris la situation et s'est abstenu de poser le pied au sol.

« Stosh, il y a des mômes qui arrivent. »

Stosh s'est retourné et m'a regardé :

« D'accord, trouduc, a-t-il dit, tu l'apportes ce soir. C'est Benny qui fera l'entrée. Tu apportes le tout ! M'arnaque pas, ou tu verras pourquoi. »

Un cri aigu a percé le tunnel. Des roues ont crissé sur les rails en passant un virage serré.

J'ai tendu la main vers Stosh :

« Donne-moi un coup de main.

– Va chier. »

Sur ce, il a couru vers l'escalier et il est monté.

J'ai fait deux pas et sauté vers le quai. Je suis arrivé à passer les deux coudes et, m'accrochant au rebord, j'ai essayé de toutes mes forces de me hisser. Mon corps me faisait mal, j'étais rouillé. J'ai cherché une prise sur le mur en renfoncement du quai en grattant avec les pieds, mais n'ai fait que pédaler furieusement.

Un phare m'a attrapé dans son faisceau énorme.

J'ai rué des deux jambes et me suis soulevé. Mon ventre était passé. Il ne me restait plus qu'à hisser les hanches et basculer les...

Le béton a tremblé quand la rame a déboulé. Trop vite. Où était le chauffeur ? Pourquoi n'y avait-il pas de sirène d'alarme, de frein de secours qui hurlent ? Dix mètres, huit mètres. J'avais encore les jambes dans le vide...

De temps à autre quelqu'un se fait coincer comme ça, entre le quai et les wagons. Pas d'impact, juste la Rame implacable qui va son chemin en vous plaquant le torse tout contre le quai. Juste un engourdissement sous la taille quand les wagons vous tournent, tournent et retournent les jambes, en vous tordant en

167

votre milieu comme une saucisse qu'on ferme. La chair tenace tient le choc jusqu'au moment où la Rame s'éloigne enfin, et où vous vous désentortillez, pour mourir en vous vidant brusquement de votre sang.

J'ai renoncé et me suis laissé retomber sur la voie, je me suis jeté en avant et aplati dans l'étroit renfoncement situé sous le quai, embrassant le mur collant de crasse. J'ai rentré la tête dans les épaules, me suis scotché les paupières en prévision de l'impact.

La Rame a déferlé, à toute allure, envoyant exploser l'air d'un seul long coup de tonnerre retentissant. En colère, implacable, elle écrasait le monde, faisant pleuvoir la vitesse et la violence, mille marteaux martelant mille enclumes à la minute. Le piétinement tumultueux de vingt-huit tonnes glissant sur des rails mal ajustés. Les ondes de choc ont parcouru la crête de ma colonne vertébrale. La proximité oppressive de la Rame, ses monstrueuses saccades, m'ont dressé les cheveux sur la tête, follicules dardés comme des pointes de limaille acérées.

Le vide de l'air a saisi mes vêtements entre ses griffes. Les roues d'acier broyaient, grondaient, tentant de m'aspirer. Je me suis blotti plus près du mur, sous le vent qui m'ébouriffait les cheveux, qui envoyait leurs pointes m'assaillir et m'engourdir les paupières et les oreilles de leurs piqûres.

Et puis…

Progressivement, sans à-coups, les roues ont ralenti leur tempo : lent, plus lent, au maximum de leur lenteur, bientôt le crissement d'une secousse puis, hésitant, tremblant… l'arrêt. Les moteurs électriques ont vibré au ralenti. J'ai rouvert les yeux.

Au-dessus de moi, les portes se sont ouvertes en coulissant et un peu de lumière s'est infiltrée par l'interstice entre le wagon et le quai. Trois mômes ont sauté à bord. À travers l'épais bourdonnement de mes oreilles, j'ai tout juste distingué le signal à deux tons annonçant la fermeture des portes. Puis la fente de lumière a disparu et les freins pneumatiques m'ont craché de l'air sous pression au visage.

Les roues ont tourné lentement, grinçant, abrasant les rails comme de l'argent poli. La Rame s'est ébranlée laborieusement, prenant son élan avec régularité, puis elle a soudain accéléré d'un coup et filé par le tunnel d'en face en klaxonnant. Partie…

Dans son sillage, un emballage de hamburger en papier sulfurisé est retombé par terre en spirale.

« Merde ! »

Ma voix était étouffée, tout était étouffé, il ne restait plus rien à entendre.

Pour tenter de grimper sur le quai, j'ai envoyé les jambes par-dessus bord avec une aisance de gymnaste, maintenant que je n'étais plus sous pression. J'ai roulé sur moi-même pour aller me placer à une cinquantaine de centimètres du bord. Je suis resté alors longtemps allongé, à bout de souffle, mon tee-shirt trempé de sueur collant à la dalle de béton comme du papier mâché mouillé.

J'ai fini par me lever et passer la main sur mes vêtements. Ça ne m'a pas servi à grand-chose, l'eau saumâtre avait imbibé mon tee-shirt et mon pantalon. Je sentais très fort la fosse d'aisances, mais même cette puanteur avait sa douceur. Je l'inhalais à pleins poumons. J'étais en vie.

Mon cœur a marqué un temps d'arrêt, sur le qui-vive. Une autre rame arrivait. Je l'entendais. Sentais le grondement de ses basses profondes sous la plante de mes pieds. L'odeur de l'air vicié qu'elle chassait devant elle. Ma main a fusé pour agripper la colonne la plus proche, dont la surface abondamment repeinte poissait comme une bougie froide.

Une rame à destination de Manhattan a déferlé dans la station comme un piston se fichant dans son tube.

Le vent m'a frappé, traversé, poussé, bousculé,

chahuté. J'ai tressailli et serré la main plus fort, à m'en blanchir les phalanges comme des boules de naphtaline.

Lorsque la rame est parvenue à l'arrêt complet et que les portes se sont ouvertes, je me suis sommé de lâcher le pilier. J'ai secoué la main pour la dégourdir, et suis entré dans le wagon.

Mais je me suis juré… après ça, j'allais prendre des taxis pendant un certain temps.

Chapitre 15

UN HOMME tout éclaboussé de vase de caniveau
n'est pas chose si rare que ça, dans le métro de
New York ; les autres passagers ont à peine levé le
sourcil quand je me suis assis, mais quelques nez se
sont plissés. L'un deux appartenait à une personne de
sexe féminin très comme il faut, le genre jeune cadre
à la tenue impeccable, qui lisait un pavé de Tom
Clancy. Elle est partie vers l'avant du wagon qui
s'ébranlait, contre le vent par rapport à moi, sans
décoller les yeux de sa page. Il devait être peu après
cinq heures, elle rentrait chez elle après le boulot,
chaussée de tennis ultra-blanches, ses chaussures de
ville dans un filet de Nylon.

J'ai baissé les yeux pour vérifier l'heure, mais le
cadran de ma montre était couvert de boue. J'ai
essuyé le verre. Il était cinq heures moins cinq. Il
s'était passé beaucoup de choses en une heure. Tandis
que la rame se remettait en route pour Manhattan, j'ai
essayé d'y voir clair.

Mon idée que Stosh avait monté un coup sur le
dos de Gloria en volant lui-même la drogue ne résistait pas à l'épreuve. Stosh avait été sincèrement

dégoûté par le bas prix que j'avais prétendu l'avoir payée, 500 dollars ; ça lui foutait les boules que je l'aie eue si bon marché. S'il avait su que je bluffais, il m'aurait ri au nez. Mais il ne l'avait pas fait, au lieu de quoi il avait accepté de me donner 1 000 dollars pour la récupérer.

Donc, Stosh n'avait pas embrouillé Gloria.

Mais quelqu'un l'avait fait. Et le faisait peut-être encore. Ça m'embêtait que Stosh et sa bande aient su à l'avance où elle serait. D'abord la veille, quand ils l'avaient attendue dans la 11ᵉ Rue, puis chez Orloff, où ils nous avaient précédés tous les deux. Vu que ce n'étaient pas franchement des lumières, ils avaient dû bénéficier de conseils quelconques.

Quelqu'un, quelque part, en voulait à Gloria. Malheureusement, la seule personne à qui je pensais était Ted, son ex. Elle l'avait largué, et en plus de ça elle avait lâché contre lui un pit-bull qui lui avait ouvert le bras et bousillé ses tatouages. Du peu que j'avais pu glaner sur Ted, il me faisait l'effet du gars qui aime rendre la monnaie de la pièce. Il avait un bon motif pour la mettre dans le pétrin, c'était certain. Dommage qu'il soit mort.

Mais ça m'a fait réfléchir. Et si Ted était *effectivement* responsable ? Il aurait très bien pu mettre le mécanisme en route puis se retrouver happé dans les rouages. Ça méritait réflexion.

Quand le F est entré dans la station de Broadway-Lafayette en tanguant sur ses roues grinçantes, j'ai de nouveau regardé l'heure. Il était encore cinq heures moins cinq.

« Et merde. »

À y regarder de plus près, la trotteuse de ma montre était immobile, embourbée juste avant le trois. Une fissure arachnéenne traversait le verre. Il s'était sans doute fêlé quand j'avais heurté les rails, ça m'avait peut-être évité de me fracturer le poignet. J'ai ri tout haut dans le wagon plein de monde. Après tout ce que je venais de vivre. *À croire que je suis incapable de garder les jolies choses.*

Distrait par l'infortune, j'ai failli manquer ma station. J'ai dû me frayer un chemin à contre-courant dans le flot de gens qui essayaient de monter, impatients de fuir leur travail pour se réfugier dans le sanctuaire d'un nouveau week-end. Aucun ne voulait me laisser descendre – jusqu'au moment où ils se sont pris une bonne bouffée dans les narines : la foule s'est alors ouverte comme par magie. Pas une mauvaise impression. Je voyais presque le charme agir.

J'ai pris la sortie Lafayette, et allumé une cigarette. Le paquet était intact, mon jour de chance. Il me restait trois clopes. J'ai mis le cap au nord et commencé de marcher en direction de chez moi. D'après la grande horloge qui surplombe le carrefour d'Astor Place, il était cinq heures vingt.

Je n'ai rencontré personne de ma connaissance en chemin. Une bonne chose, je ne me sentais pas d'expliquer pourquoi j'avais l'air de la Bête du Marais. En revanche, j'ai aperçu quelques visages familiers. Notamment celui de Calvin, l'homme qui m'avait aidé à rentrer à la maison. Il était posté devant la clôture du parking payant de Cooper Union, occupé à disposer artistiquement les rebuts de son Caddie en se gourmandant vivement pour ses erreurs et en riant de bon cœur à ses réussites. Je ne l'ai pas abordé, je ne faisais pas partie de ses réussites ; il aurait sans doute mieux fait de me laisser là où il m'avait trouvé.

L'autre visage que j'ai vu n'était qu'un visage et rien de plus. Peint sur le mur noir d'un immeuble de six étages au coin de la Troisième Avenue et de St. Mark's Place, le visage borgne de Spacely, une des premières personnes que j'ai rencontrées quand je suis venu vivre dans l'East Village. L'immense portrait mural – dans le style de Matisse qui redessinerait Van Gogh – était le vestige d'une production indépendante en noir et blanc de 1983, intitulée *Gringo,* un semi-documentaire dans lequel Spacely avait vécu et tenu un rôle vedette de junkie. (Il n'avait jamais été fier de ce travail.) Il avait l'air d'un pirate avec son bandeau sur l'œil et son anneau à l'oreille, sa longue cigarette au bec.

Il était mort à présent, mais ça faisait du bien de savoir qu'il surveillait encore le quartier, qu'il rivait pour toujours un œil myope sur l'ouest – du moins jusqu'au moment où ils finiraient par le repeindre. Quand je me suis rapproché, il baissait un regard consterné sur le nouveau McDonald's qu'ils avaient construit au-dessous de lui. De son vivant, c'était un végétarien pur et dur. Peut-être Jimmy avait-il raison : « Le Village n'est plus le Village. »

Lorsque je suis arrivé à mon appartement, mon répondeur clignotait et il y avait un nouveau fax de Matt dans la corbeille : les infos sur M. Ellis Dee. Je l'ai laissé où il était, je suis allé à mon bureau et j'ai retiré ma montre. Je l'ai archivée dans mon tiroir à fouillis, avec les Zippos sans pierre, le canif cassé, plusieurs piles usées, et la loupe poussiéreuse et fissurée posée sur la photo de Clair.

J'ai allumé une clope. J'ai envoyé promener mes chaussures, retiré mon jean, et, dans un sillon de fumée, j'ai semé tee-shirt, chaussettes et slip jusqu'à la salle de bains. J'ai ouvert l'eau chaude de la douche et l'ai accompagnée d'un long pipi, fort bienvenu.

Dans le miroir, les contusions qui me couvraient le corps formaient un assortiment anormal de pastels : des dégradés de jaune, de bleu, de vert et de violet.

La coupure que je m'étais faite au bras en roulant dans la rue était petite et superficielle. Je l'ai soigneusement nettoyée à l'alcool et tamponnée de teinture d'iode piquante avec un coton-tige.

La cabine de douche s'embuait de façon plaisante, et j'ai tiré le rideau et inhalé la brume tiède au parfum de savon. Je suis entré sous la pluie de gouttelettes et l'ai laissée me masser, me tremper, emporter ma

sueur. Toute la tension subie ce jour-là semblait rache-
tée rien que par ces dix minutes-là.

J'ai enfilé un tee-shirt et ressuscité un blue-jean
de mon sac de linge sale. Puis je me suis assis pour
lire le nouveau fax de Matt. Des faits plutôt clairs,
pour la plupart rassemblés en accédant aux archives
publiques du Comté de New York ainsi qu'au réseau
informatique du service des cartes grises.

NOM : Ellis Dee. Changé légalement dans l'État de
N.Y. en 1982.

NÉ : Elliot Diecklicht, 11/09/53. Lieu de nais-
sance : Trenton, New Jersey.

ADRESSE : 101, 57e Rue Ouest. Taille : 1,98 m.
Poids : 77 kg. Couleur des cheveux : blonds. Yeux :
bleus.

Trois contraventions pour excès de vitesse dressées
dans le Connecticut. Pas d'action civile en instance.
Célibataire, sans enfants. Un crédit de 500 000 dollars
sur une maison à Westport.

C'était un ancien membre du syndicat des acteurs
Screen Actors Guild, 1983-1985, adhésion périmée.
En 1986, il avait obtenu les licences pour ouvrir le
Vespers Restaurant sur Park Avenue, à la hauteur de
la 26e Rue Est. Le restaurant déposa son bilan dans
l'année. Ensuite il refit surface en 1986 comme prin-
cipal investisseur de la discothèque Utopia (dans un
lieu qui s'appelait précédemment le Club Abattoir).
L'Utopia ferma en 1991, après l'arrestation de trois de
ses barmen pour distribution de cocaïne à l'intérieur
de la boîte. Dee, dont le nom n'apparaissait pourtant
dans aucune des mises en examen, quitta le pays cette
même semaine. Après un séjour de deux ans en
Europe, il revint à New York et ouvrit deux nouvelles
boîtes : le Mirage, à SoHo, et le Hellhole, à Chelsea.

Les revenus du propriétaire de boîtes de nuit s'éle-
vaient officiellement à 380 000 dollars pour l'année
précédente.

Il était difficile de l'imaginer se ronger les sangs pour une poignée de sachets de drogue perdus ; quelle qu'en ait été la valeur, il perdait sans doute davantage en verres cassés tous les mois. Rien – dans sa tranche d'impôts – qui puisse éveiller des pulsions homicides. Je me suis d'ailleurs demandé dans quelle mesure il était au courant de ce qui se passait dans ses boîtes.

Peu après six heures, on a tambouriné à ma porte. J'ai jeté un coup d'œil et Tigger m'a fait bonjour du bout des doigts, tenant de l'autre main trois cafés dans des gobelets en carton. Elle avait laqué ses ongles de vernis argenté, aujourd'hui.

« J'allais les laisser là si je ne te trouvais pas, a-t-elle dit. Je vais travailler. »

Elle portait un tee-shirt noir et un pantalon en toile rouille (sa tenue pour aller travailler comme technicienne du son, à la console, à l'Alice Tully Hall du Lincoln Center). Ses cheveux jaune-vert étaient couverts par un bandana rouge. Elle ne les avait pas encore teints d'une autre couleur, peut-être préparait-elle son record.

J'ai pris un des gobelets et siroté le café qui avait débordé sur le couvercle avant de le retirer. Noir et généreusement sucré, comme je l'aime. D'habitude je fume avec le café, mais Tigger ne fumait pas de tabac et n'en appréciait ni le goût ni l'odeur. Tatillonne, de ce côté-là.

« Tu as une minute à me consacrer ? lui ai-je demandé.

– Qu'est-ce qui se passe ?

– J'ai besoin d'exprimer tout haut mes pensées.

– Eh, c'est tout beau, chez toi, a-t-elle dit en refermant la porte. Mais, euh… c'est quoi, cette odeur ? »

Elle était juste à côté du jean qui avait trempé dans la fosse d'égout. Je l'ai envoyé d'un coup de pied dans la salle de bains.

« J'ai fait de la spéléo cet après-midi, ai-je dit. C'est une longue histoire. »

Elle s'est assise pour l'écouter, d'abord sur une jambe, puis accroupie sur les deux chevilles, puis les deux pieds à plat sur le sol. Je lui ai donné la version *Reader's Digest*, surpris de m'apercevoir qu'il y avait si peu à raconter. Il faut dire aussi que je devais omettre le passage où j'avais découvert le corps de Ted. Officiellement, je ne l'avais pas trouvé.

Elle connaissait certaines des personnes que j'ai évoquées. Ça ne m'a pas étonné que Jimmy en fasse partie ; elle l'avait d'ailleurs aidé à défricher son jardin et à retourner la terre.

« C'est un très bel endroit, qu'il a là-bas, ai-je dit. Comment se fait-il qu'il puisse le garder ?

– C'est un terrain qui appartient à la Ville, et pour le moment ils n'en font rien. Il est tranquille jusqu'à ce que le potentiel immobilier se déplace plus à l'est. À ce *moment-là*, ils voudront mettre la main sur sa maison, comme sur tous les autres squats de sans-abri dans la ville.

– C'est quel genre de type ? »

Elle m'a regardé. Ses yeux couleur caramel se sont durcis comme deux glaçons.

« C'est mon ami, Payton.

– Je sais, c'est pour ça que je...

– Je ne vais pas te dire quoi que ce soit. C'est quelqu'un qui compte pour moi. Il a eu des ennuis dans sa vie, mais maintenant il est clair dans sa tête. Ne fais rien pour lui nuire.

– Qu'est-ce qui pourrait lui nuire ? Non, vraiment, quoi ? J'essaie juste de trouver des réponses.

– Je ne sais pas, ça me met mal à l'aise de te parler de lui. S'il te plaît, arrête.

– Il m'a dit qu'il commençait une cure de désintoxication lundi.

– Bien.

– Il est très accro ? »

Son regard m'a fait baisser les yeux ; elle avait les lèvres raides et blanches comme de la craie.

177

« OK, juste une question. Dirais-tu que c'est un type violent ?

– N'importe qui peut être violent. Quand on le provoque. (Elle disait cela sur un ton de menace personnelle.) Mais si j'étais toi, je ferais attention avec lui. C'est un homme qui ne rigole pas.

– C'est bon. »

Je suis passé à autre chose.

Elle connaissait Ellis Dee, mais pas personnellement.

« Je l'ai rencontré une fois, il y a quelques années, j'ai fait le son sur un concert qu'il produisait au Palladium. Il m'avait bien plu. Il se mêlait pas des affaires des gens, il nous laissait faire notre boulot. Tu serais étonné de savoir comme c'est rare.

– Oh, je veux bien te croire. Tu es déjà allée à sa boîte, le Hellhole ?

– Ouais, à l'occasion, Ez a mixé pour eux deux ou trois fois.

– C'est comment ?

– Grand. Construit dans une ancienne église méthodiste de la 21e Ouest.

– Une église ?

– Uniquement le bâtiment, maintenant. Mais comme c'était une église, il y avait déjà toutes les autorisations de réunions publiques dont tu as besoin pour ouvrir une boîte. Ce n'est pas si rare que ça, en fait. J'ai sonorisé une boîte à Philadelphie, dans la vieille ville, c'était le même topo. Le Hole marche bien en ce moment, dans le créneau grande surface de la drague. Ez déteste cet endroit. Il préfère les lieux où il a une relation plus intime avec la foule. Le Hole est trop schizophrène pour lui. »

Elle ne connaissait personne qui y travaillait.

Je lui ai décrit les deux clubbers, et elle connaissait Droopy. Il semblait avoir son petit renom dans les boîtes ; partout où on allait, les gens avaient l'air de le connaître. Elle avait même fait la fête avec lui à quelques reprises.

« Mais il n'a pas grand-chose là-dedans, si tu vois ce que je veux dire. (Elle s'est tapoté le front.) C'est un courant d'air.

– Un quoi ?

– Un courant d'air, comme un grand courant d'air qui balaie tout sur son passage. Il est accro aux sniffs. Ne me demande pas pourquoi, ça tue les cellules du cerveau. »

Je me suis souvenu de l'odeur de produit chimique que j'avais sentie dans son haleine au restaurant de sushis.

« Quel genre de sniffs ?

– Dans le haut de gamme, tu as l'éther, le nitrite d'amyle – le truc qu'on donne aux gens qui ont des crises cardiaques – et l'oxyde nitreux, le gaz hilarant. Qu'on utilise aussi dans les bombes de crème Chantilly.

– Ça, j'en ai entendu parler. Et les flacons de poppers aussi.

– Ouais, c'est ça. Le bas de gamme est assez pitoyable. Il y en a qui commencent en respirant des émanations d'essence ou de peinture en bombe, des bouteilles de détergent ou de solvant pour peinture, n'importe quoi pour se vaporiser le cerveau. C'est franchement pas la défonce glamour.

– Et ce Rhino, c'est plus séduisant ?

– Infiniment.

– Alors tu as essayé ? »

Ça ne m'étonnait pas vraiment.

« Deux ou trois fois, c'est relativement nouveau, assez spécialisé comme produit, a dit Tigger sur le ton de l'experte. À l'origine, ça a été conçu par la boîte pharmaceutique Fer-Nel Labs, pour soulager le mal des transports. À la place, leur chimiste a trouvé un nouvel hallucinogène. Son nom chimique est le Rhynothylène-dioxy-amphétamine.

– Végé-proti-vita-mina-quoi ? »
Elle a eu un petit sourire et répété.

« Rhino, en abrégé. Une prise déclenche cette défonce aphrodisiaque qui dure des heures. En prime, tu peux tourner sur toi-même autant que tu veux sans avoir le vertige. Super, pour les raves. Mais la descente est un peu rude. Le slogan qui circule, c'est : "Ça te fait planer toute la nuit, et puis ça revient en boomerang et là ça te *déchire*." »

Ça a fait tilt. J'avais entendu Seth dire quelque chose de semblable dans son téléphone portable. J'ai décrit l'étudiant de la New York University à Tigger, mais au début elle n'arrivait pas à le remettre. J'ai sorti le paquet de photos et lui ai montré celle où il était travesti. En isolant son visage entre ses pouces, elle l'a lentement reconnu.

« Ah ouais, c'est vrai. L'ombre de Droopy. Une acquisition récente. Là, ça devait être à une fête pendant Wigstock*, je ne crois pas qu'il soit travelo. Il m'a fait l'effet d'un gosse de riches qui s'encanaille. Passe son temps à payer des tournées. Il essaie trop de jouer à l'hôte de ces lieux, ça énerve les gens. En général, il se retrouve assis tout seul, pendant que Droopy fait son business.

– Business ?

– Il deale un peu.

– Droopy est dealer ?

– Nan. Enfin, tu sais. Quand tu te défonces, tu deviens un genre d'intermédiaire. Mais il consomme sans doute plus qu'il ne vendra jamais. »

Tant que j'y étais, je lui ai montré le reste des photos : Ted Wylie et ses bras tatoués (elle ne le connaissait pas) ; la vue de la foule avec Stosh au second plan (elle n'avait pas envie de le connaître). J'ai gardé celle de Gloria à demi nue sur le lit.

---

* Défilé de travestis qui a lieu au printemps à New York. *(N.d.T.)*

180

Naturellement, Tigger l'a tout de suite repérée.

« Et ça, c'est quoi ? »

Je la lui ai passée.

« Vieux cochon, m'a-t-elle grondé.

– Depuis mes huit ans et demi.

– C'est elle ? Gloria ? Celle qui t'a volé ta montre ? Elle est mignonne. »

Je ne savais pas quoi dire. J'ai demandé :

« Qu'est-ce que je dois faire, en ce qui la concerne ?

– On dirait que tu en as déjà assez fait. Trop fait. Tu as proposé de l'aider et elle a dit non, exact ? On peut pas être plus royaliste que le roi, hein.

– Bien sûr que si, tu peux très bien t'acharner. »

Elle a froncé les sourcils :

« Mais ça ne donne rien de bon.

– Quelquefois ça soulage.

– Et ça te pompe toute ton énergie.

– Je n'ai pas vraiment le choix de toute façon. Il faut que j'aille jusqu'au bout, pour le rendez-vous de ce soir. »

Elle m'a regardé droit dans les yeux :

« Pourquoi ?

– Parce que sinon, ils vont de nouveau rechercher la fille, mais cette fois-ci pour m'avoir.

– C'est des conneries, t'y crois pas une seconde. Attends – tu as bien dit "la fille" ? Putain, tu bois ça comme du petit-lait, hein ? »

J'ai voulu protester, mais mon souffle est resté coincé dans ma poitrine. Elle avait peut-être raison. Et si je n'allais pas à la boîte, que pourrait faire Stosh ? Il ne savait ni comment je m'appelais ni où me trouver. Courir aux trousses de Gloria s'était avéré une entreprise coûteuse, du moins en vies humaines. Et maintenant que la police était impliquée, il était plus sage, pour lui et tout un chacun, de garder un profil bas. Il était temps d'arrêter les frais pour tout le monde. Seulement moi, je n'y étais pas encore prêt.

« Tu sais, a dit Tigger, j'ai l'impression que tu es

peut-être comme ces créatures marines qui ne vivent que dans des eaux agitées et sulfureuses : tu as besoin de frénésie pour survivre. Mon frère aîné est comme ça, il est pilote de course à Daytona. Il court après l'adrénaline, il ne se sent vivre que lorsque le désastre le guette au prochain virage. Mais l'adrénaline a une fonction, Payton. Ne va pas la chercher comme ça, en junkie ; ça te rend imprudent.

– Message reçu, ai-je dit. Merci.

– Tu entends ça ? »

Un léger bourdonnement venait du bureau, devant elle. J'ai écarté les papiers, dégageant le petit pager noir de Gloria. J'avais oublié que je l'avais toujours. J'ai regardé le numéro qui s'affichait. C'était celui du téléphone numérique, donc Seth ou Droopy qui l'appelait. Je me suis demandé lequel des deux et pourquoi.

J'ai demandé à Tigger si elle pouvait rappeler à ma place en expliquant :

« Il faut que ce soit une voix de femme. »

Elle m'a pris le pager et elle a lu le numéro.

« Qu'est-ce que je dois dire ?

– Le moins possible. Ils s'attendent à tomber sur Gloria ; dis "allô", et c'est tout. »

Elle a commencé à composer le numéro puis s'est arrêtée.

« Et si…

– T'inquiète pas, tu peux pas faire pire que ma mère.

– Hein ? »

J'ai pointé le doigt vers le téléphone. Elle s'est remise à pianoter. Quand elle a hoché la tête, j'ai pris le combiné du télécopieur et j'ai écouté. Ça sonnait.

Un souffle de vent grésillant a répondu, suivi d'un « allô » brutal.

Tigger a répondu.

« Glo ?

– Hmm hmm.

182

– À qui tu donnes ce numéro, bordel ? »

La voix de crécelle de Seth. Des bruits de circulation en arrière-fond : il était quelque part en ville, circulait.

Tigger a improvisé un « Hein ? ».

« Y a un connard qui a appelé ce matin en disant qu'il avait un sac d'affaires à toi. En fait il y avait rien que des vieilles merdes à l'intérieur. Il nous a posé un tas de questions sur toi et Ted. Et maintenant, ton ami Jimmy vient d'appeler, complètement dans les choux, en nous sortant tout son délire de nase. Écoute, je ne sais pas ce qui se passe, mais *moi*, putain, me mêle pas à ces conneries. Dis à tes copains junkies d'arrêter de m'appeler ! »

Il a raccroché.

J'ai écouté la respiration de Tigger qui se mêlait à la tonalité. L'écho a ponctué. Elle a reposé le combiné.

« Tig, je… »

Elle est passée en me bousculant :

« Je suis en retard.

– Tig, attends… »

Elle s'est arrêtée à la porte. Je voyais bien que la remarque sur Jimmy l'avait bouleversée : des reproches muets bouillonnaient dans son regard.

« Quoi ?

– Je suis désolé.

– De quoi ? Chacun prend ses décisions. Fais attention en prenant les tiennes. »

La porte blindée de l'appartement a claqué derrière elle.

Chapitre 16

J'AI ALLUMÉ une clope et fumé. Plus qu'une cigarette.

J'ai appelé Matt pour lui dire que j'allais bien, même si pour le moment il fallait le dire vite. J'avais manqué de professionnalisme sur toute la ligne. La réceptionniste m'a demandé de patienter, Matt était sur une autre ligne. On était vendredi soir, pas loin de sept heures, mais les bruits de fond qui me parvenaient des bureaux de la Metro Security dénotaient une activité fébrile. La majeure partie de leur vrai travail commençait après la tombée du jour. Ils ne dormaient jamais.

Moi, j'avais besoin d'une sieste, j'avais un coup de barre après la bouffée d'adrénaline qui m'était venue en frôlant la mort. Tout en attendant, je sentais mes paupières s'abaisser, ma tête dodeliner comme un tournesol lourd de graines. Je l'ai secouée, j'ai fini ma cigarette puis éclusé le dépôt froid de mon dernier café.

La voix de Matt a fait intrusion dans mes limbes.

« Eh, comment ça s'est passé ? Tu l'as vue ?

– Qui ? (J'ai cru une seconde qu'il parlait de Tigger.) Oh, ouais. Ouais.

– Ça va, mon pote ?

– Ça va.

– Tu as eu mon fax ?

– Ouais, merci. Mais excuse-moi de t'avoir dérangé, j'ai décidé de pas m'en mêler.

– Tu te fous de ma gueule ?

– Ouais, j'arrête les frais. »

Matt a attendu le reste. J'aurais volontiers développé, mais j'avais les pensées aussi flottantes que des draps séchant sur une corde à linge, dans l'humidité qui s'évapore et le jeu mouvant des ombres.

« Bravo ! a dit Matt. Enfin un signe de maturité. Je suis content d'entendre ça. »

Son sarcasme était inattendu. Quel vieux compte réglait-il ?

« Écoute, elle ne veut pas de mon aide. Et comme tu disais, elle s'en portera peut-être mieux. Quelqu'un d'autre est mort.

– Quoi ? Qui ça ?

– Orloff, le type de Brooklyn. Il est tombé par la fenêtre de son appartement du quatrième étage.

– Ce n'est pas toi qui l'as poussé, si ?

– Non, ils ont commencé sans moi. Mais c'est gentil de demander.

– C'est qui ? »

Je lui ai raconté ce qui s'était passé. Et ce faisant, je ne pouvais fuir le sentiment que d'une certaine façon ma main l'avait poussé, que si j'étais resté au lit ce matin, il serait peut-être encore en vie. J'ai décortiqué cette impression. Je connaissais au moins une personne qui était au courant du rendez-vous de quatre heures de Gloria à Brooklyn. L'heure était inscrite sous l'adresse, sur le fax que Jimmy m'avait pris. Seulement, cela ne faisait que m'embrouiller davantage : j'étais convaincu qu'il préférerait mourir que de faire quoi que ce soit qui puisse nuire à Glory.

« Alors, a dit Matt, je jette le reste de ces infos que j'ai eues sur Dee ?

– C'est quoi ?

– Eh ben, comme je trouvais que ce que je t'avais faxé puait l'antiseptique, j'ai appelé des copains du métier. Tu te souviens de Dove Wright, qui travaillait à Manhattan South, il a pris sa retraite l'année dernière ? Eh bien Dove le connaissait très bien. Même que ma question l'a mis un peu mal à l'aise.

– Qu'est-ce qu'il a dit ?

– Il y a eu deux descentes pour vente de drogues dans chacune des deux boîtes de Dee l'année dernière, mais elles n'ont rien donné ni l'une ni l'autre, à part les fonds de poche de quelques clients. Des descentes planifiées, fondées sur des informations solides obtenues par infiltration, et pourtant quand les flics sont arrivés, les dealers étaient chez eux à regarder la télé comme si quelqu'un avait été prévenu.

– Dove t'a dit ça ?

– Tu déconnes ? Bien sûr que non. Mais il a fait de son mieux pour ne pas le dire.

– Il faut un sacré piston pour avoir droit à ce genre de prestations sociales.

– Je ne te le fais pas dire. Mais ce Dee est mêlé à un tas d'entreprises lucratives. Il a largement de quoi arroser. Tu as peut-être enfin trouvé un bon filon, mon grand.

– Qu'est-ce que tu veux dire ?

– Qu'est-ce que tu crois que je veux dire ? Il dirige deux boîtes de nuit, il a une maison à Westport et c'est un grand organisateur d'événements. Manifestement, il a besoin des services d'un bon...

– Tu l'envisages comme client ?

– Quoi d'autre ? Mais pas pour moi, mon salaud, pour toi. J'ai déjà trop de boulot comme ça.

– C'est un escroc.

– Pas de discrimination. Les escrocs ont besoin de protection, eux aussi, et même *plus*. De toute façon, la plupart de ses affaires ont l'air légales. Et il paie ses factures. Peux-tu en dire autant ?

– Et son réseau de trafiquants, ça ne te gêne pas ?

– Toi-même tu ne sais pas trop dans quelle mesure il est au courant de ce qui se passe dans ses boîtes. Et d'après ta description de Stosh et des autres gus qui travaillent pour lui, j'imagine que ça ne lui ferait pas de mal que quelqu'un vienne faire le ménage. Surveiller ses employés, découvrir qui pompe dans la caisse – et peut-être qui se sert de sa boîte pour faire son propre business.

– Je vois ce que tu veux dire. Mais…

– Mais quoi ? Tu as des *scrupules* ? (Comme si c'était un mot étrange, réservé aux étrangers et aux frimeurs.) Tu n'en as pas les moyens.

– C'est la seule chose dont j'aie les moyens. Ils m'appartiennent à cent pour cent.

– Tu te la joueras plus tard, Pay. J'essaie juste de convertir ta petite équipée de fin limier en quelques biftons. Ça, c'est le genre de balle que tu dois attraper au vol.

– Je sais… j'apprécie que tu m'expliques comment le jeu fonctionne, vraiment. Je crois que je suis fatigué, c'est tout.

– Alors laisse passer une nuit là-dessus. Qu'est-ce qui presse ? Mais tiens-moi au courant.

– D'accord. Merci, encore merci. Tu diras bien des choses à Jeanne de ma part.

– T'es pas en état de jouer les hommes galants, mon pote. »

J'ai raccroché.

Le voyant de mon répondeur clignotait toujours. Un message.

Je me suis demandé de qui, en éliminant différentes possibilités, les moins probables comme celles qui m'auraient fait le plus plaisir : Gloria, l'huissier, ma mère, Tigger et Matt (mais aucun des deux n'avait mentionné un appel), mon dentiste me rappelant mon détartrage semestriel, les Chung pour me dire où ils étaient partis, et – scientifiquement improbable – Clair appelant pour me dire : « Comment ça va, toi ? J'ai comme l'impression que ça ne va pas trop, aujourd'hui. » Alors que je me serais contenté d'entendre de nouveau son souffle rauque au bout de la ligne.

Si j'avais envie de l'entendre à ce point, je pouvais l'appeler, moi, j'avais son nouveau numéro. Non pas qu'elle me l'ait jamais donné, mais c'est un truc que je fais. Elle répondrait à mon appel, m'écouterait, prêterait raisonnablement l'oreille à tous mes arguments. Mais c'était pire que de se faire raccrocher au nez, c'était moi qui m'accrochais.

Je ne l'appellerais jamais. Elle ne m'appellerait jamais.

J'ai appuyé sur le bouton « Écoute Messages » comme s'il portait l'étiquette « Autodestruction ».

« Bonjour, c'est Roxanne de l'hôpital vétérinaire. Vous m'aviez demandé de vous appeler si Gloria passait chercher Pike. Elle est passée. Elle était étonnée que vous ayez payé autant sur sa facture… Il est cinq heures et demie, vendredi. Nous fermons à huit heures, si vous avez besoin de me parler ou, *enfin*, si ça vous dit d'aller prendre un verre plus tard… ? Vous avez mon numéro. Salut. »

Je ne l'avais pas vue venir, celle-là. Une preuve supplémentaire, apparemment, que je n'assurais plus un cachou. J'avais besoin de récupérer de l'énergie. Je me suis ordonné à moi-même : « Écroule-toi et dors. »

Je suis allé m'allonger sur le canapé, juste pour me reposer un peu les yeux. J'ai écouté les rythmes étouffés de la ville tourner autour de moi et me suis assoupi, puis je suis revenu à moi-même.

Dans mon rêve, j'étais une palourde enfouie dans le sable à des milliers de brasses sous la mer, qui sentait soudain le poids de l'océan tout entier lui peser dessus, en oubliant qu'elle était tout simplement dans son élément.

Je me suis réveillé en sursaut, ouvrant les yeux sur le négatif photo de la pièce où je m'étais endormi. J'avais l'impression qu'il ne s'était écoulé que quelques secondes. Alors qu'avant la pièce était baignée de lumière, il y faisait maintenant un noir d'encre, et à la place des ombres légères dans les coins, l'éclairage orange de la rue brillait comme une résistance de chauffage électrique. J'avais dormi cinq ou six heures, et la nuit était déjà bien avancée. Le téléphone sonnait.

J'ai décroché avant le répondeur, et des vagues de chaos m'ont assailli. Des sirènes de voitures de pompiers qui hurlaient comme des dragons en colère, puis passaient en jouant de l'effet Doppler. Un chien qui aboyait sauvagement, et une petite voix grêle qui lui ordonnait : « Calme-toi, Pike, calme-toi. »

« Allô ? ai-je dit, allô !

– Monsieur Sherwood ? (Elle avait la bouche trop près du récepteur et sa respiration chuintait.) C'est Gloria. Vous savez…

– Oui. Où es-tu ? »

Elle n'a pas répondu. En arrière-fond, Pike a lâché un flot de hurlements plaintifs. Quelque chose n'allait pas. Je me suis giflé jusqu'à ce que la brûlure des claques m'ouvre complètement les paupières.

« Gloria, ça va ?

– Ils ont tué Jimmy. Ils l'ont tué, putain. Ils ont tué Jimmy.

– Gloria, où es-tu ?

– Ils… on est partis seulement une heure. J'ai emmené Pike se promener et quand on est revenus, la cabane… en flammes. Ils lui ont mis le… »

Des voitures passaient en trombe, et leurs Klaxons brouillaient ses paroles.

« Mais je n'ai pas pu l'atteindre. Pike est entré, j'ai dû l'éloigner de force. Ils ont tué… »

– Qui ? »

Les aboiements furieux des sirènes ont éclaté en quintes saccadées, couvrant sa réponse.

J'ai vite crié :

« Gloria, où es-tu ?

– En bas de chez Jimmy.

– Je viens, reste dans le coin. Ne t'éloigne pas. Je serai là dans cinq minutes.

– Je ne pensais pas qu'ils allaient… je ne savais pas. Je ne savais pas.

– Bouge pas », ai-je dit, attendant une réponse, mais la communication a été coupée.

Chapitre 17

L E PREMIER TAXI que j'ai hélé a refusé de me conduire là-bas. J'ai menti au second en ne lui disant pas jusqu'où nous allions, côté est, ne mentionnant que l'Avenue B et la 10ᵉ.

La vie nocturne de l'East Village le vendredi était aussi tapageuse et frénétique qu'aux derniers jours de Pompéi. Des troupeaux de gens sortant des dernières séances croisaient le chemin des noctambules qui venaient à peine de briser le sceau de leur nuit. Tout le long de l'avenue, la lueur volcanique des lampadaires badigeonnait l'asphalte étincelant d'un lavis orange vif. Les phares blancs des voitures faisaient comme une coulée de lave qui avançait sur nous. Brusquement, le chauffeur a changé de file en passant tout à fait à gauche, et nous nous sommes engouffrés dans la 10ᵉ. La rue baignait dans une obscurité plus douce, avec ses arbres bas et feuillus qui barraient la lumière artificielle jusqu'à l'Avenue B.

Alors même que je pressais le chauffeur de continuer plus à l'est, j'ai senti l'âcreté de l'air. Une épaisse fumée de bois, qui s'est faite plus dense quand nous avons pris Losaida vers le sud. Devant nous, les ricochets des strobos bleus et des gyrophares rouges. La 9ᵉ Rue était fermée et tout embouteillée de voitures de pompiers et de police. Un ruisseau d'eau noire déferlait le long du trottoir et s'engouffrait dans la bouche d'égout.

L'activité se concentrait sur le milieu du pâté de maisons, devant le jardin de Jimmy que des lampes à arc montées sur une voiture de pompiers illuminaient avec l'intensité d'un éclair. J'ai payé le chauffeur et suis sorti pour aller voir. Il y avait un attroupement contenu par un ruban jaune. Les yeux me brûlaient, assaillis par l'air piquant. Des cendres disséminées m'ont balayé la joue en retombant.

Je me suis frayé un chemin en cherchant Gloria, scrutant les visages pétrifiés et transfigurés par le spectacle, pour certains modelés par l'horreur et la tristesse, pour d'autres reflétant l'ennui, le détachement, comme l'expression de quelqu'un qui attend l'ascenseur. J'ai saisi des bribes de conversations, échangées en modestes marmonnements comme il sied devant les morts, parfois en espagnol : « *hombre... incendio... muerto* ».

Quelques pompiers, debout dans la rue, papotaient en fumant. L'incendie avait été éteint. Depuis le parking adjacent, à travers la clôture en grillage, une équipe d'arroseurs continuait d'asperger le tas de bois carbonisé qui occupait le fond du jardin, à l'ancien emplacement de la cabane de Jimmy. Des hommes en grandes bottes de caoutchouc et tenue jaune et noir ratissaient les décombres fumants avec des barres en fer. Deux d'entre eux ont soulevé un pan de mur effondré, et un petit feu a éclaté, vite noyé par l'équipe d'arroseurs.

Un des hommes qui tenaient le mur a crié :

« On en a un ici ! »

Un jeune agent de police et deux capitaines des pompiers sont partis voir, en ignorant le sentier et en traversant un parterre de tulipes. Elles étaient déjà écrasées de toute façon.

Les pompiers ont retiré le mur puis se sont resserrés autour de leur découverte, la tête penchée comme des pénitents, ou comme des saoulards pissant dans la neige. Au bout d'un moment, les capitaines des pompiers se sont accroupis et ont remué les cendres fumantes en prenant des notes dans des calepins au creux de leur main. Ils se sont relevés et ont épousseté leur pantalon. L'un d'eux est revenu, en parlant avec l'agent en tenue.

Je suis allé me placer dans un endroit qui m'a permis d'écouter en douce le capitaine demander au policier s'il savait qui avait appelé le 1041, le code pour les incendies d'origine suspecte.

« La patrouille du Comté a repéré la fumée, ils nous ont appelés nous et les pompiers, a dit l'agent. Vous, je vous ai prévenus parce les gens dans la foule avaient l'air de dire que ce n'était peut-être pas un accident.

— Quelqu'un a vu quelque chose ?

— Non. Ils sont tous arrivés après les voitures de pompiers.

— Y a personne qui habite dans le coin qui aurait pu voir ce qui s'est passé ?

— Peut-être des squatters un peu plus loin, mais le pâté de maisons est vide. Mon partenaire est en train de se renseigner.

— Hmm hmm. Y a quelqu'un qui connaît ce type ?

— Ouais, il s'appelle Jim. Il habitait déjà là avant que je vienne travailler dans le quartier, ça fait trois ans. C'est lui qui a planté ce jardin et construit la cabane. C'était un junkie. Jamais d'ennuis, cela étant. Deux ou trois fois je l'ai vu intervenir, arranger une situation. Un type bien. Dommage.

— Il vivait seul ici ?

— Autant que je sache. Je crois qu'il avait un chien.

— Eh ben un des deux a dû renverser ce radiateur.

La nuit est assez fraîche pour qu'il l'ait allumé. Il y a de la cire, aussi, donc Jimbo avait une bougie d'allumée, peut-être qu'il se préparait une petite cuiller et qu'il n'a pas fait attention. Devait être dans les choux, c'est sûr. Le sol n'est pas brûlé, sous son corps. Ça a pris feu comme une pochette d'allumettes là-dedans. Ce bois de récupération couvert de peinture et de vernis, tout ça, ça a nourri la flambée. Ça l'a rôti comme…

– Eh ! ai-je hurlé – me suis-je entendu hurler. Vous ne croyez quand même pas que c'est un accident ? »

Les hommes ont regardé sans tourner la tête. Le capitaine des pompiers était grand et large. Des cheveux et une moustache châtains en bataille, des yeux de gardien de but de hockey qui me faisaient penser à deux palets. Le flic avait une expression plus détendue ; il avait l'habitude de l'ambiance « forum libre » de l'East Village.

Ils se sont remis à parler, en baissant la voix. Le capitaine des pompiers est parti rejoindre son partenaire en donnant des coups de pied dans les cendres. L'agent est venu vers moi, la main sur la crosse de son arme. Il avait le haut du torse carré et de longues jambes. Il avait l'air d'avoir cinq ans de moins que moi, environ, et dix kilos de plus. Son nom était inscrit sur son badge : GORRINO.

Il a exigé que je recule de la limite, puis m'a demandé si j'avais vu ce qui s'était passé.

« Non, mais je connaissais le type. Il n'était pas idiot. Et il avait arrêté la came. Il n'aurait pas commis d'imprudence avec le radiateur.

– Comment vous appelez-vous ?

– Gus, ai-je dit.

– Vous dites qu'on l'a fait brûler vif, Gus ? Connaissez-vous quelqu'un qui aurait pu vouloir faire ça ? »

J'y ai réfléchi un instant, puis ai secoué négativement la tête. Je m'étais lié les mains en ne signalant

194

pas la mort de Ted. Sur quoi d'autre pouvais-je me fonder, à part le coup de fil paniqué de Gloria ? Et je ne la voyais nulle part.

« Écoutez, a dit l'agent Gorrino, ces hommes connaissent leur boulot. S'il y a quoi que ce soit à trouver, ils le trouveront. Ne faites pas d'histoires. Circulez donc, vous voulez bien ? Rentrez chez vous. »

Deux hommes du bureau du coroner se sont approchés en portant un brancard en aluminium et Nylon. Le premier s'est glissé sous le ruban jaune de la police, puis une fois de l'autre côté l'a soulevé bien haut pour permettre à son collègue de passer.

Et tous les hommes ne sont que terre et cendre, ai-je pensé.

Ils sont partis vers le fond avec le brancard, et revenus rapidement. Ce qu'ils rapportaient, enveloppé à la va-vite dans un sac mortuaire en plastique épais, n'était qu'une effigie carbonisée d'un homme recroquevillé en position fœtale, les muscles contractés, la peau noircie.

Il fallait que je trouve Gloria. Et vite.

J'ai traversé la rue et contourné une voiture de pompiers pour rejoindre un groupe qui regardait à une distance plus respectable. Il s'agissait principalement de gens de la rue, habillés dans des tons brun et vert sale. Pas de Gloria.

J'ai aperçu une petite femme trapue, vêtue de noir, avec un Minolta en bandoulière et un caméscope à la main, qui filmait deux hommes. L'un était un grand ado efflanqué, « locks » crasseuses, peau tavelée et piercings dans les sourcils, le nez et les lèvres. L'autre était beaucoup plus âgé et d'un aspect bien plus frappant. Un mètre quatre-vingt-cinq, le torse bombé, vêtu d'un costume en peau de requin qui lui serrait les épaules et lui moulait l'entrejambe. Un vrai roux, qui grisonnait opportunément. Son grand visage cabossé avait des sourcils roux et gris, comme du coton écru trempé dans le paprika, et un bouc roux, lissé au gel et raide comme une dague.

De plus près, je l'ai entendu interroger son cadet.

« Quand avez-vous vu Jimmy pour la dernière fois ?

– Je suis passé vers les neuf heures, a dit le jeune, et il jouait dehors avec son chien. Il avait un grand cône en plastique autour du cou – le chien, je veux dire. Je crois qu'il s'était fait amocher. Il y avait la meuf aux cheveux noirs avec lui. On s'est fait signe. Il était dans les neuf heures… dix peut-être. Ce que je sais, c'est qu'il faisait déjà nuit. »

Le grand type avait des manières aussi raffinées qu'un maître d'hôtel cinq étoiles.

« Et à quelle heure avez-vous commencé à voir les flammes ?

– Il y a une demi-heure environ, on était au square quand les voitures de flics sont passées. Alors on est venus voir. P'tain, c'était une vraie marmite là-dedans. Genre la chaleur faisait des vagues dans l'air. Toutes ces langues de serpent orange qui sortaient par les fentes, et puis *pschoutt !* un des murs a éclaté, p'tain, il y avait des flammes partout. Une méchante boule de feu a explosé par-dessus le tout, trop délire. Impressionnant. Ça m'a foutu une trouille d'enfer. »

Je me suis trop rapproché d'eux et quand j'ai relevé la tête, la petite femme ne braquait plus sa caméra vidéo sur les hommes mais sur moi. Elle était asiatique, avait entre vingt-cinq et soixante ans, et un visage agréable et joufflu qui me rappelait fortement celui de Mme Chung. Était-elle coréenne ? me suis-je demandé.

Quand je me suis penché pour sortir du cadre, elle a baissé sa caméra avec un sourire d'excuse.

« Oh mince, excusez-moi, quelquefois j'oublie carrément que j'ai ce foutu engin à la main. Désolée, en général, je pense à demander d'abord. »

L'aisance de son américain m'a étonné.

« Y a pas de problème, ai-je dit avant de tourner les talons pour m'en aller.

– Eh, connaissiez-vous Jimmy ? »

J'allais lui dire que non quand le grand type en peau de requin s'est approché, souriant de toutes ses dents.

« Qui avons-nous là, Hi-K ? a-t-il demandé à la femme. Un autre ami de Jimmy ? »

J'ai voulu démentir, mais il ne m'a pas laissé faire.

« Terrible, très triste. Je m'appelle Declan Poole, à propos. »

Il a tendu une grosse patte d'ours rose avec laquelle il m'a enveloppé la main.

« Je m'appelle Payton, ai-je dit, mais je ne suis pas un ami. Je passais par là, c'est tout. »

J'ai regardé Hi-K pour qu'elle confirme, mais elle brandissait de nouveau sa caméra et m'enregistrait. J'ai levé le sourcil.

« Oups, a-t-elle dit. Désolée, c'est l'habitude. » – Elle n'a pas arrêté pour autant.

Declan a de nouveau attiré mon attention :

« Je suis le rédacteur en chef de *The Weekly Cause*. C'est un journal de quartier. Habitez-vous le quartier, Payton ?

– Ouais.

– Alors vous avez dû le voir. Hi-K est mon photographe. – Et garde du corps », a-t-il ajouté avec un petit sourire en coin.

Elle a baissé l'objectif pour lui rendre son sourire, et sa ressemblance avec Mme Chung m'a de nouveau frappé. Ça m'a donné une idée, la première d'un maigre lot.

J'ai sorti mon portefeuille et la photocopie du mot que j'avais trouvé à l'épicerie.

Elle a zoomé dessus.

« Pouvez-vous lire ça pour moi ? ai-je demandé. Euh, traduire, je veux dire. »

Sa bouche s'est plissée en une moue dédaigneuse :

« C'est du coréen. Je suis chinoise. Vous croyez qu'on est tous les mêmes, Joe ? »

J'ai battu en retraite en m'excusant, mais elle m'a arrêté.

« Attendez. J'ai pas dit que je ne *pouvais pas* lire. Je vous faisais juste remarquer le truc.

– En fait, a expliqué Declan, Hi-K est hollandaise, elle est née et a grandi en Hollande, mais elle parle et écrit neuf langues couramment. »

Hi-K a regardé les quatre colonnes manuscrites, puis déclaré :

« Écriture de femme. Voyons voir. »

Elle a marmonné quelques mots en coréen avant d'ajouter, d'un ton déçu :

« Oh, c'est juste un mot pour un distributeur de bière, pour lui dire qu'ils ont fermé boutique et déménagé.

– Déménagé ? Déménagé où ça ? C'est marqué ?

– Je crois… c'est marqué Vancouver. »

Alors ça a fait tilt. Mme Chung avait parlé une fois d'une sœur qu'elle avait au Canada, qui dirigeait une chaîne de centres de photocopie. Je me suis souvenu de l'avoir entendue dire : « Un jour, nous irons là-bas », dans un anglais plus précis que je n'avais jamais voulu l'admettre. Ce jour était venu et ils étaient partis.

J'ai remercié Hi-K et repris le mot de Mme Chung, que j'ai plié et mis dans mon portefeuille à l'endroit où se trouvent normalement les photos de l'épouse et des enfants. Connaître la réponse ne me réconfortait en rien – une leçon que je n'ai jamais complètement assimilée.

Se désintéressant de moi, Declan Poole m'a souhaité le bonsoir et s'en est allé chercher pitance plus bavarde, tandis que l'œil ferme de Hi-K, à la caméra, balayait le secteur d'un mouvement panoramique. Je devais encore trouver Gloria.

À l'angle de l'Avenue D, il y avait un téléphone à

pièces éclairé. Je m'y suis dirigé en passant sous l'échafaudage de l'immeuble en construction qui faisait le coin. Des ténèbres de son entrée poussiéreuse, une voix s'est tout juste risquée à se faire entendre.

« Monsieur Sherwood ? »

Je me suis retourné, l'obscurité était impénétrable. Le vestibule abandonné dégageait une froide humidité d'argile mouillée. J'ai avancé d'un pas, en murmurant son nom :

« Gloria ? »

Un grondement vorace à hauteur de cheville m'a répondu, accompagné d'un souffle chaud qui m'a traversé la jambe de pantalon et hérissé les poils.

« Gloria ? »

Elle s'est avancée, attrapant la lumière de la rue ; elle avait les yeux luisants et bouffis, des taches de suie sur les joues. Une larme a coulé sur son visage, allant se perdre sous la ligne sombre de sa mâchoire comme une étoile filante. Ses lèvres étaient d'azur, et ce n'était pas du rouge à lèvres bleu.

Elle tenait Pike par une laisse en Nylon sale, enroulée à double tour autour de sa main. Le chien avait l'air d'un jouet brisé, avec sa gueule noire de suie et son collier-abat-jour fondu, réduit à un anneau cassé autour de son cou. Ses moustaches avaient brûlé et s'étaient ratatinées comme des têtes de clou noires.

Je lui ai tendu ma main à renifler, mais son grognement mouillé m'a arrêté. J'ai reculé.

« Il est protecteur avec moi, m'a averti Gloria.

– Je vois ça. Est-ce que ça va ? Qu'est-ce que tu fais là ?

– Les gens demandaient… ils voyaient Pike et ils voulaient savoir ce qui était arrivé à Jimmy. Il y avait quelqu'un avec une caméra. Et puis la police est venue et ils se sont mis à poser des questions, eux aussi, alors je me suis cachée ici. »

Moi aussi, je voulais poser des questions, mais cette entrée sombre et froide n'était pas le bon endroit.

Elle n'avait pas l'air très solide sur ses jambes, alors j'ai renoncé.

« S'il te plaît, lui ai-je dit, viens avec moi. »

Elle a rejeté la tête en arrière et reculé dans une zone d'ombre.

« Où ?

– Ailleurs qu'ici. Viens. Ça a de l'importance ? »

J'ai replié la main vers moi en un mouvement circulaire, comme si je pouvais l'attirer aussi facilement qu'un parfum.

Retranchée dans l'obscurité, elle a demandé :

« Pourquoi vous êtes venu ?

– C'est *toi* qui m'as appelé, tu te souviens ?

– Et qu'est-ce que vous voulez en échange ? »

J'ai soupiré.

« Tu crois vraiment que tu es la première personne à avoir le monde qui s'écroule sur sa tête ? T'es pas toute seule. Moi-même ça m'est arrivé plein de fois, et je ne m'en suis jamais sorti *tout seul*. Il y a toujours eu quelqu'un qui est intervenu pour m'aider – ne me demande pas pourquoi, je ne sais même pas. Quelquefois des gens que je connaissais, mais souvent aussi de parfaits inconnus. C'est quelque chose que tu dois rendre en le faisant à ton tour, c'est le seul moyen. C'est tout. »

Rien d'autre n'a été dit, mais Gloria est lentement ressortie dans la lumière de la rue. Nous nous sommes mis à marcher ensemble vers l'Avenue D, Pike s'arrêtant tous les mètres pour renifler un poteau indicateur ou un lampadaire.

Il ne fallait pas espérer trouver un taxi par ici. Nous avons remonté l'avenue jusqu'à la rue suivante, puis avancé vers l'ouest par des rues désolées qui brillaient comme du cuivre fondu. Les fantômes des sirènes – hurlements monosyllabiques pareils à des conversations de chats – flottaient dans l'air nocturne ; leur répondaient le nord de Manhattan et le sud, les quartiers ouest et Brooklyn.

J'ai remarqué que la manche droite de Gloria était réduite à des fragments fondus, et que les poils de son bras avaient brûlé. Une plaque de cloques boursouflées se formait sur sa main droite. Elle dégageait une forte odeur de fumée de bois. Qui occultait complètement le patchouli.

Je lui ai demandé où était son sac polochon. Elle n'a rien répondu. J'ai porté la main à mon paquet de cigarettes, mais il n'en restait qu'une, alors je l'ai gardée. Au bout d'un demi-pâté de maisons, elle a fini par dire, hébétée :

« Je l'ai laissé chez Jimmy.

— Qu'est-ce qui s'est passé là-bas ce soir ?

— Je vous ai déjà dit, *je sais pas*. Je ne...

— Écoute, je sais que tu en as pris plein la gueule, mais la seule façon de contre-attaquer, c'est de ne pas avaler sans broncher. Ne titube pas quand on te gifle et ne fais pas le dos rond sous les coups. Bon, au téléphone tu as dit que tu avais emmené Pike se promener ; c'était à quelle heure ?

— Je ne... dix heures, peut-être.

— Combien de temps êtes-vous restés dehors ?

— Une heure ou deux. Quand je suis rentrée, j'ai vu plein de lumière qui venait du jardin. Je... au début j'ai cru qu'il faisait brûler des ordures, mais la lumière était tellement vive.

— Est-ce qu'il y avait quelqu'un dans le coin ?

— J'ai vu personne. Je me suis rapprochée, et il y avait cette fumée noire... J'ai couru, les flammes jaillissaient de la cabane de Jimmy. Toute en flammes ! Comme un mur de feu. Pike m'a échappé et il y a couru tout droit. J'ai dû le tirer de force pour le faire sortir. Il était fou, il a failli me mordre. Ils ont *tué* Jimmy.

— Qui, Gloria ?

— Vous le savez.

— Stosh ? Pour Ellis Dee ? J'en doute. Ils ont déjà assez d'ennuis pour le moment.

– Forcé que ce soit eux.

– Je ne crois pas. Si ça a un rapport avec quelque chose, Gloria, c'est avec le meurtre de Ted. Sais-tu qui a tué Ted ?

– Non.

– Est-ce que c'est Jimmy ? C'est ça qui s'est passé ? Ils se sont battus à cause de ce que Ted avait fait à son chien et Jimmy l'a tué ?

– Non.

– Pourquoi était-il aussi tendu aujourd'hui ? Est-ce qu'il en reprenait ?

– Jimmy se droguait pas.

– Ce n'est pas ce que disait ton ami Seth.

– Ce connard ? C'est pas un ami. Juste un petit étudiant que Droopy pompe en ce moment, et dont il squatte la chambre. Rien qu'un parasite. »

Ça me semblait plus fusionnel que ça, mais j'ai laissé passer. L'école, c'était bel et bien fini. J'ai repris :

« Seth a reçu un coup de fil de Jimmy cet après-midi, il a dit qu'il avait l'air déjanté. Qu'est-ce qui a pu le bouleverser à ce point ?

– Je ne sais pas.

– *Glory* (j'ai fait exprès d'employer le nom que Jimmy lui donnait). Parlons franchement. Ça devait être à peu près au moment où tu as ramené Pike à la maison. Que s'est-il passé ?

– Rien. Je lui ai juste raconté pour Powers. Et j'ai parlé de *vous*, et de ce que vous m'aviez dit, que Stosh avait tué Powers, et que… que Ted était mort.

– Est-ce que c'était du nouveau pour lui ? »

Elle n'a pas répondu.

« Dis donc, t'as pas entendu le capitaine des pompiers, là-bas. Il s'apprête à classer la mort de ton ami comme un accident. Rien qu'un junkie de plus qui a volé trop près des flammes.

– Jimmy n'était pas…

– Ça fait rien. Ça change quoi pour eux, à ton avis ?

Comme ça, c'est propre et net. Beaucoup moins de formulaires à remplir que pour un homicide. Tout le monde est content, sauf peut-être des gens comme toi, une portion de la population qui n'a même pas assez de piston pour se servir des toilettes publiques.

– Ils ont assassiné Jimmy.

– Mais pour que les flics voient les choses comme ça, nous devons leur apporter quelque chose en plus. »

Elle s'est avancée avec raideur, de quatre pas. Et elle a dit :

« Jimmy était d'humeur vraiment bizarre, tout silencieux. Il a attrapé la binette et s'est mis à la balancer en décapitant des plantes. Je lui ai demandé ce qu'il y avait, c'était comme s'il ne m'entendait pas. Et puis… il m'a dit… il a dit qu'il allait les obliger à *s'arrêter*, que s'ils ne me laissaient pas tranquille, il irait dire aux flics…

– Dire quoi ?

– Il a dit qu'il avait vu qui avait tué Ted, il était là-bas le matin où ça s'est passé.

– À l'appartement de Ted ? Quand était-ce ?

– Jeudi matin à l'aube, il nous cherchait, Pike et moi. Je ne l'avais pas encore vu ni prévenu de ce qui s'était passé. Ce n'est que l'après-midi que je lui ai dit. Je… j'ai attendu trop longtemps. Il était dans tous ses états. Il est allé là-bas en croyant que Ted nous avait tués ou un truc dans le genre… Quand il est arrivé, Teddy avait du monde chez lui, alors il a attendu dans le couloir. Après leur départ, Jimmy est entré et l'a trouvé, et alors il s'est cassé vite fait.

– Est-ce qu'il était sûr que Ted était mort ?

– Il s'en fichait. Jimmy le détestait parce qu'il me tapait dessus. Il a dit qu'il l'avait bien mérité, et peu importe qui l'avait tué.

– Jusqu'à ce soir.

– Ça, c'est à cause de *vous*, vous êtes venu chercher après moi, poser des questions sur Ted.

– Tu aurais préféré que je fasse comme si de rien

n'était ? Tu vivais avec lui. Ted méritait-il de se faire emboutir le crâne et d'étouffer dans un sac plastique ?

– C'est comme ça que… ?

– Réponds-moi, méritait-il de se faire exécuter ? »
Elle a haussé les épaules.

« Peut-être. Je ne sais pas.

– Tu vivais avec lui. Tu as dû l'aimer, à un moment donné.

– Mais vous délirez, ou quoi ? C'était *l'hiver*, et il avait *un lit*. On n'était pas Roméo et Juliette ! (Sentant sa colère, Pike a dressé les oreilles et grondé contre moi.) Je le retrouvais à la sortie de la boîte après la fermeture, je rentrais chez lui, je le baisais s'il pouvait encore, et puis je dormais jusqu'à ce qu'il me foute dehors le lendemain matin. Des fois, il se tirait par une entrée latérale et il me laissait toute la nuit dans le putain de froid ! Qu'est-ce que vous croyez que c'était, bordel ? De l'amour ?

– Arrête.

– Mais quand est-ce que vous allez grandir ? ! »

On aurait dit que sa voix était devenue plus dure et plus âgée, à présent ; je me suis demandé de qui elle l'avait héritée. Peut-être que ça avait été une des piques préférées de sa mère. Ou de Ted. Mais d'où la tenaient-ils eux-mêmes ?

Nous arrivions au coin de l'Avenue B et de la 10ᵉ, pas le bon endroit pour une scène un vendredi soir, trop de monde qui se balade, même à cette heure tardive. Au coin d'en face, il y avait une terrasse à la mode. Deux taxis attendaient devant. J'en ai hélé un, qui a fait un grand demi-tour illégal et s'est arrêté au bord du trottoir.

« Où est-ce qu'on va ? » a demandé Gloria.

J'ai pensé « les urgences » mais j'ai dit :

« À mon bureau. Il faut que nous passions ta main sous l'eau froide. Comment va-t-elle ? »

Des cloques s'étaient formées sur ses doigts comme un gant de cire ; ça pouvait être une brûlure au deuxième degré, mais j'avais peur de l'emmener à l'hôpital, de risquer de la perdre à nouveau.

« Elle est tout engourdie, a-t-elle dit. Ça me fait mal quand je la plie.

– Essaie de la tenir au-dessus du niveau du cœur. »

Je lui ai ouvert la portière du taxi :

« Tu viens ? »

Pike est entré d'un bond. Gloria a lâché sa laisse et l'a suivi avec beaucoup moins d'enthousiasme. Je suis monté devant à côté du chauffeur, m'enfonçant jusqu'aux chevilles dans des boîtes de Kentucky Fried Chicken pleines d'os de poulet desséchés.

Le trajet a été rapide, par des rues de marcheurs solitaires, d'ouvriers de la dernière équipe rentrant chez eux une fois de plus. J'ai essayé d'entrevoir Gloria dans le rétroviseur du taxi, à la lumière des lampadaires et des phares que nous croisions en filant, mais n'ai réussi qu'à me donner un peu mal au cœur. Le chauffeur nous a déposés au coin de la 11e. Aucun de nous deux n'a fait allusion à notre rencontre à cet endroit.

Arrivés à mon bureau, je l'ai envoyée tout droit à la salle de bains. Le chien l'y a précédée. J'ai apporté une chaise de la cuisine et l'ai posée devant le lavabo. J'ai ouvert l'eau froide. Elle s'est assise et a mis la main dessous. Quand elle a grimacé, j'ai mieux vu son visage ; brûlé, lui aussi, ses sourcils noirs comme des chenilles desséchées au soleil. J'ai trempé un gant propre puis l'ai essoré pour qu'elle se le mette sur la figure.

J'ai entendu un lapement. Pike buvait dans la cuvette des toilettes. Je suis allé chercher une casserole d'eau dans la cuisine et l'ai déposée sur le carrelage de la salle de bains. Pike l'a regardée comme s'il était incapable d'imaginer à quoi elle pouvait bien servir. Gloria l'a appelé. Elle lui a essuyé la gueule avec le gant, en le passant délicatement autour de ses yeux et de ses oreilles roussies. Elle s'est mise à pleurer.

Pendant qu'elle faisait ça, je suis ressorti et je suis allé en face, à la supérette hors de prix. J'ai acheté, au prix fort, du lait, du jus d'orange, des crackers Ritz, du cheddar et des croquettes pour chien. Il me restait 14 dollars. Quand je suis rentré, Gloria tamponnait toujours les bajoues roussies du chien, mais elle avait cessé de sangloter.

J'ai rempli un bol d'acier inoxydable de croquettes pour chien et j'y ai mélangé de gros bouts de cheddar. J'ai découpé des tranches plus fines que j'ai mises sur une assiette, avec des crackers. Ma recette personnelle.

Le tintement du métal quand j'ai posé le bol sur le sol de la salle de bains a attiré leur attention à tous deux. J'ai emporté l'assiette et l'ai posée en équilibre au bord du lavabo, à côté de Gloria.

« Fais voir ta main, ai-je dit.

– Ça me fait des élancements. »

Ça n'avait pas l'air aussi grave que j'avais cru. Les cloques étaient roses, pas rouges ; fines, pas gonflées. Peut-être un brûlure au premier degré seulement, en fin de compte.

Pike s'est mis à fouiller du museau dans le bol en métal, débusquant les bouts de fromage d'un coup de langue et croquant de temps à autre une boulette dure.

Je me suis retourné vers Gloria. Elle aussi grignotait du fromage.

J'ai dit :

« Mercredi soir.

– Quoi mercredi soir ?

– Mercredi soir quelqu'un a volé de la drogue à la boîte et on t'accuse...

– Encore cette histoire. » Elle a roulé des yeux.

« Ensuite, jeudi avant l'aube, Ted est assassiné. Il y a un rapport. C'est obligé.

– Ted était pas là. Je te l'ai dit, Ellis l'avait renvoyé.

206

– Mieux, encore : c'est un amant éconduit *et* un employé mécontent.

– Ce n'était pas mon…

– Le truc, c'est qu'en volant la drogue, il vous mettait dans la merde, à la fois toi et les types qui l'ont viré. Ça porte sa marque. »

Elle a ouvert la bouche et bâillé.

« D'accord, d'accord. Mais comment ?

– Ted était barman à la boîte. Est-ce qu'il avait les clés ?

– Ouais, mais ils les lui ont reprises.

– Il aurait pu faire des doubles, ai-je dit. Juste de celles dont il avait besoin, des clés du bureau de Dee par exemple. La question, c'est à qui il les a données.

– Je ne sais pas… je ne… qui vous croyez… »

Elle a répondu à mon œil froid et scrutateur par un regard rêveur de petite fille. Elle avait les paupières lourdes comme des sacs, et ne les maintenait ouvertes qu'en plissant très haut le front. Finalement, elle les a relâchées. Le gant lui a glissé des doigts et s'en est allé boucher l'évacuation du lavabo. Qui a commencé de se remplir.

« Alors ? Quelle est la réponse, vous qui êtes si malin ? a-t-elle demandé.

– Tu m'as dit que c'était un ami qui s'était occupé de te procurer un travail chez Dee. Tu voulais parler de Ted, c'est ça ?

– Pas du tout. Non, non, c'est Droop qui m'a dit qu'il avait parlé à Ellis. Il m'a arrangé le coup. Droop travaille là-bas, plus ou moins.

– Comment es-tu entrée dans le bureau privé ?

– Ch'ais pas. J'ai retrouvé Droop là-bas, c'est tout. La porte était ouverte… lumières allumées… mais y avait personne… »

Ses yeux ont cligné une fois, puis sont restés clos.

Au bout de quelques secondes, j'ai tendu la main et fermé l'eau. Elle a ouvert les yeux d'un coup, mais les paupières se sont à nouveau déroulées en douceur.

« Tu peux arrêter de la faire tremper, maintenant », ai-je dit.

J'ai sorti ma trousse de secours et en ai retiré quatre grandes compresses stériles et du sparadrap. J'ai essuyé sa main puis l'ai enveloppée dans les compresses, l'une par-dessus l'autre, en les fixant sans trop serrer.

« Ça fera l'affaire pour le moment, ai-je dit. Tu peux aller t'asseoir, maintenant. »

Elle a obéi à mon ton de médecin généraliste, suivie de Pike.

J'ai jeté les emballages des pansements et retiré le gant du trou du lavabo. L'eau s'est engouffrée en tourbillon. Le temps qu'elle se vide entièrement, Gloria s'était endormie sur mon canapé. Pike roulé en boule à ses pieds, par terre ; avec son pelage blanc et miel, il avait l'air d'une balle de foin.

Exactement ce dont j'avais besoin : une adolescente en fugue un peu brusque aux entournures et son pit-bull orphelin. Le pire, pourtant, c'était que je l'enviais un peu, ce petit bout de mioche du Vermont : à peine trois mois en ville et des gens essayaient de la tuer.

Il était deux heures trente-neuf du matin. Je me suis assis à mon bureau et j'ai attrapé le téléphone. J'ai appelé Tigger. Son répondeur s'est enclenché mais je n'ai pas laissé de message. J'ai raccroché et commencé de composer le numéro de Matt, mais me suis interrompu. Il serait bien temps demain de m'entendre dire : « J'te l'avais bien dit. »

J'étais inquiet. Un besoin subit et incontrôlable d'aller faire le tour des boîtes.

J'ai décidé de me changer d'abord. Je me suis changé.

Gloria ne s'est pas réveillée. Pike ronflait.

Au moment de franchir la porte d'entrée, je me suis arrêté, quelque chose me tarabustait, comme si j'avais oublié de fermer le gaz. Aucun des becs de la cuisinière n'était allumé, aucun robinet ouvert. J'ai balayé du regard l'appartement, sans arriver à trouver ce que c'était. Et puis ça m'a frappé d'un coup : c'était l'appartement que j'oubliais. Je m'apprêtais à sortir en laissant tout ce qu'il contenait entre les mains d'une fille qui m'avait volé ma montre la nuit précédente. *Où était l'erreur ?*

J'ai regardé une dernière fois ma chaîne stéréo, ma télé, mon magnétoscope, mes CD et ma platine laser, en leur disant au revoir à tous. Les dossiers de mes clients étaient à l'abri dans le coffre blindé construit dans le sol de béton de la cuisine, avec mon Luger 9 mm, une boîte de cartouches et une douzaine de vieilles lettres d'amour de Clair. Les trucs vraiment dangereux étaient sous clef.

Chapitre 18

UNE FOIS DANS le taxi, je ne suis plus arrivé à me rappeler l'adresse de la boîte. J'avais l'impression de vieillir de minute en minute, avant peut-être d'expirer prochainement. J'ai vaguement expliqué au chauffeur :

« C'est à Chelsea, je crois. Une boîte de nuit, qui s'appelle le Hell…

– 21e et 6e, a-t-il dit. On est partis, chef. »

Le taxi a bondi dans le flot de la circulation. Le chauffeur était un type blanc au cou fripé, avec des taches de vieillesse et des cheveux en brosse poivre et sel avec lesquels on aurait pu nettoyer des crampons, mais sa radio diffusait du reggae bon vivant, la version studio du « Stir It Up » de Bob Marley.

Le chapelet de feux verts s'étirait le long de la Sixième Avenue aussi loin que portait mon regard, et ils sont restés au vert sur les dix pâtés de maisons que nous avons parcourus. La vapeur qui s'échappait des fissures de la chaussée donnait à l'air un aspect d'eau trouble, et aux voitures qui la traversaient celui de sous-marins.

Au coin où m'a déposé le taxi était rassemblé un

groupe de gens à l'accoutrement exotique, en tenues de soirée à jabot plissé et robes moulantes. Ce n'était que le bout d'une queue qui s'étirait en serpentant à l'angle de la rue sur la moitié du pâté de maisons, gonflée par endroits comme par des rats non digérés dans un estomac de boa. Trois limousines à rallonge – deux noires, une blanche – étaient garées en double file en haut de la rue, là où la queue se terminait enfin, devant l'entrée d'une église étroite et haute en granit brun noirci par le temps.

Je suis allé pile devant, à l'entrée vivement éclairée, en forme de mains en prière, et me suis présenté comme si j'étais Quelqu'un. Des cordes de velours, tendues entre des piquets métalliques à hauteur de taille, traçaient la limite entre les initiés du tapis rouge et ceux qui étaient condamnés à rester dehors toute la nuit. Derrière les cordes, deux brutes bien habillées décidaient arbitrairement de qui pouvait passer, sans un brin de compassion sur leur visage sévère et bardé de muscles.

L'un d'eux était Benny, à présent vêtu d'un costume blanc immaculé comme s'il était là pour faire sa première communion. Un peu tard. J'aurais bien aimé avoir une poignée de terre à balancer.

L'air las, il écoutait un jeune homme qui se plaignait en braillant de s'être fait refuser l'entrée, un jeune Blanc maigre qui portait des lunettes à la John Lennon et une veste en tweed.

« Si c'est plein, comment ça se fait que vous ayez fait rentrer ces trois-là à l'instant ? »

Benny a grogné sous l'effort de la communication.

« Ils étaient là avant.

– Non, ils étaient pas là, ils étaient pas là. Je suis là depuis une heure et demie et ils viennent d'arriver dans cette limousine blanche, là-bas. Celle-là. »

Benny a détourné la tête et le jeune homme a grommelé quelque chose d'acerbe dans sa barbe. Benny a fait volte-face :

« Comment tu m'as appelé, là ? »

Il a décroché une des cordes et s'est avancé. Le jeune a battu en retraite en reculant dans les gens de derrière, en leur marchant sur les pieds, pour se voir renvoyer direct vers Benny.

Et je me suis dit que c'était le *bon* moment pour intervenir. Accro à la confrontation, j'avais besoin de ma dose.

« Eh, beau Ben ! ai-je lancé assez fort pour dévier son élan. Si tu te remettais au boulot ? J'ai besoin d'un portier ! »

Il s'est retourné, et la fureur dans ses petits yeux a éveillé une haine égale dans les miens lorsque je me suis rappelé ce même regard la veille, fixé sur moi pendant que les bottes me pleuvaient lourdement dessus en une rotation incessante.

« T'es qui toi, bordel ? » a-t-il aboyé.

Je n'ai pas répondu.

« Retourne dans la queue, connard. »

Je n'ai pas obéi. Alors il m'a remis.

« Hé, qu'est-ce que tu branlais ? Stosh a méga les boules.

– J'avais une réunion de scouts au coin du *feu* », ai-je dit.

Un mot jeté au hasard, qui, c'était à prévoir, a rebondi sur sa tête comme un Frisbee mal lancé. Pas la moindre réaction au mot *feu* sur son visage. Ça ne m'a pas étonné ; avec ce costume blanc, il ne risquait pas d'être passé du côté de la cabane de Jimmy ce soir.

Benny avait ses accessoires de videur accrochés à la ceinture : une torche, des clés, du gaz lacrymogène, un talkie-walkie, et quelque chose qui avait l'air d'une matraque électrique raccourcie. Il a détaché le talkie-walkie et parlé dedans. Un mince fil noir montait à son oreille.

« Équipe Un ? Ici équipe quatre… Stosh ? Y a ce mec qui vient d'arriver… Hmm hmm… Je sais pas, tu veux que je voie ?... Hmm hmm... Ouais, OK... Je m'en occupe. »

Il a raccroché le talkie-walkie à sa ceinture, l'a tripoté pour le remettre bien comme il fallait.

Il a appelé l'autre videur, un Incroyable Hulk couleur cuir en short kaki et polo noir brodé d'un logo rouge.

Le second videur lui a demandé :

« T'as un problème avec ce gus ?

– Non, je l'emmène voir Stosh. Couvre la porte. »

Et dans un murmure, il a ajouté :

« Et laisse pas entrer cette petite fouine.

– Ça roule. »

Benny m'a fait signe de le suivre. J'ai porté un dernier regard sur la longue file de visages malchanceux. Toujours prisonniers des limbes de l'attente, une multitude d'yeux m'ont regardé entrer. Ils étaient bien mieux là où ils étaient, du moins c'est l'impression que j'avais de mon côté du cordon de velours.

Benny m'a fait monter les marches de pierre menant à la porte. Au-dessus de l'entrée, un avertissement était inscrit en lettres noires à contours dorés sur un panneau rouge : TOI QUI ENTRES ICI, RENONCE À LA FRIME.

Je lui ai demandé où il m'emmenait.

« Tu verras. »

Il en faisait trop ; manifestement, la ruse n'était pas son fort. Je ne savais pas où j'allais, mais ça n'allait pas beaucoup me plaire.

Cela étant, pourquoi étais-je venu, si ce n'était pour me faire tabasser dans une arrière-salle quelconque ? Quelqu'un devait être puni pour avoir mis le feu chez Jimmy. Peut-être qu'au final ce serait moi.

Les portes géantes se sont ouvertes, et nous avons plongé dans un vacarme sourd et menaçant.

À l'intérieur, une femme aux cheveux fuchsia, assise sur un tabouret de bar, contrôlait les pièces d'identité. Elle nous a jeté un coup d'œil à Benny et moi, puis s'est complètement désintéressée de nous. Plus loin, par-delà deux détecteurs de métal sur pied, deux grands types fouillaient les nouveaux arrivants, regardaient dans les sacs à main et retournaient les poches, en quête d'armes ou de drogues cachées.

Un des hommes a trouvé une petite bouteille marron à laquelle était fixée une minuscule cuillère en argent. Il l'a jetée derrière lui, dans une boîte tapissée de satin, puis a laissé passer son propriétaire sans l'importuner. Je me suis demandé ce qu'il advenait de la contrebande après la fermeture.

Benny a déclenché le détecteur de métal en passant.

« Fouille-le », a-t-il dit au gars de faction.

De longs doigts poilus m'ont couru sur le corps avec une célérité de singes-araignées cherchant des puces. Ils m'ont temporairement dépouillé de mon portefeuille, de mes clés et d'un paquet de cigarettes froissé. C'est tout ce que j'avais sur moi, tout ce que j'avais tout court peut-être. Le type a regardé Benny en secouant la tête.

« Où est-elle ? m'a demandé Benny.

– Je me suis dit que vous essayeriez de m'arnaquer, les mecs, alors j'ai pris mes précautions. »

Ça sonnait bien. J'aurais aimé que ce soit à moitié vrai.

« Mec, Stosh va te niquer la gueule, a dit Benny. T'es une grosse conne, tu sais ça ? »

Fin psychologue. J'ai répliqué :

« Et comment va votre pote Wade ? Toujours des nôtres ? »

Il n'a pas répondu, trop occupé à réfléchir ou alors à écouter les instructions qui lui parvenaient dans son oreillette. Sans doute les deux à la fois.

« Viens avec moi », m'a-t-il dit.

Par des portes capitonnées de cuir bordeaux foncé qui basculaient en douceur, nous sommes entrés dans la boîte à proprement parler. Un déluge de son et de lumière assaillait les sens et la raison.

214

L'atmosphère tremblait, secouée par un tapage aux origines multiples, percussions lancinantes, battements de mains samplés et cris électroniques. Le parfum de l'air épais était composé de fumées de cigare, de cigarette, d'herbe, de clou de girofle, et d'un brouillard artificiel que déversait une machine fixée en hauteur. Des rayons laser sillonnaient agilement cette obscurité trouble.

L'immense piste de danse débordait de monde. J'ai porté le regard sur une étendue de têtes et d'épaules, une vague de corps en contorsion – à mon avis, ils n'avaient pas le droit d'accepter autant de gens. Légalement, combien de personnes la salle pouvait-elle accueillir, 666 ? La foule en comptait peut-être le double.

La plupart des hommes étaient habillés BCBG, style les Kennedy font la fête dans leur grande propriété, en chemise à col boutonné et pantalon de treillis. Les femmes présentaient une plus grande diversité, couvrant toute la gamme allant du clinquant à trois sous à l'élégance internationale, avec des chevauchements de genres échevelés. Des clubbers de tous les coins du globe, de toutes les formes, tailles et langues, qui bougeaient comme un seul peuple balayé par la mélodie, renversé par le tempo.

Au fond de l'église, sous un vitrail jaune et orange, là où il y avait autrefois un autel, se trouvait la cabine du DJ. Un homme chauve et torse nu, en caleçon à pois, présidait aux platines et séquenceurs, tournoyant pour ajuster des boutons, régler des niveaux, accélérer son mix. Il faisait allègrement déborder les morceaux les uns sur les autres, ce qui ne laissait pas le temps de souffler à ses acolytes.

Benny a traversé l'arène moite, se fendant un chemin dans la cohue.

J'ai balayé du regard la marée de visages éclairés par un chassé-croisé frénétique de mini spots pivotants. Certains étaient souverains et essoufflés, d'autres tristes et en sueur, quelques-uns hargneux et paumés. Je lisais la quête dans tous les regards, le bonheur dans aucun. Ce n'était pas un lieu pour le bonheur, seulement pour le désir.

Mon regard errant a buté sur un visage familier parmi tous ces inconnus.

Droopy, en survêtement rose saumon fin comme du papier, au passepoil blanc rayé. Il était debout au bar, en conversation avec une jeune femme grande et svelte à l'impeccable chevelure blonde, qui portait une jupe plissée bleue avec un tee-shirt coupé barrant sa petite poitrine arrogante d'un logo « Wonder Bread ».

Lui, il fallait que j'aille lui parler. Et elle, je n'avais rien contre le fait de la voir de plus près.

D'abord, je devais semer Benny. Aussi simple que de nouer mon lacet ; je me suis simplement baissé et glissé dans la foule déchaînée. En un éclair, je m'étais perdu au milieu des coups de coude, des ventres nus et des hanches tournoyantes. J'avais connu des endroits pires. Je n'ai pas tourné la tête, suis juste resté près du sol, en m'enfonçant dans la direction du bar, ne me levant que pour reprendre mes repères.

J'ai émergé de l'autre côté de la piste, à plus de trois mètres de Droopy.

La fille et lui parlaient toujours – criaient, plutôt ; ils étaient obligés, à cause du vacarme. Quand je me suis approché, elle lui écartait ses cheveux raides et blond décoloré, découvrant le Sacré Cœur tatoué avec art sur son cou. De l'autre main, elle a glissé quelque chose de vert dans la poche poitrine de son survêtement. Droopy a ri en ramenant ses cheveux sur ses yeux, tandis que son autre main tirait soigneusement la fermeture Éclair de la poche.

Je suis allé au bar et j'ai commandé une Rolling Rock en hurlant, vague gémissement dans le tumulte. La scintillante barmaid – sosie de Morticia Adams, avec ses paupières ébène et sa bouche réglisse – a lu sur mes lèvres et décapsulé une bouteille, l'a posée sur le bar et a ramassé mon billet de 10. J'ai attendu la monnaie, attendu, attendu, et puis j'ai décidé de poursuivre ma vie.

La bouteille était froide et dégoulinante de glace, la bière désaltérante et délicieuse. Appuyé au bar, j'ai regardé Droopy par-dessus le goulot. Il était sur un genou, l'air de lacer ses chaussures, portant toujours les tennis multicouches compensées que je lui avais vues le matin (à moins qu'il n'en ait eu *deux* paires). Plus je regardais, pourtant, moins il avait l'air de nouer ses lacets ; ses doigts s'activaient en fait plus bas sur le côté de l'épaisse semelle. Lorsqu'il s'est relevé et époussetté, il a gardé une main à demi fermée.

J'ai décollé du bar, vogué et navigué vers eux, en me rapprochant suffisamment pour sentir le parfum de la jeune femme – mûre et lilas – et entendre une bribe de ce que Droopy criait à son oreille douce et duveteuse.

« ... *file plus tard, essaie Fugi's Den quand il fera...* »

C'est tout ce que j'ai pu entendre avant d'être hors de portée de leur voix. J'ai fait deux pas de plus, bu une longue goulée à la bouteille, et me suis retourné pour les regarder.

Avec un sourire radieux, la femme a glissé quelque chose sous la ceinture élastique de sa jupe bleu ciel. Elle a envoyé un baiser à Droopy d'une main, puis est partie dans une pirouette, souple comme un serpentin de soie. Le flot houleux de la foule environnante s'est refermé sur elle.

Droopy s'est retrouvé tout seul. Je ne pouvais quand même pas le laisser comme ça, hein ?

Il n'a pas entendu mon bonjour quand je suis arrivé à sa hauteur, alors je lui ai tapoté le creux du coude, à l'endroit de la shooteuse. Il n'avait pas de marques, cela étant, ce n'était pas son truc.

217

Il a eu la surprise molle, décontractée :

« Eh, mec, ça va ? » a-t-il lâché d'une voix aimable et pâteuse.

Même avec ses grosses chaussures compensées, il faisait à peu près ma taille, pas plus. J'ai reçu une bonne bouffée de son haleine à la figure, un mélange de relents écœurants et d'effluves de pastilles à la cerise pour la gorge.

« Eh, Droopy, ça va, ai-je répondu, avant de hurler : *Tu te souviens de moi ?*

– Euh… *non.*

– *On a déjeuné ensemble.* »

Je l'ai regardé cogiter, le visage à demi caché par les cheveux. Ses yeux gris se sont voilés, troublés par son incapacité à se rappeler. Peu à peu, cependant, la mémoire lui est un peu revenue.

« Ah ouais, *ouais*, t'es le vasy veutu vaseux que glo ! »

J'ai essayé d'y piger quelque chose, en vain, alors j'y ai renoncé et j'ai cherché du regard un endroit plus tranquille où discuter. Trois mètres plus loin, un escalier descendait vers le sous-sol. Quel sous-sol, je n'en savais rien, mais ça valait mieux que d'attendre ici que les videurs me tombent dessus.

J'ai attrapé Droopy par le bras et je l'ai tiré. Après mon expérience avec Gloria, je m'attendais à ce qu'il résiste, mais ce n'était pas dans sa nature. Il a obéi avec un sourire aimable et inexpressif, en trottinant agilement sur ses pierres de gué portatives, tout à fait à l'aise, sans crainte aucune. Pendant que nous descendions au niveau inférieur, cinq personnes qui montaient lui ont dit bonjour, l'une d'elles en l'appelant par un autre surnom : Rhino.

L'escalier débouchait à l'entrée d'un étroit labyrinthe drapé d'écarlate et de rose. Nous nous sommes taillé un chemin en pataugeant au milieu des corps, bousculés à chaque pas par des chairs chaudes imbibées d'alcool et des tee-shirts trempés. La musique martelait trop fort pour rester poli ; il fallait recourir à la force pour avancer. Je me faisais l'effet d'un caillot de sang en pleine angine de poitrine.

Droopy se débrouillait mieux, il naviguait habilement dans le couloir encombré comme s'il en connaissait le rythme. Il s'est détaché de moi.

J'ai tendu la main mais, dans la confusion générale, j'ai attrapé le bras d'un autre homme. Il m'a adressé un sourire engageant et chaleureux. J'ai poursuivi mon chemin de plus belle.

Droopy était à un mètre cinquante devant moi. Je luttais pour ne pas quitter des yeux ses cheveux blond décoloré. Mais alors le couloir a fait un coude et il est passé de l'autre côté. Le temps que je débouche du tournant, je l'avais perdu de vue.

Dans cette portion de couloir, plusieurs portes donnaient sur des pièces latérales, l'une étant l'entrée d'une immense fosse sombre où des skinheads pogotaient sur du punk rock combustible. À l'intérieur, une fille aux cheveux roux dégueulait sur un *woofer* posé au sol.

J'ai regardé dans la pièce suivante, un bar à l'éclairage bleu et vert, aux murs aigue-marine parsemés de paillettes. Le barman préparait une fournée de *Jell-O shooters* au citron vert. Des couples dansaient un slow sur « Babyface ». Aucune trace de Droopy.

La foule s'étiolait à mesure que je m'enfonçais. Pour finir, je suis arrivé à une partie du couloir où il n'y avait que cinq personnes qui gloussaient en fumant de l'herbe dans un cigare évidé, au bout rogné. Après eux, il y avait une porte encadrée d'un liseré de peinture dorée. À l'intérieur, la musique était douce et abstraite comme un petit banc de baleines à bosse récitant des haïkus sur des mélodies instrumentales d'ABBA.

La pièce avait la forme de la Floride posée sur sa côte Ouest, et elle était aussi dense et ombragée que les Everglades. Des guirlandes de serpentins lourdes de

poussière pendaient du plafond bas comme des filaments de mousse d'Espagne. Dans chaque mur étaient
encastrés des petits box privés, dans le style d'un café-
brasserie traditionnel. J'ai fait le tour en pointant le nez
à l'intérieur de chacun, jusqu'au moment où j'ai
trouvé Droopy, assis dans un box à rideaux, du côté de
Key Largo.

Le visage derrière une serviette : j'ai d'abord cru
qu'il se mouchait, mais il n'arrêtait pas de remonter les épaules comme s'il inhalait. Ce qu'il faisait
d'ailleurs. Dans le box, les vapeurs étaient palpables.
De l'*éther*. Ça faisait mon affaire. Je voulais qu'il soit
un peu ramollo quand nous parlerions. Peut-être que
ça aurait le même effet que le Pentothal. Je me suis
assis à la place d'à côté, en le coinçant à l'intérieur.

Droopy a laissé tomber la serviette sur ses genoux.
Du verre a éraflé la table.

L'innocence même, il m'a dit :

« Eh, t'étais passé où, mec ? J'ai cru que je t'avais
perdu.

– Oui, c'est ça. Où est ton copain Seth, ce soir ?

– Il est là. Je l'ai laissé en haut. Eh, tu veux lui parler ? (Il a commencé à glisser vers moi.) Je peux…

– Non, restons un peu assis, faisons connaissance.
Ce matin, on a à peine eu le temps de parler. À propos, tous mes compliments. C'est une bonne petite
combine que tu as là.

– Hein ?

– Tu sais. Ton truc avec ta chaussure. Je parie qu'ils
n'y voient que du feu partout où tu te fais fouiller. »

Même la tête prise dans les vapeurs, il s'est
redressé brusquement sur la banquette. De toute
façon, il avait sans doute développé une accoutumance au produit, à présent, et il devait lui en falloir
de plus en plus pour provoquer la montée dont il se
souvenait et dont il avait besoin.

Ce n'était pas mon cas. L'éther faisait vaciller ma

vision, et j'ai dû pencher la tête hors du box pour respirer une bouffée d'air frais.

« Hein ? a dit Droopy.

– Ton adresse et ton ingéniosité sont véritablement dignes de louanges. (Les vapeurs m'étaient vraiment montées à la tête.) Ça te gêne si je jette un coup d'œil ? »

La question était purement rhétorique, car j'ai plongé sous la table et décollé du sol sa volumineuse chaussure gauche. Je l'ai saisie à deux mains et l'ai tirée vers le haut. Il a glissé dans la banquette, essayé de retirer le pied, mais je tenais bon. Je me démenais pour enlever la tennis à semelle compensée. En défaisant le haut du lacet, j'ai fini par dégager son talon sans chaussette, et tout le pied a suivi. Il avait du vernis mandarine aux ongles des orteils. J'ai refait surface en tenant la grosse chaussure.

« Ouaouh ! Dévor-Odor, tu connais pas ?

– Mais qu'est-ce que tu fous ? Rends-moi ma grolle !

– Tout de suite. »

Je l'ai retournée dans ma main, en scrutant les interstices entre les couches jusqu'au moment où j'ai trouvé ce que je cherchais : les dents serrées d'une fermeture Éclair bordant la semelle intérieure. J'ai saisi la languette et l'ai tirée.

Droopy a essayé de m'en empêcher en plantant les doigts dans mon bras, en me labourant la peau avec les ongles. J'avais subi assez de mauvais traitements pour une journée. Mettant en pratique la théorie de la répercussion des violences, je lui ai envoyé mon coude gauche dans la poitrine, dans la région du plexus solaire. Il s'est effondré en suffoquant au fond du box.

Tout en secouant le coude pour en dissiper les fourmis, j'ai achevé d'ouvrir la glissière de la chaussure. Entre les couches de caoutchouc mousse spongieux est apparue une semelle creuse, un compartiment secret aussi large et profond qu'un portefeuille ouvert, seulement il n'y avait pas d'argent à l'intérieur.

J'ai vidé le contenu sur le plateau de linoléum étoilé de la table. C'était comme soulever une carcasse et voir dégringoler les vers : des centaines de microsachets jaunes sont tombés en cascade.

Je ne sais pas à quoi je m'attendais, mais probablement pas à avoir raison, pour une fois. Il m'a fallu une minute pour réaliser. J'ai ramassé un des microsachets du bout d'un doigt, rien qu'en faisant adhérer le plastique à ma peau. Il contenait l'équivalent d'un quart de cuillerée à café de fine poudre blanche bien tassée. Je l'ai levé à la hauteur de mon nez et j'ai examiné la corne incurvée imprimée en bleu sur le paquet.

Droopy a repris le contrôle de sa respiration, suffisamment pour grommeler, en colère et offensé :

« Putain, c'est quoi ton problème ? »

Les yeux vifs et grands ouverts, il se massait l'endroit où je lui avais donné un coup de coude. La douleur l'avait ramené d'un coup au monde peu reluisant de la dure réalité. Un tic d'angoisse lui plissait la joue comme la peau d'un flan.

J'ai ratissé tous les minuscules paquets en tas devant moi.

« Regarde-moi ça, tu comptais vraiment faire un massacre ce soir. Ou bien tu avais peur de les laisser à la résidence universitaire ? »

La gravité de la situation commençait à lui apparaître ; aux contorsions de sa bouche je pouvais bel et bien suivre le progrès de son malaise. J'ai décidé de lui balancer dans les dents tout ce que je savais, pour voir ce qui se passerait.

« Tu étais l'homme de Ted sur place, celui à qui il a donné ses clés. C'est la came que tu as volée dans le bureau d'Ellis Dee mercredi soir, juste avant de monter une embrouille contre Gloria. »

Il a blêmi de façon encourageante – encourageante pour moi.

« Tu as pris beaucoup de risques, mais Ted a eu le plus gros du bénéfice. Il s'est vengé de sa nana *et* de son patron. Mais toi, quel était ton intérêt ?

– Ted disait qu'il avait un acheteur, a dit Droopy avec colère, un type qui allait nous la prendre à 50 000 dollars, genre vingt fois sa valeur. Putain, je pouvais pas y croire. (Il a grimacé, revivant la déception de son fantasme parti en fumée.) Mais c'étaient des conneries.

– Alors il a essayé de t'arnaquer ?

– Non, parce qu'à ce stade je voulais la rendre. Tu vois… je veux dire, j'ai discuté avec Seth, et il m'a fait comprendre que Ted devait raconter des conneries, qu'il n'avait pas d'acheteur. Et il avait raison. Toute cette came, et pas de… (L'étincelle du salut a tremblé dans ses lugubres yeux gris.) Eh, mec, attends… Je partage avec toi ! Non, vraiment.

– Non merci. J'ai vu ce que ça donne quand tu partages. Je pense que tu as tué Ted. »

C'était un tournant dans la conversation qui le terrifiait ; il n'avait pas envie de le prendre avec moi. Il a secoué la tête pour réfuter, mais faire semblant était hors de sa portée. Il n'a même pas songé à prendre l'air surpris par la mort de Ted.

Retrouvant sa voix, il a proposé humblement :

« Prends *le tout*, mec. Prends-le. »

J'avais un peu mal au cœur, pas seulement à cause des émanations dans le box, même si elles n'arrangeaient rien. Le moment d'impliquer la police était passé depuis bien longtemps ; j'avais déjà trop tardé en me laissant tomber dans cette sombre fosse. Mais au moins, maintenant, j'avais quelque chose qui ressemblait à des pièces à conviction et un suspect autre que Gloria à soumettre aux flics. Ils sauraient démêler le reste. Tout ce que j'avais à faire, à présent, c'était de leur amener Droopy.

Je me suis mis à ramasser les paquets de Rhino et à les glisser dans la chaussure, en les enfonçant vers le bout.

J'ai dit à Droopy qu'il avait intérêt à enlever sa seconde chaussure s'il ne voulait pas sortir en boitant.

« Où je vais ?

– Tu me suis. Je t'arrête en ma qualité de citoyen. Un peu ringard, je sais, mais il est tard.

– Je ne…

– Écoute, crétin, ou tu marches ou je te traîne. Je suis sûr qu'ici on a l'habitude de voir des gens remorquer leurs potes inconscients, alors ça ne causera pas la moindre vague. Qu'est-ce que tu choisis ? »

Il s'est massé l'endroit endolori où je l'avais frappé, l'air de s'en souvenir comme si ça datait d'hier. Ça aurait dû me mettre la puce à l'oreille. Mais alors, il s'est tourné docilement, a replié le genou et entrepris de défaire le lacet de l'autre chaussure.

J'ai fini de ramasser les pièces à conviction et commencé à me glisser hors du box.

Je ne le croyais pas capable de bouger aussi vite – le désespoir, je suppose. Je m'attendais à de la résistance de sa part, mais pas à ce brusque éclair blanc qui m'a aveuglé. Avant même que je sache quoi agripper, le tissu me couvrait le nez et la bouche, et un frisson soudain – piquant comme de l'alcool, froid comme du nitrogène liquide – m'éclaboussait les joues. J'ai serré les lèvres pour faire barrage à sa vapeur écœurante et douceâtre. De l'éther… *étheeeeeeeeeeer*.

Comme si je me noyais dans des eaux polaires, le flot glacé m'est remonté dans le nez, a refoulé dans ma gorge, plus lourd que l'air, plus froid que l'extrémité du désespoir. Il m'a fait hoqueter – je l'ai réaspiré à pleins poumons, l'ai inhalé profondément.

Je n'arrivais pas à me dégager, n'arrivais pas à attraper Droopy par-derrière.

Une brume a envahi mon champ de vision et je me suis demandé d'où elle venait. Le box s'est mis à tanguer comme un manège de fête foraine tout branlant qui casse son dernier essieu. J'avais l'impression que ma tête était extrêmement petite – minuscule, même – et pourtant, d'une certaine façon, d'une importance accrue, comme le dernier pétale de la marguerite à détacher pour trancher la question, une fois pour toutes : « À la folie ? Pas du tout ? »

J'avais toujours sa grosse chaussure compensée à la main. Dans un dernier effort, je l'ai lancée à l'aveuglette par-dessus mon épaule. Ma récompense a été un bruit sourd et la main collante de Droopy qui se desserrait.

Je suis tombé hors du box, en avant, les mains levées pour amortir mon impact. Mais quelqu'un avait retiré le sol, de sorte que je suis juste tombé plus bas, plus loin, à travers les fondations, comme un esprit traversant les murs, attiré vers le fond par l'appel ardent et tenace de la gravité, qui me plongeait dans la terre noire sous Manhattan.

Chapitre 19

U N COUP DE tonnerre m'a réveillé. J'ai fondu, je me suis reculé dans mon moule et je suis redevenu un corps solide, parcouru de picotements sur le côté gauche du visage. Désorienté : mon dernier souvenir clair était de m'être allongé à dix-neuf heures. Le reste était un gros bout de soirée tout flou. Peut-être que lorsque la vision me reviendrait, je serais toujours sur mon canapé, et découvrirais que les souvenirs moins nets du coup de téléphone de Gloria, de Jimmy brûlé vif et de ma descente en spirale au fond du Hellhole n'étaient que les vieux restes d'un cauchemar de mauvais goût.

Puis un nouveau coup de tonnerre m'a secoué la tête et cette fois-ci j'ai senti la claque.

Une voix d'homme, grave et modulée comme à la radio la nuit, a dit :

« Merci, ça suffit. Il est réveillé maintenant. »

Mes yeux se sont ouverts en chassé-croisé et ont refusé de s'aligner. J'ai battu des paupières à plusieurs reprises, ça n'a rien changé. J'ai secoué la tête pour voir ce que ça donnerait, mais je l'ai vite regretté.

Il n'y avait pas assez de place dans ma tête pour

toute la douleur qui s'y logeait ; une fois de plus, j'avais fait du surbooking, et on se pressait à mes tempes en démontant le mobilier. J'ai gardé la tête parfaitement immobile et rouvert les yeux. Les choses étaient plus claires.

La pièce était longue, étroite et haute de plafond ; ça me donnait l'impression de me réveiller au fond d'un paquet de céréales. Je ne voyais ni fenêtre, ni porte. Les quatre murs étaient tapissés de miroirs veinés comme du marbre, qui se renvoyaient leur reflet en une spirale infinie. Sous mes pieds j'ai senti, plus qu'entendu, les grognements étouffés de la boîte de nuit poursuivant son activité.

J'étais dans une des pièces du haut de l'église restaurée, donc, assis par ailleurs dans un magnifique fauteuil club ancien à l'armature en acajou brillant, lisse comme de la soie. Le cuir était du maroquin noir (celui dont on fait les portefeuilles), bordé de clous de cuivre poli. À ma droite se trouvait un cendrier art déco argenté en forme de lévrier. À ma gauche se dressait Stosh, tel un moulin à vent délabré, la main droite tendue paume ouverte le long du corps, prête au cas où j'aurais besoin d'une autre claque roborative. Ou pour je ne sais quelle raison.

Au plafond, quatre hélices de Plexiglas transparent brassaient l'air à des vitesses différentes ; l'une d'elles, plus lente, tournait dans le sens contraire des aiguilles d'une montre. J'ai eu le vertige.

Juste devant moi, il y avait un bureau large et arrondi, en forme de C majuscule. Tout en onyx, comme une flaque immobile d'huile de moteur de qualité supérieure, sans même un téléphone, un trombone ou un grain de poussière à la surface. L'homme assis au milieu du C était Ellis Dee : visage émacié d'aigrette où s'enfonçaient les pointes de deux yeux bleus perçants. Une grande bouche aux lèvres pincées, des pommettes saillantes, la mâchoire qui bougeait légèrement, comme s'il s'était arraché une peau morte et la mastiquait sans cesse.

« Bon retour parmi nous, a-t-il dit sans desserrer les dents.

– Quelle heure est-il ?

– Un peu plus de quatre heures. »

J'ai lâché un juron. Ça m'a fait mal à la tête. J'ai levé la main et tâté une bosse fourbement logée sous mon arcade sourcilière, sensible au toucher. Le point d'impact avec le sol.

« Oui, a dit Ellis Dee, quatre heures du mat', c'est une mauvaise heure. Une heure hideuse, moi-même je n'en ai jamais raffolé. Vous voudrez peut-être prendre le temps de respirer à fond. »

J'ai suivi son conseil et obtempéré. Je me raccrochais aux branches. Après quelques grandes inspirations, j'ai dit :

« Vous êtes Ellis Dee.

– De fait. Et vous êtes Payton Sherwood. On vous a fouillé pendant que vous étiez inconscient.

– Que d'égards.

– Pratique de savoir que vous n'avez pas de micro sur vous et que nous pouvons discuter librement. Vous êtes détective privé. Pourquoi êtes-vous venu ici ?

– J'avais rendez-vous.

– Mais vous n'êtes pas venu préparé. Pour qui travaillez-vous, monsieur Sherwood ?

– Gloria Manlow. Je suis son intermédiaire.

– Allez-vous rendre ce qu'elle nous a volé ?

– Non, c'est impossible. Elle ne l'a jamais pris. Mais ça n'a pas d'importance. Vous ne voulez pas le récupérer à présent, de toute façon, monsieur Diecklicht. »

Il n'a pas réagi au fait que j'emploie son vrai nom. Peut-être l'avais-je prononcé de travers. (Dieu sait que j'avais essayé.)

« Non vraiment ? a-t-il dit en crachant les mots avec précision.

– Les paquets ne sont plus bons. Ils ont été souillés. Ils ont déjà contribué à la mort de trois personnes.

– Qui vous a dit ça ? (Il était offensé.) C'est ridicule. C'est une substance parfaitement inoffensive. Elle a fait l'objet de recherches.

– Peut-être en prise interne. Ce sont les effets externes qui tuent les gens.

– Quels effets externes… ?

– Votre gars, Stosh, pour commencer. Il a provoqué la mort d'une personne aujourd'hui en essayant de les récupérer.

– Ferme ta… »

Ellis a parlé en couvrant les objections de Stosh :

« Oui, oui, un accident malheureux. Stosh m'en a informé. J'ai même vu la police tout à l'heure. Ils accusent Wade d'homicide involontaire pour la mort d'Orloff. Ce qui ne porte plus à conséquence, dans la mesure où il est dans un état critique, et que le pronostic n'est pas bon.

– Mais vous croisez les doigts, ai-je dit.

– Le fait est qu'en ce qui concerne la police, l'affaire est close. Ils pensent que c'est un *crime passionnel*. Wade est allé là-bas chercher sa petite amie – Gloria – et la situation a dérapé. Je ne suis pas responsable de la vie sentimentale de mon personnel. Alors pourquoi n'arrêtons-nous pas cette joute pour revenir à ce qui vous a amené ici ce soir ? Votre argent est ici. (Il a tapoté sa poche poitrine, ce qui a fait un *roum-poum-poum* caverneux.) 1 000 dollars, exact ?

– Je vous ai dit que je n'ai pas votre came. Je ne l'ai jamais eue.

– Alors, a grogné Stosh, cette salope l'a encore.

– Tu cours après ta queue, ai-je dit. Gloria ne l'a jamais prise. C'est quelqu'un d'autre.

– Je *sais* qu'elle l'a prise.

– Ce qui prouve bien que tu *sais* que dalle. »

Ellis s'est éclairci la gorge.

« Pas de cachotteries. Si vous ne l'avez jamais eue,

229

qu'est-ce que c'est que ça ? Ils ont été trouvés dans le box où vous étiez écroulé. (Il a sorti une enveloppe et l'a vidée sur le bureau noir. Quelques dizaines de paquets de Rhino ont flotté à la surface.) Ce sont les mêmes que ceux qui ont été volés.

– Je sais, ai-je dit, je les ai eus par le voleur.

– Qui ?

– Ce jeune qui s'appelle Droopy. Vous devez le connaître. »

Stosh a pété par la bouche :

« Absolument faux, mec ! Maintenant je *sais* que t'es bidon.

– Comment ça ?

– Droopy l'a pas prise. Tu crois que j'ai pas pensé à cette fouine ? Quand j'ai vu que la came avait disparu, je l'ai tout de suite chopé. Je l'ai trouvé sur la piste, je l'ai fouillé au corps. Il était clean. La seule autre personne qui était ici à l'étage ce soir-là, c'était cette salope.

– Droopy l'a bel et bien prise, et il l'a cachée sur lui à un endroit où tu ne penserais jamais à chercher.

– Je lui ai fait baisser son…

– J'ai dit un endroit où tu ne penserais *jamais* à chercher… Ses chaussures compensées. Elles ont un compartiment à fermeture Éclair, sur le côté. »

Dee est intervenu :

« Je me souviens qu'il en a parlé un jour… mais non, je ne vois pas Droopy faisant une chose pareille. Nous le traitons trop bien ici, comme un prince. Il va et vient comme il veut, sans jamais payer un sou. Pourquoi ficherait-il tout ça en l'air en volant quelque chose que nous lui donnons gratuitement d'habitude ?

– C'est un esprit influençable, facilement manipulable. Je crois que c'est un autre de vos employés qui lui a mis l'idée en tête, Ted Wylie. »

Ellis a écarté ma suggestion :

« Theodore Wylie ne travaille plus ici.

– Ni nulle part ailleurs.

– Il a été renvoyé deux jours avant le vol. Ce n'est pas lui.

– Je crois qu'il avait fait des doubles de vos clés et convaincu Droopy de s'en servir pour s'introduire ici et vous dépouiller. Ted voulait se venger de vous et de sa petite amie pour l'avoir largué. Pourquoi l'avez-vous renvoyé, de toute façon ?

– Mauvaises manières, mais ça n'a pas d'importance.

– Tout en a, quand il s'agit d'un meurtre.

– Je vous ai déjà expliqué pour Wade.

– Je veux dire le meurtre de Ted. Stosh ne vous a pas dit ? »

Ellis a rivé sur Stosh les lames d'acier étincelant de son regard. Stosh a dit :

« Je comprends rien à ces conneries. »

Le regard d'Ellis Dee s'est voilé :

« Stosh, pourrais-tu nous laisser seuls quelques minutes ?

– Ellis, pas question.

– S'il te plaît, je crois que je mènerai cela à terme bien plus vite tout seul. Vous semblez nourrir une hostilité réciproque qui nous éloigne sans cesse du propos. S'il te plaît, tu veux bien ?

– Ne l'écoute pas. Je n'ai pas tué Ted. Pourquoi j'aurais fait ça ?

– Je sais, je sais. Ne t'inquiète pas. Je vais lui expliquer. OK ? »

Stosh a grommelé en signe de désaccord, tout en faisant ce qu'on lui disait. Le sol a tremblé sous ses gros pas lourds, mais la porte s'est refermée derrière lui avec un petit bruit discret, sans claquer.

Ellis s'est levé et il a contourné son bureau. Il faisait plus d'un mètre quatre-vingt-cinq, bâti comme un carillon éolien, avec des bras et des jambes longs et ballants. Il s'est assis au bord de son bureau circulaire en croisant les jambes, empilant ses genoux cagneux l'un sur l'autre.

« Payton, cette situation a dérapé. Essayez de comprendre : au départ, quand j'ai dit à Stosh de tenter de récupérer la marchandise, j'ai parlé sous le feu de l'émotion, j'étais bouleversé qu'on ait fouillé dans mes tiroirs. Vous comprenez, je ne ferme jamais à clé. Je fais confiance à mes gars.

– Vous ne devriez peut-être pas. Ils font des choses graves, ces derniers temps, en votre nom.

– Eh bien, étant donné l'importance de mon affaire, le nombre de gens que j'emploie, la latitude que je leur donne… Naturellement, certains prennent parfois des décisions irréfléchies de leur propre initiative. Sans que je le sache ni ne donne mon accord. En règle générale, c'est quelque chose que j'encourage.

– Mais en l'occurrence, trois hommes sont morts.

– Trois ?

– Un SDF a été tué hier. Brûlé vif entre minuit et une heure.

– Un SDF… quel rapport ? Vous ne parlez pas sérieusement.

– Il avait été témoin du meurtre de Ted.

– Et dans la mesure où vous pensez que Stosh a tué Ted, vous pensez qu'il est également responsable de ça ?

– Ou bien vous.

– Ridicule. Il est là depuis que nous avons ouvert, à dix heures. Le personnel peut le confirmer.

– J'en suis bien certain, mais ça n'a pas d'importance ; il pourrait très bien avoir sous-traité.

– C'est dérisoire de penser que Stosh commettrait un *meurtre* pour quelques milliers de dollars. Je connais le personnage.

– *Combien* d'argent faudrait-il ?

– Au bout du compte c'est toujours la question qui se pose, n'est-ce pas ? »

Ellis Dee a pris une grande inspiration et étiré les jambes, puis les a croisées dans un mouvement de cisaille.

« L'important, c'est que mon établissement reste complètement en dehors de cette histoire. Ce n'est pas tant la police que la presse. Si ce que vous dites sur Ted est vrai, après l'accident très récent de Wade, cela causerait une publicité indésirable. Alors comme il se fait tard, je vais vous le demander *à vous* : combien ? »

J'ai fait le calcul, arrondi au millier le plus proche et opté pour 9 000 dollars : je rentrerais à peu près dans mes frais, et je pourrais redémarrer avec une ardoise propre. Il me suffisait de si peu pour être heureux. Agréable d'y penser, et ce n'étaient pas mes *scrupules* qui m'arrêtaient. C'était Dee qui me rebutait. Ça ne me gêne pas de conforter les puissants dans l'illusion qu'ils peuvent acheter n'importe quoi et n'importe qui, mais ce n'était pas rendre service à Dee. Derrière tout ce battage, il n'était rien d'autre qu'un barjo de plus jouant avec le pouvoir, et bien parti pour être lui-même l'instrument de son horrible perte.

Il n'avait pas besoin de mon aide.

« Il est tard, ai-je dit, alors je vais opter pour la solution "rien pour personne". Qu'est-ce que vous en dites ?

– Ça paraît trop beau, a-t-il dit avec méfiance. Êtes-vous sûr ?

– Ouais, je suis sûr. Du moment que vous laissiez Gloria tranquille, je ne suis pas intéressé. Mais vous devriez peut-être songer à acheter un collier étrangleur à Stosh.

– Entendu. Je n'en veux pas à Gloria. J'avais espéré qu'elle le savait. J'adore ces jeunes. Quand tout ceci a commencé, si seulement elle était venue me voir… eh bien rien de tout *ceci* ne se passerait, nous n'en serions pas là à l'heure actuelle.

– Charmant, on dirait un rêve qui devient réalité. »

Je me suis levé trop vite et ça m'a donné le tournis. J'ai fait une embardée, titubé, et me suis raccroché au fauteuil. Je ne voyais pas de porte. Rien d'autre derrière moi que *moi*, reflété dans d'autres miroirs encore.

Ellis s'est levé. Il a recourbé un long index.

« Venez par ici, vous pouvez sortir par l'arrière. »

Il m'a fait signe de le suivre de l'autre côté de son bureau et s'est dirigé vers le fond de la pièce, devant un coin où les miroirs lui renvoyaient un reflet à la Janus. Il a posé la main droite à plat contre un des panneaux et poussé. La pression a déclenché un loquet intérieur, libérant le battant qui s'est ouvert en glissant.

Le haut d'un escalier de bois est apparu. L'étroitesse et la pente des lames gondolées m'ont rappelé l'escalier de la cave chez ma grand-mère. Il avait la même odeur, aussi, comme la mousse de poussière sur le couvercle des bocaux de conserves anciennes et oubliées. Des choux-fleurs au vinaigre, de la gelée de betterave, de la confiture de navets : autant de gourmandises, au pays natal.

« Cela vous amènera à la 20e Rue, a-t-il dit, derrière la boîte. Euh... vous voudrez peut-être utiliser la rampe en descendant. »

J'ai plongé le regard dans l'escalier pour m'assurer qu'il allait bien jusqu'en bas avant de faire un premier pas, longeant un stock de décorations miteuses des dernières fêtes de la Saint-Valentin, d'Halloween et du nouvel an. À la marche suivante, il m'est venu à l'idée que cette sortie arrière aurait très bien pu permettre à Stosh ou à Ellis Dee de quitter le bâtiment à l'insu du personnel. C'est à ce moment que les lumières se sont éteintes, alors qu'au-dessus de moi la porte se refermait hermétiquement.

« Eh ! »

Je suis resté dans l'obscurité à attendre que la lumière revienne, rien que moi et mon cœur (j'avais oublié quel puissant compagnon il pouvait être), qui battait contre mon poumon comme un tam-tam de cuir souple. Pas le moindre rai de lumière n'est apparu. Agrippant la rampe, j'ai descendu d'une marche dans le noir informe.

Craquer une allumette n'aurait servi qu'à m'aveugler davantage en faisant danser un point orange fantôme devant mes yeux une fois la flamme éteinte, je ne me suis donc même pas donné cette peine, j'ai juste continué de descendre dans l'obscurité.

Des cœurs en satin et dentelles qui pendaient du mur me déposaient de la poussière sur la figure.

Lorsque je suis arrivé à la dernière marche, je ne m'en suis pas tout de suite rendu compte ; j'ai voulu en descendre une autre, et mon pied a heurté prématurément le ciment.

Longeant à tâtons le mur de briques, je suis parvenu au bord d'un couloir et m'y suis engagé. Une faible lueur rouge flottait loin devant. Me rapprochant pas à pas, en butant sur des serpillières et des bidons de plastique vides, j'ai fini par distinguer les lettres rouges : un X, un I et un T. L'ampoule du E de EXIT avait grillé.

J'ai poussé la barre et l'air frais s'est engouffré, chargé d'une odeur de printemps. Pas seulement un parfum, mais aussi une température, un mouvement. Un mouvement émouvant.

Par une porte donnant sur une ruelle latérale, j'ai resurgi dans le monde nocturne de Manhattan, illuminé par ses novas de lampadaires et ses grappes de comètes et d'étoiles filantes. Seul le ciel était sombre – d'un violet terne comme les plaques élimées d'un vieux velours noir –, son univers stellaire estompé par la vive lumière de la ville.

J'ai fumé ma dernière cigarette. Avec le sentiment très net d'en savoir moins qu'avant, comme si, Dieu sait comment, j'avais perdu des informations en route, rien appris de nouveau. Une grande déception, tout compte fait.

Mais de ce point de vue-là, au moins, ça ne me changeait pas de toutes mes autres soirées en boîte.

Chapitre 20

JE ME SUIS arrêté pour prendre un café dans une boutique à beignets ouverte vingt-quatre heures sur vingt-quatre du côté d'Union Square. Quatre heures quarante. Je n'étais pas le seul client. Quatre ados à la tenue provocante se goinfraient de bagels en pivotant sur des tabourets. Il y avait une fille en pantalon de plastique rose transparent, à la chevelure de clown orange ornée de minuscules coquillages blancs. Elle portait un tee-shirt blanc avec en gris clair les lettres CK dans le dos et FU sur le devant.

Les journaux du samedi matin étaient sortis, je les ai achetés et me suis mis à les parcourir. Rien, dans le *Times*, ne reflétait le New York avec lequel j'avais affaire, alors j'ai essayé les autres. En page 17 des *News*, il y avait un paragraphe sur Powers Orloff. La police concluait que la mort de l'artiste de Brooklyn était le résultat d'une scène de ménage impliquant l'ancien petit ami d'un de ses modèles mineurs (dont le nom était tenu secret). L'agresseur en garde à vue, Wade Schmidt, vingt-deux ans, également blessé dans la chute, était à l'hôpital, dans le coma.

Rien sur Orloff dans le *Post*, mais à la page 38 – en

tellement petit que je les ai manquées au premier passage – trois lignes de bouche-trou sans titre, coincées sous une petite annonce de tapis à vendre, signalaient :

Le corps en décomposition d'un homme a été découvert vendredi après-midi dans son appartement du Lower East Side par des voisins. Theodore Wylie, 27 ans, a été trouvé avec un sac en plastique sur la tête, noué autour du cou. La police a conclu à un suicide.

Ce n'est qu'une des raisons pour lesquelles je ne crois jamais ce que je lis dans la presse.

Ce n'était pas une épitaphe qu'on souhaiterait même à son pire ennemi, mais au moins Ted avait eu quelques lignes dans les journaux. Je savais que la mort de Jimmy ne ferait pas couler une goutte d'encre. Car de toute façon, que pourraient-ils bien écrire : UN JUNKIE SDF S'IMMOLE PAR LE FEU ?

J'ai déchiré les deux articles et laissé les journaux repliés dans le box. J'ai réglé mon addition.

À la caisse, les jeunes rassemblaient leurs dollars et leurs *cents* pour payer.

La fille aux coquillages dans ses cheveux orange les relançait :

« Allez, il y a encore plein d'endroits où aller ! »

Sa voix était si vigoureuse, si claire, que je me suis retourné pour voir comment réagissaient ses copains aux yeux embrumés. Ils ont relevé la tête d'un cran, et l'un d'eux a demandé :

« Où ça ?

– Au Save the Robots, ou bien ce bar de nuit sur Ludlow ou Orchard ?

– On n'a pas assez pour le taxi, a gémi un autre.

– On n'a qu'à marcher… Allez. Il est tôt. »

Je n'arrivais pas à me rappeler avoir jamais eu autant d'énergie. Presque cinq heures à l'horloge de la tour de Con Edison qui dominait la 14ᵉ Rue. Le ciel d'avant l'aube virait à un bleu de jean délavé.

L'image du jean m'a fait penser à Jimmy, qui en était vêtu de la tête aux pieds. Je me suis mis à penser à lui, à sa mort qui allait tomber aux oubliettes comme les deux autres. Non pas à cause d'un « complot » quelconque ou parce que « les gens n'en ont rien à faire », mais parce que personne ne le connaissait suffisamment bien pour en avoir quelque chose à faire, ni n'en aurait l'occasion désormais. Quant à Jimmy, il n'aurait pas sa « seconde chance ».

Je suis rentré à la maison les mains dans les poches, trop fatigué pour les porter.

Lorsque je suis arrivé au coin et que j'ai regardé mes fenêtres cintrées, aucune lumière n'était allumée. Elle devait dormir encore. Si j'entrais maintenant, je la réveillerais. Moi ou le chien.

J'ai continué d'avancer sans savoir où j'allais. Au départ, juste vers l'est.

Plus assez d'argent pour m'acheter un paquet de cigarettes : je me suis dit que je n'avais pas envie d'une clope, que je n'en avais pas besoin. Exactement comme les campagnes du gouvernement pour convaincre les jeunes d'arrêter de fumer.

Je suis passé devant l'école Asher Levy, sur la 11ᵉ Rue Est. La cour de récréation bétonnée était fermée, mais elle n'était pas vide. Quatre personnes campaient sous la cage d'écureuil, blotties les unes contre les autres sous un grand duvet maculé de taches grises, leurs gros godillots noirs pointant au bout. J'ai entendu deux ronflements distincts.

Sur la Première Avenue, pour toute circulation, deux camions poubelles faisaient la course vers la 23ᵉ Rue en crachant de la fumée noire. À présent je savais quelle était ma destination, je retournais chez Jimmy. Peut-être trop tard pour découvrir des choses sur sa vie, en revanche je pouvais encore apprendre des choses *par* sa mort.

À cette heure-là, Alphabet City est un no man's land où il ne fait pas bon flâner, mais je ne flânais pas ; je traversais ces voisinages lugubres avec le bouclier de détermination qui est également la parure des possédés et des fous à lier.

À l'est, le ciel a piqué un fard pêche orangé sous l'avancée régulière de l'aube.

Devant le terrain de Jimmy, le trottoir était couvert de tas hauts d'un bon mètre, tout un assortiment de contre-plaqué et de tasseaux brûlés, de décombres carbonisés, les vestiges d'une vie vécue dans la rue.

Autre chose, aussi. Quatre cierges blancs disposés en chapelle ardente, à la flamme jaune d'or et courte, et trois roses jaunes, aux pétales bordés de brun, couverts de gouttes de rosée du matin. Sous les fleurs, des feuilles de papier voletaient au vent. Je me suis agenouillé pour en regarder une, et j'ai lu :

Cher Jimmy,

Je ne te connaissais pas assez pour te parler. Mais quand je suis arrivée ici, tu as été une des premières personnes que j'ai rencontrées. Tu racontais des histoires ou tu lisais tes poèmes dans le square. Tu mettais toujours l'accent sur le positif. Je regrette que nous ne nous soyons jamais parlé. Tu me manqueras.

Affectueusement, Nancy.

Je n'ai pas lu les autres, aucune ne m'était adressée.

En dehors des lettres, il y avait un quart de vodka, une pince à joints pleine, la moitié d'un billet de 1 dollar déchiré, cinq pièces de 25 *cents*, un exemplaire de *Franny et Zooey* à la reliure cassée et un Snickers. Des objets à emporter avec soi pour un long voyage. J'aurais aimé pouvoir y faire une contribution qui ait un sens.

La grille du terrain était ouverte, la chaîne de moto

pendait à l'endroit où Jimmy l'avait laissée dans l'après-midi.

J'ai longé le sentier boueux jusqu'à la cabane dévastée par le feu. Le jardin était en ruines, des traces de bottes dans chaque carré de terre. Les plantes gisaient sens dessus dessous, toutes piétinées. Les tomates et les concombres étaient réduits à l'état de matière végétale.

À l'endroit où s'était trouvée la maison de Jimmy, il n'y avait plus qu'une pyramide de bois et de la terre noire brûlée. Une forte odeur de cendre mouillée.

Les pompiers avaient enlevé une grande partie des décombres pour éviter une nouvelle flambée. Ils avaient dégagé le plafond affaissé et le mur de droite, qui s'étaient écroulés sur Jimmy.

Le mur de façade était tombé vers l'extérieur, d'un seul bloc, basculant sous le poids du toit. Il était couvert de traces de pas boueuses, mais le bois n'avait quasiment pas brûlé. Le feu s'était donc principalement concentré sur l'arrière de la cabane.

J'ai traversé le mur tombé à terre et entrepris de me frayer un chemin dans les gravats. J'ai déblayé des détritus, envoyant balader le cadre d'une chaise longue, quelques planches brûlées et une masse compacte de caoutchouc, plastique et fils électriques fondus qui était peut-être un reste de sa radiocassette.

Je n'ai pas pu trouver son radiateur à mazout, sans doute emporté comme indice, ou tout simplement mis au rebut. Au sol, j'ai suivi les marques blanches laissées par la coulée de mazout. La traînée menait du centre de la pièce au coin droit et à une portion de moquette en forme de S non touchée par les flammes : l'endroit où Jimmy était mort, couché en chien de fusil, protégeant le sol de son corps.

Ce qui signifiait qu'il était déjà allongé là avant que ça ne commence, et qu'il n'avait plus jamais bougé. Mort ou inconscient. Peut-être l'avait-on assommé avant de laisser le feu faire le sale boulot. On dit parfois que l'incendie est le fusil du pauvre. Si c'est le cas, celui-là était revenu encore moins cher que la plupart des autres : Jimmy avait lui-même servi de catalyseur.

J'ai cherché des traces de sang dans la portion de moquette non brûlée, sans en trouver aucune. Mais il y a plein de façons de faire perdre connaissance à un homme sans laisser de traces visibles, je le savais d'expérience, pour avoir encore le goût écœurant et sucré de l'éther dans les poumons.

J'ai fouillé dans le fatras et fini par trouver ce qui restait de la cantine de Jimmy. Le couvercle était ouvert et les papiers à l'intérieur réduits en cendres. À force de tâtonner, mes mains ont rencontré un objet dur, lisse et dangereusement tranchant. Le couteau de chasse dont Jimmy m'avait menacé. Je l'ai saisi par le plat de la lame et l'ai sorti avec précaution, sans me couper. Étonnant. La poignée imitation os avait fondu et viré au brun. La lame argentée était maintenant lustrée d'un éclat bleu-noir terne et irrégulier.

J'ai enveloppé le couteau dans un lambeau de chiffon et l'ai glissé dans la poche de ma veste.

Un des carnets à dessins de Jimmy et plusieurs de ses livres n'avaient pas été consumés par les flammes, simplement brûlés et effrités sur les bords. J'ai ramassé les *Poèmes* d'Emily Dickinson*. Gorgé d'eau mêlée de cendres, le livre s'est ouvert là où la reliure avait pris le pli, au poème n° 135, dont Jimmy m'avait cité le premier vers : « On apprend l'eau – par la soif. »

> *La terre – par les mers franchies,*
> *Les transports, par les affres,*
> *La paix – en comptant ses batailles,*
> *L'amour, par une image à garder,*
> *Et les oiseaux – par la neige.*

* © Aubier, 1996, trad. Guy Jean Forgue.

Je l'ai déchiré et l'ai gardé, mais pas parce qu'il me disait ce qui était arrivé à Jimmy.

J'ai voulu feuilleter les carnets à dessins ; les pages humides collaient les unes aux autres. J'y ai glissé les ongles et les ai tournées une par une. Pour la plupart, elles étaient blanches. En tout, j'ai compté six dessins achevés. Deux d'entre eux étaient des croquis d'hommes soulevant des barres à disques ; trois autres des études d'une femme à la poitrine dénudée assise au bord d'une chaise, les yeux fermés. Le dernier dessin montrait deux visages sans yeux, avec la légende *Deux Martiens contemplant leur meurtre.*

J'ai longuement scruté leur expression vide, impassible, jusqu'à ce qu'au travers de la caricature maladroite me reviennent les visages, et que je les reconnaisse tous les deux.

J'ai mis le carnet à sécher quelque part, puis suis retourné fourrager parmi d'autres cendres, sans trop savoir ce que je cherchais, voyant juste ce que je pouvais trouver.

Au bout d'un quart d'heure à agripper des cendres, du verre brisé, des clous rouillés et des bouts de plastique fondus, mes doigts se sont refermés sur quelque chose qui avait curieusement la forme du lapin de *Playboy*. Je l'ai épousseté. Une boule de Nylon fondu avec deux clés noircies qui dépassaient en formant un V. Les clés de Jimmy. L'une ouvrant le cadenas de la chaîne de moto de la grille d'entrée. L'autre, plus petite, celui de la porte de la cabane.

Il fallait que je voie la porte de la cabane. J'ai essayé de soulever le mur tombé au sol, mais n'y suis pas arrivé : trop lourd à soulever tout seul. Or j'étais tout seul.

J'ai fait un tour de reconnaissance dans la cour et j'ai trouvé deux planches solides, l'une longue, l'autre courte, et les ai rapportées avec moi. Puis je suis allé chercher deux nains de jardin en renfort.

J'ai placé une des statues sur le flanc, devant le

mur, et j'y ai posé la planche longue en travers, pour faire un levier prenant comme point d'appui le nain de plâtre. J'ai glissé un bout de la planche sous le mur et appuyé sur l'autre, ce qui a fait décoller le mur du sol.

Après l'avoir hissé d'une soixantaine de centimètres, j'ai calé le second nain en dessous en faisant reposer le poids du mur sur sa tête pointue. Il n'avait plus de visage.

Il y avait suffisamment de place, à présent, pour insérer la planche courte. J'ai étayé le mur avec, ce qui faisait comme un piège à lapins géant, et ensuite j'ai repris la planche longue, rassemblé mes forces et l'ai envoyée dans le mur par en dessous. J'ai redoublé d'efforts pour soulever plus haut l'appentis, encore plus haut, malgré les échardes qui s'enfonçaient dans mes paumes. J'ai poussé le mur de toutes mes forces, en grognant, et suis parvenu à le redresser. Pendant un instant, il est resté en équilibre à la verticale, puis il a basculé et s'est effondré.

Je me suis écarté d'un bond. Dans le terrain isolé, le fracas a retenti comme un coup de canon. La tranquillité du petit matin n'a été que brièvement troublée. Quand les cendres et la poussière sont retombées, je me suis approché du mur renversé et l'ai regardé. Le loquet de la porte était rabattu et, dans l'anneau, le cadenas d'acier bien en place et fermé.

La personne qui avait mis le feu avait enfermé Jimmy à l'intérieur de la cabane pour garantir son succès.

J'ai essuyé la clé du cadenas et l'ai insérée dans la serrure. J'ai tourné la clé.

Le corps d'acier est tombé d'un cran, pendant au bout de son arceau. Le cadenas a pivoté sur la gauche, m'apprenant ce que je voulais savoir.

Chapitre 21

J'AVAIS L'IMPRESSION d'être pressé par le temps, et en même temps de sortir de ses limites, d'arrêter l'horloge. D'une seconde à l'autre, le paradoxe allait me recracher et m'avaler tout entier. J'ai remis le problème à plus tard et appliqué mon énergie à arriver à destination.

Le Fugitive's Den était à Orchard Street, un pâté de maisons au sud de Houston et un à l'ouest de Ludlow. J'ai fait à pied les un ou deux kilomètres qui le séparaient de la cabane de Jimmy, à longues foulées, en retournant le tout dans ma tête, les objets dans mes poches cognant contre mon corps, comme un rappel constant du poids des choses.

Cette portion étroite d'Orchard abritait des immeubles murés dont seuls les rez-de-chaussée étaient occupés, par des magasins de tissu en gros et en détail, tous repliés derrière leurs rideaux de fer couverts de graffitis, barricadés en prévision de la tempête habituelle de la nuit.

Le bar de nuit présentait les seuls signes visibles de vie à cette heure-là, avec son auvent éclairé et sa porte grande ouverte. Il n'y avait personne debout devant, ni à l'intérieur quand je suis entré.

En désordre et poussiéreux, on aurait dit une rénovation abandonnée en cours de route. Quelques tabourets recouverts de housses et six grandes urnes en stuc étaient regroupés sur un côté. En face s'amoncelaient des chevalets et du contre-plaqué, des tas de sciure et des fourmilières de clous.

Le plancher grinçant était fait de lattes souillées et noircies par le temps. Le plafond étamé à l'ancienne avait un motif de moulures à fleurs. Ces deux détails étaient des vestiges de l'histoire de l'immeuble, de l'époque où le quartier grouillait de milliers de nouveaux immigrants, et où ce magasin était peut-être un traiteur casher ou une blanchisserie chinoise. Rien qu'un cul-de-sac, à présent.

« C'est en bas », a dit une voix douce.

Le visage d'une jeune femme a surgi derrière le haut des urnes. C'était la fille que j'avais vue dans la boutique à beignets, celle qui avait des coquillages dans les cheveux.

Elle est sortie de là, et j'ai aperçu un téléphone à pièces contre le mur.

« Le portier arrive, a-t-elle dit. Il est allé pisser. Tu peux entrer.

– Merci. »

Sauf qu'il ne semblait pas y avoir d'endroit où entrer. Je ne voyais pas d'escalier.

Elle a penché la tête de côté en se rapprochant, dans un tintement de coquillages qui s'entrechoquent. Elle a demandé :

« On se connaît ?

– Non.

– Mais je... hé, attends, tu étais au magasin de beignets.

– Ouais, ai-je répondu en riant. C'est vrai.

– Tu m'as suivie ? (Ses yeux se sont éclairés à cette perspective.)

– Non. C'est juste une coïncidence, j'en ai bien peur. »

Elle a secoué la tête, déclenchant une tempête de coquillages. Et dit avec fermeté :

« Je ne crois pas aux coïncidences.

– Tu devrais, c'est tout ce que tu vas jamais rencontrer, dans la vie.

– Je veux dire, j'y crois, mais moi ce que je pense c'est que... on est tous comme dans un ordinateur. Les circuits, tu sais, qui commutent, comme des dominos qui tombent. Un qui déclenche l'autre qui déclenche l'autre qui déclenche...

– J'ai pigé. Une réaction en chaîne.

– Ouais, c'est pour ça que tous ces trucs se mettent à arriver. Et en fait il y a vraiment, un... un *schéma*, quoi, sauf que nous ne le voyons jamais. Tu vois ? Parce que nous sommes... Nous sommes les gens debout en bas des gradins, dans les matches de foot, qui brandissent des cartons de couleur pour former des mots qu'*eux* ne peuvent jamais lire. »

Elle tenait peut-être une idée, là. Si on laissait de côté les écrans géants des stades.

« Il n'empêche que je ne t'ai pas suivie, ai-je dit. J'ai entendu un ami dire qu'il serait là. Si tant est qu'il y ait un "là".

– Dommage. »

Elle s'en est remise. Ses amis sont arrivés, émergeant du fond de la salle par un rideau de velours qui cachait un escalier en fer forgé descendant en colimaçon vers le sous-sol.

Franchissant la lourde tenture, j'ai pénétré dans une atmosphère fraîche, humide et enfumée, et me suis enfoncé en vrille dans le brouillard.

L'espace, bas de plafond, serait une vraie souricière en cas d'incendie, mais il était étonnamment chaleureux. En dehors du néon qui clignotait au-dessus du bar, la salle n'était éclairée que par des bougies dans des petits verres disposés irrégulièrement, laissant par endroits de grosses poches sans lumière.

Il y avait une vingtaine de personnes, certaines assises à des tables et d'autres dans des fauteuils défoncés ou des canapés modulables entourés de tables basses.

J'ai regardé vers les ombres du fond et découvert Seth et Droopy, assis à une table de café, une bougie éteinte et refroidie entre eux deux. En allant les rejoindre, j'en ai attrapé une d'allumée et l'ai emportée avec moi. Le verre chaud me brûlait les doigts, et je l'ai vite lâché sur leur table. Il a glissé, allant cogner la bougie éteinte.

« Santé », ai-je dit.

Leur jeune visage a pris un éclat blafard dans la lueur jaune. Seth a reculé la tête en levant les yeux. Droopy s'est contenté de s'affaisser d'un cran de plus dans son siège, fixant la flamme de la bougie avec une fascination tranquille. Le sourire béat, mais en perte de vitesse.

Pour améliorer l'éclairage, je me suis penché vers l'avant, laissant la flamme me chauffer légèrement le menton. Seth m'a vu distinctement. Ses mains ont ratissé le dessus de la table et sont allées se cramponner au rebord.

« Qu'est-ce que tu fous là ?

— Comme tu disais ce matin, les fils de cette ville convergent comme une toile d'araignée. »

J'ai attrapé une chaise et me suis assis. Nous formions un triangle.

« Ça ne vous ennuie pas si je vous tiens compagnie, ai-je dit. La journée a été longue. Vous comprenez. »

Droopy a basculé la tête et fait le point sur moi comme si son regard traversait plusieurs épaisseurs de Cellophane de barquettes de fruits. Quand il a souri, ses lèvres caoutchouteuses ont fait un bruit de ballon qui se dégonfle.

« Hé, mec, hé, si tu te cassais ? Seth, y disait qu'ça l'étonnerait pas si… »

La chaise de Seth a raclé le sol, il s'est levé :

« Viens, on s'en va. »

Droopy s'est renfrogné, l'air consterné :

« Nan, faut que je reste. J'attends des gens. Faut vraiment que je reste. »

J'ai dit aimablement :

« Assieds-toi, Seth. On est entre amis. Je n'ai pas de rancune, si c'est ça qui t'inquiète. Je ne suis pas là pour créer des problèmes. En fait, j'espérais en régler quelques-uns. Causons. »

Pas convaincu, mais il a quand même récupéré son siège et sa position cramponnée à la table.

« Je n'ai rien à te dire, a-t-il déclaré. (Le mélodrame a semblé le ragaillardir, lui redonner du cran.) Tu peux parler autant que tu veux, mais nous, nous ne dirons pas un seul mot. »

Ce dernier passage s'adressait à Droopy, lequel a souri, heureux d'être intégré dans le groupe. Il a fait un visible effort d'attention.

« Pas de problème, ai-je répondu. Écoutez juste le son de ma voix, alors. J'ai des choses intéressantes à vous raconter. À moins que vous ne préfériez les apprendre dans les journaux ?

— Des *choses* ? Quelles choses ?

— Ils ont trouvé le corps de Teddy. Ils auront mis le temps, hein ? Mais ça doit quand même être un soulagement, je veux dire par là, je connais les mauvais tours que ces détails peuvent jouer au bout d'un moment. Tu te surprends à parler de lui au passé alors que personne d'autre ne sait qu'il est mort.

— Je n'ai jamais… (Seth s'est interrompu. Il a lâché la table et replié les pouces en serrant les poings.) De quoi tu parles ?

— Vous avez tous les deux assassiné Ted.

— Tu débloques.

— Ça ne change rien au fait.

– Je ne vais pas écouter…

– Assieds-toi, tu vas rater le meilleur. Vois-tu, j'en ai rien à battre que vous l'ayez tué. Vous pourriez le tuer de nouveau, pour ce que j'en ai à foutre. Ce n'est pas de ça qu'il s'agit. »

Mes paroles ont traversé les brumes du cerveau de Droopy et allumé l'étincelle d'une réaction.

« Hé, mec, on l'a pas tué, putain ! C'est des conneries. Dis-lui, Seth, dis-lui comment ça s'est passé. C'était rien que la putain de faute à Ted. Il aurait pas dû essayer… »

Seth a pété les plombs.

« Mais tu vas la fermer ta gueule, ouais ?

– Ben quoi ? C'était de la légitime… »

Seth a assené le poing gauche sur la table. Les bougies ont tressauté ; celle qui était allumée a éclaboussé de la cire fondue, nous menaçant d'obscurité, puis s'est redressée, a ravivé sa flamme.

Le spectacle pyrotechnique a fait sursauter Droopy. J'ai rapproché ma chaise de lui.

« Légitime défense, hein ? Un peu dur à gober, tu crois pas ? Surtout quand on sait que vous lui avez attaché un sac autour du cou ? Mais j'imagine que vous pouvez toujours revendiquer une menace future. C'est comme ça que Seth t'a convaincu, jeudi matin ? Vous vous êtes disputés, c'est bien ça ? Avec Ted ? Et puis quoi ? Vous l'avez un peu bousculé ? Mais, *toi*, Droopy, tu n'as jamais eu l'intention de le tuer, n'est-ce pas ?

– Jamais de la vie. Mais Seth a paniqué, il a dit qu'on devait *finir*. Je savais pas. »

J'ai regardé Seth, dont les yeux me découpaient le visage comme des pinces à dissection.

« Calme-toi. Je te l'ai déjà dit, je m'en fiche de Ted. Et note bien, tout le monde s'en fiche. Même les flics. À tel point qu'ils qualifient ça de suicide.

– Quoi ? »

Le sang-froid de Seth s'est volatilisé.

Alors, pour la première et unique fois, j'ai vu son véritable visage. Il avait l'air tellement jeune, tellement paumé. Un court instant, je me suis demandé si je faisais ce qu'il fallait. J'aurais tout le temps de me poser la question plus tard.

J'ai sorti l'entrefilet sur Ted que j'avais déchiré, et le lui ai tendu.

Seth l'a tenu à deux mains : une bande de papier grande comme un de ces petits billets qu'on trouve dans les biscuits-surprise, au restaurant chinois. Il l'a lu, je ne sais pas combien de fois, mais suffisamment pour l'apprendre par cœur.

Je le lui ai arraché des mains, en disant :

« Page 38 du *Post*. Achète-toi ton propre exemplaire. »

Je l'ai donné à lire à Droopy. Mais c'était trop demander ; son attention a flanché avant la deuxième syllabe :

« Et alors, qu'est-ce que ça veut dire ? On est *blancs* ?

– J'ai peur que non, Droopy. Vois-tu, ça ressemble beaucoup au monde des boîtes. L'illusion ne fonctionne que tant que tout le monde y croit. Un coup de fil anonyme aux flics, et je pourrais rallumer tous les vilains projos comme ça, *zac*, d'un coup. »

Les yeux de Droopy lui sont sortis de la tête. Pour la première fois, il a eu l'air inquiet.

« Ne l'écoute pas, Droopy, a dit Seth, c'est du bluff. C'est un suicide, l'article le dit. Il a pas de preuve, autrement il ne serait pas là à essayer de nous faire parler, *nous*.

– J'ai pas besoin de preuve, connard. Il y a un témoin.

– Qui ? Quel témoin ? a demandé Seth. Témoin de quoi ? »

J'ai sorti de ma poche une feuille de papier détrempée et l'ai dépliée en découvrant ses bords noircis. Je l'ai balancée sur la table, à côté de la bougie. C'était le croquis du carnet à dessins, celui qui avait pour légende *Deux Martiens contemplant leur meurtre*.

« Qu'est-ce que c'est que ça ?

– Droopy et toi – tu vois la ressemblance ? Non ? Dessiné de mémoire, je suppose. Je doute qu'il ait eu son carnet à dessins avec lui dans l'escalier.

– On est censés savoir de quoi tu parles ?

– Au moins un de vous deux le sait. J'essaie de déterminer si c'est les deux.

– Les deux quoi ?

– Si vous avez tous les deux brûlé vif un homme ce soir, ou si c'était seulement toi, Seth.

– Qu'est-ce qu'il raconte ? a demandé Droopy.

– Comment veux-tu que je sache, bordel ? a hurlé Seth.

– Parce que tu l'as tué, ai-je dit.

– Tué *qui* ? Mais qu'est-ce que t'as à parler sans arrêt de *tuer* ? Qui est-ce qui est mort ? J'ai pas la moindre idée de quoi tu parles.

– Un SDF qui s'appelait Jimmy. Un ami de Gloria. Celui qui vous a vus sortir de chez Ted après que toi et Droopy l'avez tué. Il a fait ce dessin.

– Ça ne prouve rien du tout ! (Seth a essayé de rire… mais c'était au-dessus de ses forces.) Ça ne me ressemble même pas. Ça… ça pourrait être n'importe qui.

– Bien sûr, seulement le truc, c'est que Jimmy savait que c'était vous. Il le savait mais il n'a rien dit à personne. Il s'en foutait que vous ayez refroidi Ted. Tout ce qui comptait pour lui, c'était Gloria ; il ne lui serait même pas venu à l'idée de prévenir les flics, si vous n'aviez pas lâché Stosh contre elle. Grosse erreur. »

Comme tout cela dépassait Droopy, j'ai rabaissé le débat à son niveau.

« Pourquoi vous êtes-vous acharnés comme ça sur elle, de toute façon ? Qu'est-ce qu'elle vous avait fait, Glory ?

– Tout ça c'était l'idée de Teddy, a dit Droopy d'un ton morose.

– Je parle d'*après* la disparition de Ted. Pourquoi l'avez-vous donnée en pâture à Stosh ?

– Seth disait que si on continuait à lui coller les mecs au train, elle finirait par avoir peur et s'enfuir. Si elle quittait la ville, à ce moment-là Ellis et Stosh et tout le monde sauraient que c'était vraiment elle qui avait pris la came.

– Je vois… (Et j'ai cru comprendre effectivement.) Mais tu ne veux pas dire plutôt qu'ils le *croiraient* – sans *savoir* qu'en fait c'était vous les responsables ? Parce que bon, ça, si jamais ils le découvraient, ce serait la fin de tout, non ? C'est comme ça que tu voyais les choses, Seth, n'est-ce pas ? Ça t'a vraiment fait flipper, son plan avec Ted, j'imagine bien ! Il ne se rendait absolument pas compte qu'il foutait tout en l'air, hein ? L'accès libre, les fêtes, les relations. Une intro à New York que l'argent ne peut pas acheter, parce que c'est *seulement sur invit'*, il faut être choisi. Tout ça fichu en l'air pour une grolle pleine de dope. Quel effet ça t'a fait ? »

Seth a de nouveau fourré les pouces dans ses poings, en serrant si fort que j'ai bien cru qu'il allait les éclater comme des prunes. Ses mains tremblaient, des frissons lui parcouraient les bras. Il regardait Droopy.

« Crétin ! a-t-il craché. Pourquoi tu t'es laissé embobiner ? Tu es tellement… »

Droopy s'est rebellé :

« Une seconde, mec, c'est toi qui as dit qu'il fallait le tuer. Tout se serait bien passé. Il n'aurait jamais rien dit à Ellis. C'était des conneries pour nous faire peur.

– Ferme-la !

– Ne me dis pas de la fermer. C'est la putain de vérité, espèce de malade. »

Je me suis replongé dans la mêlée, non pas en arbitre mais pour jeter de l'huile sur le feu.

« Donc, Droopy fout tout en l'air, et pas seulement pour lui, mais surtout pour *toi*. Tu t'étais accroché à sa bonne étoile sans savoir que c'était une voie de garage, qu'il n'était qu'un rien du tout qui te ferait couler avec lui. L'instant où il sort du circuit, tu en sors aussi. Il fallait que tu nettoies son merdier. Tu as essayé de sauver la situation en tuant Ted, mais ça n'a pas tenu. Il te restait encore le problème de Gloria. Et puis aujourd'hui, tu reçois un coup de fil de Jimmy, et tout se casse la gueule. De nouveau.

— Genre t'étais là quand il a appelé, a accusé Seth.

— Non, mais je peux imaginer. Il a sans doute menacé de te dénoncer si tu ne fichais pas la paix à Gloria. C'est le genre de deal honnête qu'il aurait proposé à n'importe qui avant d'aller trouver les flics. Ça et suffisamment de temps pour réfléchir. »

Seth a dit :

« Je lui ai dit que je ne pouvais pas les arrêter. Je lui ai dit qu'ils refuseraient de m'écouter. Je le lui ai dit. Il a dit : trouve un moyen.

— Alors tu en as trouvé un. Tu es allé là-bas et tu l'as tué.

— Je ne l'ai pas tué.

— Quelqu'un t'a vu dans le quartier.

— Je suis juste allé lui parler, s'est empressé de dire Seth. Tout ce que nous avons fait, c'est parler. »

J'ai plongé la main dans une autre poche et sorti le cadenas ventru, que j'ai laissé tomber bruyamment sur la table devant lui.

« La personne qui a tué Jimmy l'a enfermé après avoir mis le feu. J'ai retrouvé ceci là où tu l'as laissé. Le feu n'a pas touché la porte, elle est en un seul morceau, et tu l'as signée de ton nom, Seth. »

De la main droite, j'ai attrapé le cadenas. L'anse était ouverte et tournée sur un côté. Je l'ai fait pointer comme un crochet de boucherie.

« Il faut de la coordination pour passer un cadenas dans un anneau vertical. Tu dois l'aborder de côté, comme ça. (J'ai accroché l'air de droite à gauche.) Si toutefois tu te sers de ta main *droite*. Mais un gaucher s'y prend comme ça. (J'ai changé de main et passé l'anse dans un trou imaginaire.) Pour fermer, tu tournes le corps du cadenas vers la droite et puis tu le remontes. Et quand tu l'ouvres, il tombe d'un cran et pivote vers la *gauche*. Comme ce cadenas sur la porte de Jimmy. Placé là par toi.

– Seth… a fait Droopy, est-ce que tu as vraiment…

– Ça ne prouve rien, a dit Seth. Ce n'est pas une preuve. Tu rigoles ou quoi ?

– Tu as raison, ce n'est pas une preuve. C'est une pièce à conviction, et de nos jours ça ne vaut pas grand-chose. Mais si tu veux une preuve, je vais te prouver que je suis sérieux. »

J'ai plongé la main dans ma poche et sorti le couteau de chasse enveloppé dans un bout de chiffon. Je l'ai tenu au-dessus de la table et j'ai déplié le tissu. La lame noir et bleu est tombée avec un cliquetis. Le couteau a roulé, s'est arrêté, puis immobilisé en tanguant doucement. La pointe dentelée était dirigée sur Droopy.

Je me suis adressé à Seth :

« Ce couteau appartenait à l'homme que tu as tué, il était dans la cabane à côté de l'endroit où on l'a trouvé. Tu vois la poignée comme elle est fondue ? La lame comme elle est noircie ?

– Et alors ?

– Alors tu as allumé un four et enfermé un homme à l'intérieur ! Tu as fait cuire un être humain comme un hamburger ! Pour ça, tu dois payer. Pas de dispense.

– Tu ne prouveras jamais rien, a-t-il dit. C'était un camé qui squattait un tas de vieilles planches. Tout le monde se fiche de ce qui lui est arrivé, personne ne te croira jamais.

– Comme si tu m'apprenais quelque chose. Là encore tu as raison, je ne peux pas te faire inculper

254

pour le meurtre de Jimmy, alors je ne vais même pas essayer. À la place, je vais te coincer pour celui de Ted. »

Droopy est intervenu :

« Mais mais mais... tu as dit que tu t'en foutais de...

— Et je m'en fous toujours, mais ce matin, j'appelle le bureau du médecin légiste et je leur dis de regarder ce prétendu suicide de plus près. Deux secondes chrono ça va leur prendre pour repérer la plantade, et encore moins pour aller casser les couilles aux flics qui ont bouclé l'affaire. Une véritable enquête commencera. Ils passeront l'appartement de Ted au peigne fin, cette fois-ci, ils rassembleront les moindres empreintes, fibres, pellicules de cuir chevelu. Ils trouveront des montagnes de ces preuves que tu réclamais. Il ne leur manquera plus que quelqu'un qui y corresponde. »

J'ai laissé l'info s'enfoncer dans leur crâne, et eux couler avec.

Seth fixait le dessus de la table comme si je n'avais pas prononcé un mot. Je n'arrivais pas à savoir ce qu'il regardait : la bougie, le dessin détrempé ou le couteau au manche brûlé. Ou rien, peut-être.

Droopy, qui s'étranglait en réalisant l'énormité de la chose, a dit d'une voix rauque :

« C'est pas juste. C'est pas ma faute à moi, j'ai rien à voir avec l'autre mec... enfin, je veux dire, quoiiiiiii...

— Eh bien, tu sais, Droopy, ai-je dit, si tu la joues comme il faut avec les flics, tu pourras peut-être t'en tirer. Je ne vois pas pourquoi tu devrais couler parce qu'un autre a fait une erreur. Tu as des cartes dans ton jeu. Suffit que tu rattaches ça au trafic de drogues au Hellhole, et je crois que tu te découvriras plein de copains aux stups pour t'aider à obtenir une réduction de peine.

— Tu crois que ça marchera ?

– Ouais, du moment que tu commences par leur donner Seth, que tu leur facilites le boulot, ils écouteront ce que tu as à dire. Fais-moi confiance. »

Droopy voulait faire confiance ; c'était sans doute comme ça qu'il s'était attiré des ennuis, au départ.

Je surveillais Seth du coin de l'œil. Les mains à plat sur la table, la gauche en avant, marguerite tatouée dans la lueur de la bougie. Il fixait Droopy en plissant les yeux.

J'ai repris :

« Si tu veux vraiment faire ça les doigts dans le nez, on peut aller leur dire maintenant. Tu serais leur héros ; pour une fois, ce seraient les flics qui casseraient les couilles aux légistes. »

Seth s'est immiscé, d'une voix triste et lointaine.

« Arrête de l'écouter. S'il te plaît.

– Mais, a dit Droopy, est-ce que… est-ce que tu crois que je devrais, euh, prendre un avocat ? Pour, comment dire, négocier l'accord ? »

J'ai secoué gravement la tête : non, non, non.

« Surtout pas. Abrite-toi derrière un avocat, et ils t'accableront encore plus. Je te dis, suis mes conseils, et qui sait, tu pourrais peut-être même bénéficier des droits d'adaptation pour le cinéma.

– Les droits ? Pour le cinéma ? »

Seth a poussé un grognement :

« Mais tu ne vois pas ce qu'il est en train de faire ? Il… »

Droopy a fait semblant de ne pas l'entendre, de ne pas le voir, de ne pas sentir la table trembler sous son angoisse. Je l'ai ignoré moi aussi, comme s'il n'était plus là, rien que Droopy et moi.

« Bien sûr, les droits, et comment, ai-je repris. C'est ça qui se vend aujourd'hui. Les jeunes à la rue, les boîtes de nuit et la drogue. Tu rigoles ou quoi ? Hollywood va sauter là-dessus. Et du moment que ce n'est pas toi qui es reconnu coupable, tu peux légalement en bénéficier. »

Je n'avais aucune idée de ce que je racontais, mais c'était sans importance, Droopy était avide de croire. Il avalait tout sans goûter, sans mastiquer, par bouchées énormes.

Seth a secoué la table.

« Et moi ? (Des larmes lui coulaient sur les joues, luisantes traînées de limace.) J'ai fait une erreur. Juste une erreur. Une… »

Dans un grincement, Droopy a repoussé sa chaise pour se lever, tout en me disant :

« On se casse. »

Il ne s'est jamais levé.

La main gauche de Seth a fusé et un éclair bleu-noir a renversé la bougie, l'a envoyée s'écraser par terre, s'éteindre après un dernier flamboiement. Dans l'obscurité, un mouvement et un cri animal.

J'ai poussé des deux pieds et ma chaise a basculé en arrière. Mon crâne a heurté le sol et déclenché un détonateur dans mon cerveau.

Des hurlements. Quelqu'un hurlait, hurlait à n'en plus pouvoir.

Le barman a allumé, inondant la pièce d'une lumière crue qui l'a montrée telle qu'elle était vraiment, rien qu'une cave pas finie pleine de meubles pourraves.

Et deux hommes resplendissants dans un bain de sang chaud. L'un, encore assis, avait des ruisseaux vermeils et luisants qui lui jaillissaient du cou, l'autre, debout au-dessus de lui, recevait des giclées éclatantes sur sa jambe de pantalon trempée et ses bras dégoulinants, sur la lame noire et mouillée qu'il serrait encore dans sa main gauche. C'était lui qui hurlait.

Droopy gardait un silence stoïque, en état de choc. Le choc véritable, celui de sa vie brutalement renversée par la mort. Le Sacré Cœur tatoué sur son cou, ouvert en deux, fleurissait en un flot de sang. Il s'est éteint peu à peu, comme une lampe à variateur.

Seth a arrêté ses hurlements. Le couteau a glissé par terre, oublié.

À ce moment-là, je m'étais déjà traîné en crabe jusqu'au milieu de la salle, je m'étais relevé, j'avais attrapé la rampe de l'escalier en colimaçon et je me hissais en rampant, grimpant les marches deux à deux, comme une créature contrainte à l'évolution.

J'ai croisé le portier qui descendait en trombe. Il m'a barré le chemin, l'unique chemin de sortie.

« Mais qu'est-ce qui se passe ? a-t-il demandé d'un ton impérieux.

– Appelez les pompiers. Il y a un homme qui a besoin d'une ambulance. »

L'urgence qui perçait dans ma voix était contagieuse ; les traits durs de l'homme se sont ramollis comme ceux d'un enfant. Il a fait demi-tour et obéi, en courant vers le téléphone à pièces à côté de la porte d'entrée. Je l'ai suivi et j'ai continué d'avancer, tout droit, jusqu'au moment où je me suis retrouvé dehors à nouveau.

Debout dans le matin, tout à fait le matin, Dieu sait quelle heure.

La ville était nonchalante et belle.

Il fallait que je rentre à la maison et que je promène le chien.

Photocomposition *CMB* Graphic
44800 Saint-Herblain

Impression réalisée sur CAMERON par

BRODARD & TAUPIN

GROUPE CPI

La Flèche

pour le compte des Éditions Calmann-Lévy
31, rue de Fleurus, Paris 6ᵉ
en décembre 2002